환희밀공

설룡 新무협 판타지 소설

FANTASTIC ORIENTAL HEROES

환희밀공 1

설봉 新무협 판타지 소설

초판 1쇄 찍은 날 § 2009년 3월 26일
초판 1쇄 펴낸 날 § 2009년 4월 6일

지은이 § 설봉
펴낸이 § 서경석

편집장 § 문혜영
편집 § 서지현 · 문정흠

펴낸곳 § 도서출판 청어람
등록번호 § 제1081-1-89호
등록일자 § 1999. 5. 31
어람번호 § 제2-1707호

주소 § 경기도 부천시 원미구 심곡2동 163-2 서경B/D 3F (우) 420-822
전화 § 032-656-4452 팩스 § 032-656-4453
http://www.chungeoram.com
E-mail § eoram99@chollian.net

ⓒ 설봉, 2009

ISBN 978-89-251-1748-5 04810
ISBN 978-89-251-1747-8 (세트)

新武俠幻想功

환의밀로

1
치무 (治武)

설봉 新무협 판타지 소설

도서출판 청어람

目次

“무유칠덕(武有七德), 금폭(禁暴), 집병(戢兵), 보대(保大), 정공(定功), 안민(安民), 화중(和衆), 풍재(豊財), 자야(者也).”
　　　　　　　　　　　　　—좌전(左傳), 선공 십이년(宣公 十二年).

무에는 일곱 가지 덕이 있다.

첫째, 난폭을 금지한다. 둘째, 무기를 거두어들인다. 셋째, 큰 나라를 보전한다. 넷째, 공적을 정한다. 다섯째, 백성을 편안하게 한다. 여섯째, 대중을 화합하게 한다. 일곱째, 물자를 풍부하게 한다.

第一章
미동(微動)

歡喜密功
환희밀공

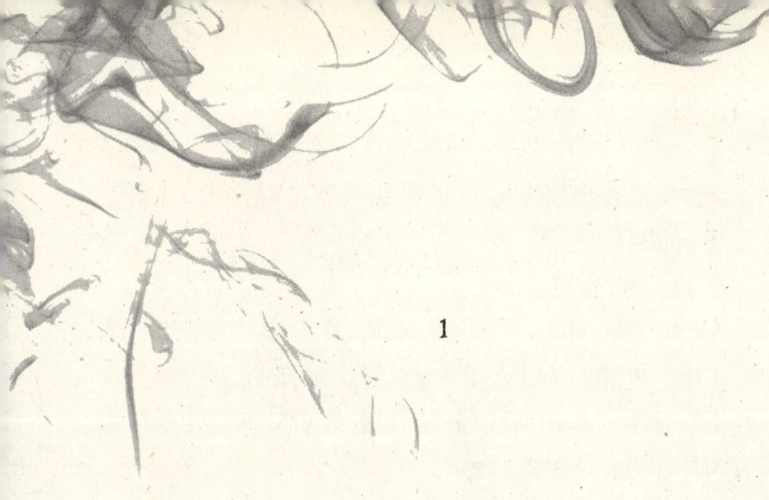

1

"여기는 특히 심했던 모양이군."

옥구슬 굴러가듯 영롱한 음성이 혈향(血香)만 가득한 전장(戰場)을 흔들었다.

"그런 것 같구나. 시산혈해(屍山血海)라더니, 그 말이 딱 맞구나. 시체에 가려 산을 볼 수 없고, 피 냄새가 진해서 꽃 내음을 맡을 수 없으니 이곳이 바로 지옥이로구나."

중년 여인의 음성이 곱게 흘렀다.

사방이 시신들 천지다. 적아(敵我) 구분도 없다. 죽지 않으려면 죽여야 한다. 그것을 아는 사람들이 죽을힘을 다해 발악했다. 죽어서까지 꼭 움켜잡고 있는 병기에는 아직도 삶에 대한 미련이 가득 묻어 나온다.

눈앞에 펼쳐진 들판은 끝 간 데 없이 드넓으나 시신이 없는 곳 또한 없다.

전장은 세상을 말해준다.

몰락해 가는 원(元)과 반원투쟁(反元鬪爭)이라는 기치 아래 들불처럼 피어난 농민군이 승냥이처럼 물고 뜯었다. 그리고 지금은 같은 기치 아래서 어깨를 나란히 하고 싸웠던 동지들이 서로의 가슴에 검을 겨눈다.

지정 이십년(至正 二十年:1360) 오월, 주원장(朱元璋)과 진우량(陳友諒)은 원나라가 내놓을 거대한 대륙을 걸고 일대 격돌을 벌였다.

결과는 주원장의 패(敗)다.

주원장은 물러섰고, 진우량은 대군을 휘몰아 남경(南京)으로 진격하고 있다.

누가 중원 대륙을 차지할 것인가.

누구도 예측하지 못한다. 한 치 앞도 내다볼 수 없다. 분명한 것 하나는 이러한 혼란이 길어질수록 들판에 쌓여가는 시신도 늘어간다는 것이다.

"가마를 내려라. 천지에 원귀(冤鬼)가 가득하니 향이라고 피워주고 가야겠다."

"또요?"

"못써! 좋은 일도 싫은 마음으로 하면 화(禍)가 되어 돌아오는 법이야. 좋은 일은 좋은 마음으로…… 알았니?"

"알았어요! 알았다구요!"

소녀는 급히 이곳저곳을 뛰어다니더니 비교적 핏물이 적게 스며든 땅을 발견해 냈다.

"이곳이 좋겠어요. 이리로 와요!"

소녀가 가마를 멘 여인들을 향해 손짓했다.

가마를 멘 여인들은 서른 전후의 여인들로, 하나같이 이목구비가 뚜렷하고 피부가 고왔다.

여인들은 이런 일에 익숙한지 즉시 달려와 소녀가 말한 곳에 가마를 내려놓았다.

촤르르륵!

주렴이 걷히며 여인이 내려섰다.

순간, 세상이 숨을 죽인다. 악기(惡氣)가 스러지고 천상의 광휘(光輝)가 밝게 비친다.

화용월태(花容月態), 경국지색(傾國之色), 폐월수화(閉月羞花)…… 미인을 지칭하는 말은 많다. 하나 가마에서 내린 여인을 한마디로 표현하기에는 그 어느 말도 부족한 감이 든다.

여인은 아름다웠다. 손을 내밀어 살갗을 만지는 것조차도 흠이 나지 않을까 싶을 정도로 깨끗하고 맑았다.

소녀는 가마 한 귀퉁이에서 향합(香盒)을 꺼내왔다.

"향을 가져…… 치잇! 또 구더기가 꼬였네요. 좌우지간 사내놈들이란…… 피 냄새 때문에 숨을 쉴 수 없건만 이런 데서도 그게 생각난대요? 교주(敎主)님하고 어디만 갔다 하면 사내들이 꼬여드는 통에 못살겠다니까요!"

소녀는 미간을 찡그리며 주위를 돌아봤다.

"쯧! 경거망동하지 말라 그리 일렀거늘…… 내년이면 화녀(花女)가 될 몸이 어찌 어른과 아이의 숨소리조차 구분하지 못할까."

"네?"

소녀는 눈을 동그랗게 떴다.

"꼬마 아이다. 열 살은 안 된 것 같고…… 일고여덟쯤 되어 보이는구나. 희한한 일이야. 죽음만 가득한 전장에 아이라니. 숨소리가 고른 걸 보니 몸이 상한 것 같지는 않구나. 가서 데려오거라."

여인의 눈가에 호기심이 일렁거렸다.

전장에서 가장 가까운 마을이라고 해도 이십여 리는 가야 한다. 또한 대규모의 싸움이 예고되었기 때문에 목숨이 아까운 사람은 모두 피난을 터난 터이다.

최소한 삼십여 리 이내에는 거주하는 사람이 없다.

어찌하여 철도 들지 않은 어린아이가 전장에 버려졌단 말인가.

쉬익!

소녀는 제비처럼 날렵하게 신형을 띄웠다.

찰나간에 이십여 장쯤 날아간 소녀는 일말의 망설임도 없이 시신 한 구를 들어냈다.

미세한 숨소리가 들려온 곳이다.

있다. 시체가 치워진 곳에 작은 사내아이가 사지를 잔뜩 웅크린 채 누워 있었다.

소녀는 잘못 들은 화풀이라도 하려는 듯 거칠게 손을 내밀어 사내아이를 낚아채 갔다. 순간,

쒜엑!

날카로운 파공음과 함께 눈앞에서 번갯불이 번쩍 튀었다.

"어멋!"

소녀는 예상치 못한 사태에 깜짝 놀라 경악성을 토해냈다. 하나 반응까지 느리지는 않았다. 어느새 어깨를 살짝 틀어 무엇인가를 피해냈다.

슈욱!

검기(劍氣)가 얼굴을 스쳐 갔다. 강철의 차가운 감촉이 스칠 듯 말 듯 지나쳐 갔다.

'검!'

생각해 볼 것도 없다. 소녀는 벼락같이 꼬마의 멱살을 움켜잡아 허공으로 냅다 내던졌다.

휘익!

꾸웅!

꼬마는 저항할 힘이 없는 듯 힘없이 나뒹굴었다. 뿐만이 아니다. 떨어질 때 충격을 크게 받았는지 혼절하여 일어서지를 못했다.

"쯧! 아무래도 공부 좀 더 쌓아야겠다. 열 살도 안 된 꼬마에게 쩔쩔매서야…… 내년에 화녀 되는 건 생각해 봐야겠다."

여인이 꼬마의 완맥(腕脈)을 움켜쥐고 상태를 살피면서 말했다.

"교주님! 억울해요! 저 자식이 검으로 공격했단 말예요! 보셨잖아요! 저런 꼬마가 검초를 펼칠 줄 누가 알았어요! 화녀를 안 시켜주면…… 이건 정말 억울해요!"

"쯧!"

여인은 가볍게 혀를 찼다. 하나 그녀의 내심은 소녀와 다를 바 없었다. 상당히 놀랐고, 그래서 호기심이 더욱 커졌다.

꼬마의 검세(劍勢)는 상당히 날카로웠다. 내력만 충분했다면 소녀를 살상하고도 남았다. 더욱이 꼬마가 펼쳐 낸 검초는 평범한 것이 아니었다. 명가(名家)의 절학이었다.

'광검소천(光劍燒天)! 틀림없어. 광검소천이야!'

무수히 많은 검법을 보았다. 놀라운 절학도 많이 견식했다. 하지만 검이 살아서 스스로 움직이는 것같이, 마치 생명이 깃들어 있지 않나 싶은 검초는 손가락에 꼽을 정도에 불과했다.

멀리서 힐끗 보았을 뿐이지만, 살아 있는 뱀이 튀어나온 것 같았다. 목표가 변화를 보이자 자석에 이끌리듯 따라갔다. 내력만 풍부했다면, 초식의 정수를 조금만 더 깨우쳤다면 목숨 하나가 끊어졌다.

여인의 놀라움은 꼬마가 펼쳐 낸 검초에 그치지 않았다.

꼬마의 완맥이 용의 비늘처럼 단단하다. 뼈가 굵고 근육은 쇳덩이 같다.

여인은 소녀처럼 자신 또한 잘못 읽은 게 있다는 걸 깨달았다.

꼬마는 이제 겨우 대여섯 살에 불과하다. 선천적인 강골(强

骨)이 제 나이보다 더 들어 보이게 한다.

어떤 핏줄이기에 쇳덩이처럼 단단한 아이를 만들어냈단 말인가.

여인은 어렵지 않게 아이의 혈원(血源)을 짐작해 냈다.

'육반루가(六盤婁家)!'

섬서성(陝西省) 육반산(六盤山)에 신력(神力)을 바탕으로 패공(覇功)을 구사하는 가문(家門)이 있다.

육반루가다.

루가 사람들은 태어날 때부터 힘이 장사다. 황소와 힘을 겨루고, 곰을 맨손으로 때려잡는 일은 영웅담 축에 들지도 못한다. 엄청난 힘, 말 그대로 하늘의 힘이라는 천력(天力)을 가졌다.

육반루가 사람들이 모두 그렇다. 한 사람만 나타나도 세상이 들썩일 장사인데, 일가 전체가 장사들로 북적이니 가히 공포의 대상이 아닐 수 없다.

다행히도 그들은 순박하다. 강직하지만 사람과 어울려 살줄 안다. 그렇지 않았다면 세상은 벌써 피로 물들었으리라.

육반루가는 천력을 지녔으되 드러내지 않고 자중했다. 자신들을 건드리지 않는 한, 그들이 먼저 타인을 공격하는 법은 없었다. 하나 은둔만 한 것은 아니다. 무공을 배우고, 연구했다. 자신들에게 맞는 무공을 창안해 냈고, 전승했다.

그들이 가장 우선시한 것은 천력을 십분 발휘하게 해주는 내공심법(內功心法)이다. 두 번째로 치중한 것이 역사(力士)에게 부족하기 쉬운 정교함, 검예(劍藝)다.

한편으로는 천력을 더욱 발전시키고, 다른 한편으로는 부족한 부분을 메워 완전한 무인이 되고자 했다.

그들은 십 년에 한 번씩 절정무인들을 초빙하여 비무대회(比武大會)를 개최하곤 했다.

승패는 중요치 않았다. 천하제일인을 뽑는 게 아니다. 우승상금이나 명예가 걸린 것도 아니다. 단지 무공을 비교하여 조금 더 나은 방향으로 발전시켜 나간다는 게 비무대회의 취지였다.

광검소천은 비무대회에서 처음 선을 보였다.

그것이 꼬마의 손에서 펼쳐졌다. 이제 겨우 대여섯 살밖에 되지 않는 아이가 능히 일류고수라고 불릴 만한 소녀를 위협했다.

'무공을 수련한 건 아냐.'

아이의 근골을 살펴보면 기껏해야 기본공(基本功) 정도 수련했다. 광검소천 같은 절학을 수련했을 가능성은 전혀 없다. 꼬마가 천고에 다시없는 천재라고 해도 불가능하다.

그럼 꼬마가 펼친 광검소천은 무엇인가? 단순한 흉내다. 많이 보아서 눈에 익은 행동을 목숨이 경각에 달렸다고 판단한 순간에 무의식적으로 펼쳐 낸 것이다.

탁! 타탁! 탁! 탁……!

여인은 꼬마 아이의 혈도를 두들겼다.

혈도를 칠 때마다 강인한 반탄력이 느껴졌다.

경맥(經脈)에 잠재된 내력이 아니라 순전히 단단한 살갗에서 튕겨내는 탄력이다.

'이 아이…….'

욕심난다. 어린아이가 이런데 나이가 들어 청년이 되면 어떨까? 틀림없이 화녀들의 인기를 독차지하는 정랑(情郞)이 되리라.

시체 속에 숨어 있던 건 자의든 타의든 생존력이 강하다는 걸 증명한다. 수련하지도 않은 광검소천에 살상력을 담아 펼쳤다는 건 무재(武才)가 탁월하다는 걸 말해준다.

다듬기 나름이다.

"쿨룩!"

꼬마가 거센 기침을 토해내면서 정신을 차렸다.

"깨어났구나."

꼬마는 낯선 여인들이 지켜보고 있는데도 크게 놀라는 눈치가 아니었다. 너무 둔해서 자신에게 무슨 일이 벌어지는지도 모르는 것 같았다.

"다친 데는 없는 듯한데, 어디 아픈 데는 없니?"

여인은 말을 하면서도 자신의 말에 어폐가 있는 듯해서 피식 웃고 말았다.

꼬마가 육반루가의 자손이라면 허공에서 떨어진 충격쯤은 대수롭지 않을 게다. 혼절은 그저 일시적인 충격에서 비롯된 것일 뿐, 내상과는 거리가 멀다.

"없어요."

꼬마는 또렷하게 대답했다.

"이름이 뭐니?"

"검비(劍飛)."

"검비. 예쁜 이름이구나. 성은?"

"……"

"아줌마가 맞춰볼까? 루(婁). 맞지?"

"……"

"말하고 싶지 않은가 보구나. 괜찮아. 말하고 싶지 않으면 하지 않아도 돼. 나이는 말해줄 수 있을까? 몇 살이니?"

"여섯."

"여섯? 아줌마는 여덟 살이나 아홉 살쯤 봤는데, 많이 어리구나."

여인은 정말 놀랐다.

꼬마는 어디로 봐도 여섯 살을 훌쩍 넘어선다. 시체들 사이에 섞여 있으면서도 두려움을 드러내지 않고, 낯선 사람과 말을 주고받으면서도 경계하지 않는다.

해(害)가 되지 않는다는 걸 알았다는 뜻이다.

"왜 시체 밑에 숨어 있었니?"

"죽고 싶지 않아서요."

꼬마는 솔직했다.

거짓말이 아니다. 원래 루가 사람들은 거짓말을 못한다. 그들은 태어나면서부터 정정당당하라는 말을 듣고 자라기 때문에 네다섯 살쯤 되었을 때는 완전히 세뇌되어 버린다.

그런 생각을 하자 여인의 마음은 무거워졌다.

아이가 욕심난다. 하나 바른길밖에 가지 않는 아이가 환희
교(歡喜敎)를 받아들일까? 성(性)은 억누르는 것이 아니라 개
방되어야 한다는 교리(敎理)를 이해할까? 그 길을 가려고 할
까?

"누가? 누가 널 죽이려고 하지?"

"난군(亂軍)."

"난군…… 여긴 아무도 없단다."

"어제까지는 있었어요."

"그렇구나."

여인은 루검비를 뚫어지게 쳐다봤다.

역시 루가 사람들은 거짓말을 못한다. 방금 꼬마는 거짓말
을 했다. 난군은 없었다. 흔들리는 눈동자, 발갛게 상기된 볼,
은은히 떨리는 음성을 숨기기에는 너무 어리다.

여인은 아이를 다독였다.

"많이 굶주린 것 같은데, 뭐 좀 먹을래?"

[아이가 이곳을 떠나지 않은 건 누군가 있기 때문이겠지. 산
사람은 우리뿐이니 죽은 사람…… 주변을 뒤져 봐라. 이 아이
와 연관된 사람이 있을 것 같구나.]

소녀는 여인의 전음(傳音)을 듣자마자 움직였다.

누구를 찾아야 하나? 수천에 이르는 시신을 모두 뒤져야 하
나?

고민은 오래 이어지지 않았다. 꼬마가 숨어 있던 곳에서 채 일 장도 떨어지지 않은 곳에 칠 척 거한이 숨겨 있었다.

가슴에 꽂힌 화살이 무려 십여 개, 등에 박힌 화살도 십여 개는 훌쩍 넘어가고…… 화살 하나는 눈에 박혔다. 팔과 다리에도 서너 대가 꽂혔다.

그러고도 장한은 성난 황소처럼 날뛴 것 같다.

장한의 주변에 수북이 쌓여 있는 시신들이 당시의 혈전을 대신 말해준다.

능히 일당백(一當百), 일당천(一當千)의 싸움이었으리라.

소녀는 장한을 들지 못했다. 들려고 해봤지만 너무 무거워서 질질 끌다가 그만두었다. 대신 여인에게 전음을 보냈다.

[여기 와보셔야겠어요.]

"누구니?"

"……."

꼬마는 말이 없다.

"묻어줄까 하는데, 괜찮겠니?"

그제야 꼬마는 눈물을 그렁거렸다.

꼬마와 말을 나누기 시작한 이후, 처음 보이는 감정 변화다.

여인은 꼬마의 손을 잡고 칠 척 거한이 묻히는 것을 지켜봤다. 아이의 격정도 놓치지 않았다. 어깨를 들썩이며 가늘게 흐느꼈으나 눈물을 보이지는 않았다.

'강인한 아이야.'

강인하다는 말은 맞지 않다. 여섯 살배기가 무엇을 알까. 강하게 키워졌다는 말이 맞다.

"복수하고 싶니?"

물어볼 것도 없는 말이었으나 칠 척 거한의 처참한 모습을 보고 있자니 묻지 않을 수 없었다. 한데 꼬마의 대답이 뜻밖이었다.

"아뇨."

"아…… 냐? 왜?"

"전쟁터에서 돌아가신걸요. 최선을 다하셨지만 적이 너무 많았어요. 누구에게 복수해요?"

꼬마가 할 말이 아닌데, 연습이라도 해놓은 듯 술술 잘도 나온다.

물론 이번에도 꼬마는 거짓말을 속이지 못했다. 복수를 하지 않겠다고 말하면서 두 눈에서는 무서운 화염이 줄기줄기 쏟아져 나온다. 복수할 마음이 간절한 게다.

"갈 곳은 있니?"

"……"

꼬마는 대답하지 않았다.

세파에 휩쓸리지 않던 육반루가였지만 반원투쟁만큼은 외면할 수 없었는지 전쟁에 뛰어들었다.

섬서성은 원의 중추 세력이 위치한 곳이라 남부(南部)에서처럼 조직적으로 봉기하지 못하고 산발적으로 대항했는데, 원은 탈탈(脫脫)에게 대군을 주어 반란을 진압하게 했다.

육반루가가 대표적인 희생양이 된 것은 불문가지다.

천하의 역사들도 물밀듯이 밀려오는 대군 앞에서는 무너질 수밖에 없었다.

육반루가는 그때 멸절(滅絶)된 줄 알았다.

육반루가 사람이 틀림없어 보이는 칠 척 거한이 주원장 편에 서서 싸운 건 기문(奇聞)이다. 겨우 여섯 살밖에 되지 않은 아이를 데리고 전장을 전전했다는 것도 이해할 수 없다.

"갈 곳이 없니?"

"……."

"엄마 아…… 빠는?"

아빠까지는 묻지 않으려고 했는데, 아이가 말을 하지 않으니 물어주어야만 한다.

"……."

대답하기 싫은 물음인가? 침묵이 대신한다.

"아줌마랑 같이 갈래?"

"네."

꼬마는 미리 생각했던 듯 묻기가 무섭게 대답했다.

"이 아줌마…… 세상 사람들이 아주 미워해. 아주 좋아하기도 하고. 아줌마는 저기 땅에 묻히는 사람과는 전혀 다른 세계에서 살고 있단다. 아줌마와 같이 살려면 네가 보고 들었던 모든 걸 지워야 해. 그리고 다시 배워야 하는데…… 할 수 있겠니?"

"할 수 있어요."

이번 대답도 너무 선선했다.

어린아이가 새로운 삶, 새로운 인생을 생각했을 리는 없다. 아부를 잘한다거나 약삭빠른 아이도 아니다. 지금과 같은 상황에서 이런 결단을 할 수 있게끔 미리 교육받았을 게다.

"아줌마는 널 아주 못살게 들볶을 거야. 차라리 죽는 게 낫다 싶을 만큼 고통을 안겨줄 건데, 참을 수 있겠니?"

"참을게요."

이 순간, 여인과 꼬마의 운명은 정해지고 있었다.

"넌 환희교를 지키는 수문장(守門將)이 될 거야. 강하게, 아주 강하게 키워주마."

'아버지처럼 죽지 않을 거야. 아무도 날 죽일 수 없어. 세상에서 최고로 강한 사람이 될 거야.'

2

"어디서부터 시작하지?"

"글쎄……."

"뼈다귀는 튼튼한 것 같은데."

"육반루가의 씨라잖아."

"육반루가 사람들은 배때기에 철판 깔았데? 칼로 쑤셔봐? 이런 꼬마에게 삼법(三法)을 쓰라니, 가당키나 해?"

"말이 심하다! 교주님의 명이야!"

"그러니까 기막히다는 거지. 이럴 수도 없고, 저럴 수도 없

고. 무턱대고 삼법을 썼다고 덜컥 죽어버리거나 병신이 되어
버리면 그땐 어떻게 하냐고."

대청에서 중년 여인 십여 명이 중구난방(衆口難防)으로 떠들
어댔다.

그녀들 한가운데는 열두세 살쯤 되어 보이는 사내아이가 잠
자듯 눈을 감고 누워 있었다.

"조용!"

나직한 음성이 슬그머니 새어 나왔다.

주위는 일시에 조용해졌다. 여인들은 언제 떠들었냐는 듯
입을 꾹 다물고 한 여인을 쳐다봤다.

여인이 말했다.

"교주님이 직접 지시하신 명이더냐?"

"네. 이 아이를 건네받으면서 직접 하달받았습니다."

대답 속에 지극한 존경심이 담겼다.

"분명 삼법을 전개하라 하셨겠다?"

"네. 분명히 그렇게……."

잠시 침묵이 흘렀다.

이번에는 다른 여인들도 같이 침묵했다. 수두화(守頭花)가
말을 하는 순간부터 대답 이외에 입을 열어서는 안 된다는 절
대침묵이 선포된 게다.

위계질서는 목숨으로 지켜져야 한다.

수화(守花)들은 그렇게 살아왔다.

"교주님이 하라 하셨으면 해야지. 아이를 깨워라."

이의(異意)는 없었다. 이러니저러니 말 많던 여인들은 생각 자체가 없는 사람들처럼 일사불란하게 움직였다.

탁! 타탁! 탁탁!

한 여인이 가볍게 손가락을 튕겼다.

옥당혈(玉堂穴)을 두들기고 몸을 돌려 등 뒤 신주혈(身柱穴)을 건드린 다음에 다시 몸을 돌려 배꼽 부위의 사만혈(四滿穴)을 찍었다. 이어서 장문혈(章門穴)을 치고, 거료혈(巨髎穴)과 인영혈(人迎穴)을 동시에 쳤다.

"으음!"

소년이 잠꼬대처럼 비음을 흘리더니 눈을 떴다.

"일어나 앉거라."

소년의 혈을 친 여인이 명령조로 말했다.

소년은 일어나 앉았다. 낯선 곳에 있으면서도 크게 놀라는 표정이 아니었다. 주위를 쓱 흘겨보고는 망설이지 않고 수두화를 향해 단정히 앉았다.

눈치가 빠르거나 간사하거나.

"어찌 나를 향해 앉았느냐?"

"여기서 긴장하지 않는 유일한 사람이니까요."

소년의 음성은 또렷했다.

"여섯 살치고는 몹쓸 것을 많이 봤구나."

수두화가 애잔한 음성으로 말했다.

그녀처럼 산전수전 다 겪은 사람의 눈에 소년이 토해내는 내면의 울음이 들리지 않을 리 없다.

─이 사람들은 뭐 하는 사람들이지? 나쁜 사람들 같지는 않은데, 믿어도 되나?

소년이 토해내는 첫 번째 소리는 의심이었다.

동요하지 않고, 영민한 아이처럼 맑은 음성 뒤에 처절한 생존 본능이 살아서 꿈틀거린다. 애어른이라고 생각될 만큼 당당한 겉모습 속에 짙은 두려움이 배여 있다.

저승사자의 손을 한두 번쯤 잡아본 것 같다.

어린 나이에, 세상 물정 전혀 모르는 꼬마가.

"교주님께서 절 수문장으로 키울 거라고 하셨어요. 아주 강하게 키워주신다고요. 여기서 무공을 배워요?"

도저히 여섯 살배기 아이의 말투가 아니다.

능구렁이를 삶아먹었어도 대여섯 마리는 먹었어야 이런 말투가 나올 게다.

"무공은 나중에. 우선 네 몸뚱이부터 시험해 봐야겠다."

"좋아요. 해요."

소년은 벌떡 일어섰다, 당장 시작하자는 듯이.

수두화가 웃으면서 말했다.

"우린 네게 삼법이란 걸 쓸 게다. 삼법이란 인법(人法), 지법(地法), 천법(天法)으로 나눈단다."

소년의 눈이 호기심으로 일렁거렸다.

"인법이란 인간이 생각해 낸 모든 형벌을 말한다. 넌 당장 죽는 게 좋겠다고 생각될 만큼 구타당하고, 찢기고, 할퀴어질 것이다."

호기심은 사라졌다. 대신 공포가 슬며가 내려앉았다.

"지법이란 이 세상에 존재하는 모든 고통을 말한다. 인간이 몽둥이로 두들겨 팬다 한들 얼마나 강하겠느냐. 만길 폭포에 몸뚱이가 찢기는 고통에 비하면 장난일 뿐이지. 천법도 들어보겠느냐?"

"아뇨. 이, 인법부터 시작…… 해요."

소년이 말을 더듬었다.

아직도 당당함을 드러내고자 하나 어린아이가 갖는 두려움을 감추지는 못했다.

"삼법은 환희교를 배신하는 자들에게 사용된다. 다시 말해서 처형 방법이야."

"저, 절 죽일 건가요?"

수두화는 고개를 살래살래 저었다.

"죽이지는 않으마."

"그, 그럼 됐어요."

"넌 내가 이런 말을 해주는 이유를 알아야 한다. 지금부터 하는 말 두 귀 활짝 열고 들어라. 명심, 또 명심해야 한다. 부모님 기일은 잊어도 지금 내가 하는 말만은 결코 잊지 말아야 한다. 알겠니?"

"네."

소년이 침을 꿀꺽 삼켰다.

그런 그에게서 당당함을 찾아볼 수는 없었다. 이제는 누가 봐도 알 수 있을 만큼 두려움이 스며 나왔다.

"인간은 쉽게 길들여진다. 내가 뭐라고 했지?"

"인간은 쉽게 길들여진다고요."

"그래. 넌 길들여져서는 안 돼. 알았어? 길들여지면 넌 끝나. 죽어. 가장 비참하게 죽어. 맞는 데 익숙해지면 안 돼. 고통에 익숙해지면 안 돼. 뭐라고 했지?"

"길들여지면 안 된다고요. 맞는 데 익숙해지면 안 되고, 고통에 익숙해지면 안 된다고요."

"지금 한 말을 명심, 명심, 명심해라."

"네."

"데려가라!"

루검비의 혈도를 타격했던 여인이 손을 내밀었다.

루검비는 손을 맞잡았다. 그리고 여인이 이끄는 대로 따라갔다.

루검비의 모습이 대청 밖으로 사라질 때까지 뚫어지게 쳐다보던 수두화가 눈을 감으며 말했다.

"지금까지 행했던 어떤 삼법보다도 가혹한 삼법을 펼쳐라. 어린아이라고 봐줬다간 너희가 죽을 것이야. 길들여지는 것만 주의해라. 세심하게 신경 써서 길들여지지 않도록 하고……길들여질 조짐이 보이면 즉시 보고하도록 해."

형당(刑堂)은 사람을 벌주는 곳이다.

잘못이 있는 인사를 찾아내어 잘못에 대한 징벌을 가하는 곳이다.

그런 곳에 사람이 찾아왔다. 벌주려는 게 아니라 최강의 사내를 만들기 위해서다.

형당이 생긴 이래 초유의 사태다.

삼법에도 예외가 발생했다.

형당에서 삼법을 쓰는 이유는 죄인들을 길들이기 위해서다.

매에 길들여진 인간은 정상적인 사고를 하지 못한다. 멀쩡했던 사람도 삼법을 거치고 나면 덜떨어진 인간이 된다. 시키는 일이라면 무엇이든 하는 노예가 된다.

이번에는 삼법을 펼치되, 노예가 되지 않도록 신경 써야 한다.

참으로 난해한 일이다.

어른도 참아내기 힘든 고문을 어린아이에게 가하면서 멀쩡한 정신을 유지하기 바라니 될 법이나 한 소린가.

두 번, 세 번 생각해도 고개가 저어진다.

불가능하다. 차라리 늑대 굴에 던져 넣고 살아 나오기를 기다리는 편이 낫다. 늑대 굴에서는 운이 좋으면 먹히지 않을 수도 있지만 사지가 꽁꽁 묶인 상태에서 가해지는 고문은 피할 도리가 없다.

사정을 봐주지 말라?

지금까지 행해졌던 어떤 삼법보다도 혹독한 삼법을 전개하라?

삼법은 고사하고 인법이나 벗어날 수 있을까?

어린 꼬마에게 삼법을 전개하는 건 실질적인 양성보다는 시험에 가깝다. 장사만 배출한다는 육반루가의 자손이니 한 번 시험해 보고 안 되면 말자는 것이 아닐까? 지금 당장 절대무공을 지닌 수문장이 필요한 것도 아니니까.

그럴 게다. 틀림없이 그럴 것이다.

"물러가라."

여인들은 일어섰다.

루검비를 마음에 담은 여인은 없었다.

루검비 일은 조금 특이하기는 했지만 지금까지 벌어졌던 수많은 사건 중에 하나일 뿐이다.

수두화는 감은 눈을 뜨지 않았다.

수화들의 가벼운 발자국 소리로 그녀들의 마음을 헤아리는 건 어렵지 않았다.

그녀들 중 루검비의 중요성을 아는 사람은 없다.

교주님은 절박한 마음으로 루검비를 보냈는데, 그 마음을 헤아리는 사람이 없다.

루검비가 삼법을 견뎌낼지 견디지 못할지는 관심사가 아니다. 아이는 꼭 견뎌내야 하고, 형당은 꼬마가 견딜 수 있도록 조심해서 삼법을 가해야 한다.

조심만 충분히 하면 인법 정도는 통과시킬 수 있다.

지법이나 천법은 손길이 미치지 못하니 운에 맡길 수밖에 없지만, 인법을 견뎌냈다면 운을 시험해 봐도 좋으리라.

정작 문제는 주어진 시간이 충분하냐이다.

교주님은 급하다. 한데 루검비는 겨우 여섯 살이다. 최소한 십 년은 있어야 조금 써먹을 수 있다. 한 사람 몫을 기대한다면 이십 년 정도는 있어야 한다.

교주님이 원하는 최강의 수문장이 되려면 삼사십 년은 소요된다.

그만한 시간이 주어질 리 없다.

환희교를 향해 옥죄어오는 죽음의 손길은 멀지 않은 곳에 있다. 발등에 불이 떨어졌을 때처럼 피 튀기며 싸울 날이 임박했다. 오늘이 될지 내일이 될지 모를 판국이다.

교주님은 왜 이런 수를 두었을까?

루검비에게 기대하는 게 최강의 수문장이 아닌 것만은 확실하다.

그럴까? 아닐까? 아니라면 삼법이라는 무리수를 쓰는 이유는 뭔가? 삼법을 써서라도 괴물을 만들어내고 싶은 마음이 아니었을까? 주어진 시간만 충분하다면 얼마든지 수긍할 수 있는데.

수두화는 일어섰다.

'교주님을 만나야겠어.'

"하악! 아……! 좋아, 좋아!"

익숙한 음성이 방문 너머로 흘러나왔다.

수두화가 호법을 쳐다봤다.

방문 밖에서 호법을 서던 여인은 손가락 두 개를 들어 보였다.

정랑(情郎)이 두 명이라는 뜻이다.

정사가 끝나려면 아무리 빨라도 한 시진은 걸린다.

세상 사람들은 육신만 불사르지만 환희교도는 영혼까지 활활 타올라 하얀 재가 될 때까지 서로를 아끼고 사랑한다.

불꽃같은 열정과 자신을 완벽하게 죽이는 봉사와 상대의 모든 것을 포용하는 사랑, 그리고 모든 것을 충분히 펼쳐 놓을 시간이 있어야 한다.

수두화는 잠시 망설이다가 앞뜰로 내려섰다.

오월이라서인지 꽃이 화사하게 피었다. 꽃이 있으니 나비가 날아든다. 벌도 꽃들 사이를 윙윙거리며 날아다닌다.

수두화의 머릿속에 몇몇 정랑의 모습이 떠올랐다.

환희교도는 정랑을 차별하지 않는다. 차별해서는 안 된다. 잘난 사람이나 못난 사람이나 똑같이 사랑해야 한다. 온 성심을 다해 최상의 쾌락을 선물해야 한다.

참 힘든 일이다.

사람의 마음처럼 간사한 것이 어디 있으랴.

머리로는 차별해서는 안 된다고 다짐하지만 좋은 사람이 있고 싫은 사람이 있는 것을.

정랑을 차별해서는 안 된다는 교리는 수두화같이 환희교에 일생을 바쳐 온 사람조차도 지키기 힘들다.

교주는 그런 면에서 완벽하다.

개망나니 같은 정랑을 만나도, 구역질이 치밀 정도로 못생긴 추남을 만나도 완벽한 화합을 이뤄낸다.

남녀, 어느 한쪽의 일방적인 봉사는 의미가 없다. 그런 정사는 누구나 한다. 사랑이 없는 정사에서도 가능하다. 남녀가 만나 한 침상에서 몸을 섞으면 양쪽 모두 최상의 쾌락을 얻어야 한다. 육신뿐만이 아니라 영혼까지도 완벽하게 만족해야 한다.

교주는 그렇게 한다. 교주와 정사를 벌인 정랑은 변한다. 정랑 역시 화녀(花女)를 차별해서는 안 되지만 교주와 정사를 벌인 다음에는 오직 교주만을 바라본다.

형당의 율법은 엄하다.

화녀를 차별하여 형당에 잡혀오면 반쯤은 죽었다고 생각해야 한다.

그래도 교주만을 쳐다보며 행복해하는 데야 어쩌랴.

교주의 방중술(房中術)이 뛰어난 건 사실이지만 육신의 쾌락만으로 영혼을 사로잡기는 힘들다.

교주는 정사를 나누지 않는다. 사랑을 나눈다.

질투가 생기지 않을 리 없다.

겉으로 드러내지는 못한다. 질투 역시 차별과 마찬가지로 교리로 금한다. 어길 경우에는 인법에 처해진다.

환희교도도 사람인 이상 차별을 느낀다. 질투도 가진다. 하나 성숙하게 감출 줄 알고, 아우를 줄 안다. 차별이나 질투를 밑거름 삼아 조금 더 완벽한 환희교도가 되고자 노력한다.

"훗!"

수두화는 피식 웃었다.

교주의 정사는 정점을 향해 치닫고 있다.

방문을 뚫고 뜰을 가로질러 바람처럼 귓가에 와 닿는 소리로 짐작할 수 있다.

"그래! 죽엇! 죽어!"

황산파(黃山派)에서 후기지수(後起之秀)로 촉망받던 왕윤생(王閏生)의 음성이다.

그는 여자를 학대해야 절정을 느낀다. 여자를 노예처럼 짓뭉개면서 온갖 행동을 요구한다. 정사의 주도권을 완벽하게 쥐어야 직성이 풀리는 성격이다. 그에게 여자의 쾌락이나 인간의 존엄성 따위는 아무 가치가 없다. 혼자 즐기고 혼자 느끼면 그만이다.

사랑과 화합을 추구하는 환희교의 교리에 정면으로 배치되는 사람이다.

이런 사람은 상당히 곤란하다.

그가 환희교도가 된 것도 많은 화녀를 취할 수 있기 때문이지, 그 이상도 이하도 아니다. 어느 여인이든 손만 뻗으면 최상의 봉사를 해주는데 마다할 사람이 어디 있으랴.

그럼에도 왕윤생이 아직까지 정랑 노릇을 하는 것은 그가 꽤나 간사해서다.

그는 아주 교묘하게 자신만의 쾌락을 추구한다.

노골적으로 본성을 드러냈다가는 교리 위반으로 형당에 걸려 뼈도 못 추린다는 점을 누구보다도 잘 안다. 그래서 정사 도중에 아주 잠깐씩만 독아(毒牙)를 드러낸다.

형당에서는 오래전부터 그를 주시해 왔다.

지금도 그렇다.

'죽어'라는 말이 그냥 나온 게 아니다. 상대를 학대하고픈 욕구가 자연스레 배여 나왔다.

그 말과 더불어서 어떤 행동을 했을까?

교주가 어떻게 받아들이느냐에 따라서 그의 목숨이 좌우될 터이지만, 교주의 성격을 미루어 보면 아무 일도 없을 게다.

교주는 정랑을 사랑한다. 고루 사랑한다. 그 누구도 나쁜 일에 휘말리는 것을 원치 않는다. 사소한 일쯤은 못 본 척, 못 들은 척 흘리고도 남을 분이다.

사실 교주와 정사를 나눈 정랑은 형당에서 손댈 필요가 없다.

왕윤생은 여자를 학대하지 않고도, 사랑으로 감싼 정사를 벌여도 최상의 쾌락에 도달할 수 있음을 알게 되리라. 학대함으로써 얻는 쾌락보다 훨씬 큰 것, 영혼까지 몽롱해지는 절정을 맛보게 될 것이다.

그는 다시 학대로 돌아가지 못한다.

교주와 나눈 정사를 그리며 사랑과 포용을 추구하리라. 또한 교주를 위해서라면 목숨까지 내놓는 영원한 추종자가 되리라.

그때, 갑자기 왕윤생과 루검비의 얼굴이 겹쳐 떠올랐다. 그

리고,

"아!"

수두화는 벼락이라도 맞은 듯 몸을 흠칫 떨었다.

왕윤생 같은 정랑은 환희교에게는 축복이 아니라 재앙이다. 차라리 없느니만 못하다. 그렇다고 환희교에 투신한 사람을 내칠 수도 없고, 흑백 나누듯 솎아내지도 못한다.

형당에서는 화녀를 창기처럼 농락하는 자들을 가려내 징치하고 있지만 곤란한 부분이 상당히 많다.

옛말에도 침상에서 벌어진 일은 아무도 모른다고 했다.

화녀가 악감정으로 정랑을 고발한 사건이 많은데, 진위를 가려내기가 상당히 어렵다. 또한 변태적인 성 취향이 반드시 교리 위반으로 이어지는 것도 아니다.

환희교의 무한한 사랑은 선악(善惡)을 차별하지 않고 품어야 한다. 그러니 엄밀히 말하면 형당에서 하는 일 자체가 교리에 위반된다. 교리대로라면 형당이 존재해서는 안 된다.

왕윤생 같은 작자라도 사랑 어린 눈길로 바라봐야 한다. 시늉을 내는 것이 아니라 진심을 다하여 사랑해야 한다. 두 번 다시 보기 싫은 작자라도 얽히고설킨 인연으로 정사를 벌이게 되었다면, 최소한 그 순간만은 세상에서 가장 귀중한 사람으로 생각해야 한다.

일부일처(一夫一妻)를 고집하는 사람은 환희교와 정반대로 대치한다. 일부다처(一夫多妻)나 일처다부(一妻多夫)도 안 된다. 정조를 지켜야 하는, 혼인이라는 틀에 얽매여서는 환희교의 교리를 이해하지 못한다.

환희교도는 만남과 헤어짐이 자유롭다. 사랑할 때는 최선을 다하지만 돌아서면 잊는다.

세인들의 눈길이 따가울 수밖에 없다.

진정한 의미에서의 환희교도는 지금처럼 절곡(絶谷)에 둥지를 틀고 웅거해서는 안 된다. 하늘을 나는 새처럼 자유분방하게 중원을 돌아다녀야 한다. 수많은 이성과 사랑을 나누며, 그들을 아끼며.

세인들이 이해하지 못하고 시비를 걸어오니 뜻이 맞는 사람끼리 모여 사는 것뿐이다.

그러다 보니 문제가 생겼다.

환희교와 사창가의 구분이 애매해졌다.

인간의 본성 중에 가장 깨끗해야 할 것이 남녀 화합이다. 또한 가장 쉽게 최악으로 변질될 수도 있다.

그렇기에 사람들은 오욕(五慾) 중에 하나인 성욕(性慾)을 밀실에 가둬둔다. 아무도 보지 않는 곳에서 단둘이만 나누는 밀회(密會)로 구분 지었다.

공개된 남녀 화합도 있다.

사창가가 그렇다.

그곳에서는 사랑 대신에 돈이 오간다. 돈이 있으니 폭력도 있다. 성욕이 있으니 술이 있다. 술과 폭력이 있으니 살인이 발생한다. 살인자, 사기꾼, 난봉꾼이 판을 친다.

공개된 남녀 화합은 항상 문제가 있다.

환희교도 공개되어 있다.

어떤 면에서는 사창가보다도 더 나쁘게 공개되었다.

사창가에 가서 여자를 사려면 돈이 있어야 한다. 돈이 있느냐 없느냐 하는 판단 기준이라도 있다.

환희교는 아무런 제약이 없다. 입교(入敎)할 때 인성(人性) 판단을 하지만 눈 가리고 아옹에 불과하다. 사람을 한 번 보고 어떻게 판단하겠는가. 사람이 사람을 속이고자 작정하는데 누구인들 못 속이겠는가. 여자에게 환장한 작자가 먹잇감을 발견했는데 죽는 시늉인들 못하겠는가.

환희교에는 잘못 들어온 자들로 넘친다.

온갖 지저분한 놈들이 환희교의 성전(聖殿)을 더럽히고 있다.

환희교도는 사창가의 창기나 난봉꾼이 아니다. 한데도 세간에서는 그렇게 본다.

힘으로 짓누르면 어찌할 수 있다고 생각하는 위인도 많다.

산적이나 사기꾼 같은 자들이 재미 좀 볼까 하고 환희교에 들어오는 사례는 비일비재하다. 아니, 근래에 들어서는 하나같이 그런 인간들만 들어온다.

나중에라도 교리를 이해하고 따를 가능성은 낮아 보인다.

성도(性道)를 수련하고 닦아야 할 환희교가 욕정의 배출구가 되고 있다.

교리를 다시 세워야 한다. 교리를 이해하지 못하는 자는 과감하게 내치고, 새롭게 탈태환골(奪胎換骨)해야 한다. 지금 같아서는 감히 교(敎)를 말할 수 없다. 사창가나 다름없다.

한데 교리를 세우지 못한다.

정랑들이 패거리를 짓기 시작하더니 자신들만의 구역을 만들어 버렸다. 형당에서도 손을 대지 못하고, 교주조차도 어쩌지 못하는 금역(禁域)이 세 군데나 된다.

그들은 강하다. 사내라서 강한 것이 아니라 강한 무공을 지닌 진정한 강자들이 세력을 규합했기에 강하다. 그들의 힘이 어느 정도냐 하면, 어느 한쪽의 힘만으로도 환희교를 지워 버릴 수 있다. 전쟁이 시작되면 그들 역시 상당한 피해를 입겠지만 눈 하나 깜짝 안 할 위인들이기도 하다.

다행스럽게도 현재까지는 독아(毒牙)를 드러내지 않고 있다.

표면적으로는 교주의 명을 충실히 받들고 있으며, 형당이 하는 일에도 가급적 간섭을 하지 않는다.

세 금역끼리의 충돌은 있을 수 없다. 몇 번 충돌이 있기는 했지만 그때마다 얻은 교훈이 건드리면 건드릴수록 서로 손해만 본다는 것이다.

그들 세 금역은 삼정(三鼎)처럼 환희교를 에워싼 채 피를 빨아먹고 있다.

환희교는 사상누각(沙上樓閣)이다.

어린아이의 발길질에도 무너질 것처럼 위태위태하다.

교주도 이런 상황을 한 번에 해소하고자 루검비라는 패를 내놓은 게다.

교주는 루검비를 앞세워 환희교를 쇄신(刷新)하려고 한다. 획기적인 사건을 앞세워 모든 이목을 집중시킨 후에 쓸모없는 가지들을 쳐내려는 게다.

수두화는 교주의 마음을 읽었다.

"휴우!"

깊은 한숨이 절로 흘러나온다.

환희교가 어쩌다 이 지경이 되었나. 어찌하여 교를 정비하는 데 세상 물정 모르는 꼬마에게 혹형까지 가해야 하나.

교주의 뜻대로 시간이 충분히 주어진다면, 그래서 루검비가 삼법을 통과한다면 환희교에도 회생의 빛은 보인다.

환희밀공(歡喜密功)!

루검비가 세상에서 가장 지독한 사람만이 수련할 수 있다는 환희교의 비학(秘學)을 수련해 낸다면…… 그때까지 삼역이 현 상태를 유지해 준다면…….

루검비가 해낼 수 있을까? 삼법을 이겨내고 환희밀공까지 터득할 수 있을까? 천하의 철골(鐵骨)이라는 육반루가의 자손이지만 너무 어리지 않은가.

그렇지만 환희밀공을 수련하기 위해서는 지금 시작해야 한다. 너무 가혹해서 천에 하나, 만에 하나도 성공하기 힘들기에 아직까지 환희밀공을 터득한 사람이 없었다. 그렇지 않고 쉽게 터득할 수 있었다면 몇몇 놈 때문에 교주까지 쩔쩔매는 지금과 같은 상황은 일어나지도 않았을 게다.

환희밀공은 원정(元精)이 발화(發火)하기 시작하는 동자(童

子), 동녀(童女)만이 수련할 수 있다.

수두화는 발길을 돌렸다.

교주와 면담할 이유가 없어졌다. 자신에게 무엇을 맡겼는지 알았으니 차분히 일을 추진하면 된다. 하나 저벅저벅 걷는 그녀의 발걸음은 무겁기만 했다.

'힘들어. 한낱 어린아이에게 무슨 기대를……'

3

좁고 긴 골짜기.

워낙 깊은 산골이고, 보보(步步)마다 위험이 도사린 험지(險地)라 오가는 사람조차 없다.

그런 곳에 장사곡(長蛇谷)이란 이름이 붙여진 것은 몇몇 여인들이 움막을 짓고 살면서부터다. 골짜기가 뱀이 기어가는 형태를 닮아서 한 명, 두 명 장사곡이라고 부르기 시작한 것이 오늘날의 지명이 되었다.

장사곡에는 사람들이 모여 산다.

외부와 거래하는 일은 없다. 약초꾼이나 사냥꾼조차 발길을 옮기지 않는 곳이기 때문이다. 장사곡에는 특수한 목적을 가진 사람만 모여 산다.

칠절신군(七絶神君)은 환희밀공이라는 양생비기(養生秘技) 때문에 오지로 들어섰다. 그리고 십 년이 넘는 세월을 골짜기에서만 보내고 있다.

그는 영준하다. 체구도 건장하다. 학문도 막힘없고, 무공도 뛰어나다. 시서화기(詩書畵棋)가 사절(四絶)이요, 검권신(劍拳身)이 삼절(三絶)이다. 문(文) 사절에 무(武) 삼절로 칠절이니, 가히 문무쌍전(文武雙全)의 기재다.

그는 정력적인 사내다. 침상 기술도 탁월하다.

황제내경(黃帝內經), 합음양(合陰陽), 소녀경(素女經), 현녀경(玄女經), 옥방비결(玉房秘訣) 같은 방중서(房中書)에 능통할 뿐만 아니라 제병원후론(諸病源候論), 천금요방(千金要方)같이 성의술이 적힌 의서(醫書)도 환히 꿰뚫는다.

그뿐만이 아니다. 당나라 백락천(白樂天)의 동생인 백행간(白行簡)이 음양 교합을 노래한 천지음양교환대락부(天地陰陽交歡大樂賦)까지 줄줄 외고 있다.

가히 음양에 관해서는 모르는 것이 없다고 해도 과언이 아니다.

그런 그가 환희교에 관심을 가진 건 필연이다.

그는 채음보양(採陰補陽)에 관심이 있다. 채양보음(採陽補陰)에는 팔 하나라도 내줄 수 있다. 한데 이 모든 것을 다 뛰어넘는 음공(淫功)의 진수, 환희밀공이 있다. 그것만 손에 넣을 수 있다면 반평생쯤은 기꺼이 내줄 수 있다.

그의 목적은 뚜렷했다.

장사곡에 거주하는 이유도 명확했다.

화녀들은 그를 칠절신군이 아니라 팔절신군이라고 부른다. 색절(色絶) 하나를 더 보태야 한다고 한다.

　방중비기(房中秘技)에 달통한 화녀들이 색절을 논할 정도라
면 어느 정도인지는 미루어 짐작할 수 있다.
　그는 부족함이 없다. 어디서나 도움을 줄 수 있는 사람이지,
받을 사람은 아니다. 그래서 친구도 많다. 무엇보다도 칠절신
군과 함께 있으면 절색의 화녀들을 떡 주무르듯 할 수 있다는
매력적인 장점이 있다.
　품고 싶은 화녀가 있는데 정랑이 바싹 붙어 있는가? 칠절신
군에게 말해보라. 오늘 밤, 그녀를 품을 수 있을지니.
　칠절신군 곁에는 호색한이 유독 많이 모인다. 색이 있으니
술이 있고, 짙은 농담과 유쾌한 웃음이 흐른다. 해서 그들을 명
랑(明郎)이라고 부른다.

　"삼법을 정식으로 치른답니다."
　"정식이라, 그럼 투석형(投石刑)부터 시작하겠군. 꼬마가 감
당하기에는 벅찰 텐데. 공식 발표했나?"
　칠절신군은 예상했다는 듯 담담하게 말했다.
　그는 왼손으로 현을 당기고 오른손으로는 말총을 움직였다.
그러자 호금(胡琴)에서 맑고 힘찬 소리가 울려 나왔다.
　악(樂)은 칠절 속에 포함되어 있지 않지만 호금을 타는 솜씨
는 명인을 무색케 한다.
　"자정을 기해 발표했습니다."
　"정확히 자정에?"
　"네."

"뭐가 그리 자신있을까?"

"네?"

"육반루가의 씨라지만 아직은 젖비린내 나는 꼬마. 삼법은 꼬마가 이겨낼 성질의 것이 아닌데. 후후후! 후후후후! 잘 지켜보면 뭔가 나오겠군. 어쩌면…… 기다림이 끝날 수도 있겠어."

"환희…… 밀공 말씀입니까?"

칠절신군이 환희밀공을 탐낸다는 건 비밀도 아니다.

"육반루가의 씨를 데려와 뭘 하겠나? 정랑? 아니야. 육반루가의 씨는 아주 건실한 정랑이 되겠지만…… 정랑으로만 써먹기에는 너무 아까워. 여섯 살짜리 꼬마…… 동차, 동녀만이 수련할 수 있다는 환희밀공. 분명 연관이 있어."

"그럼……?"

"후후! 뭐가 그럼인가. 당연히 모든 눈과 귀를 움직여야지. 지금부터 눈 크게 뜨고 귀도 활짝 열어놓고 온 신경을 곤두세우라고 해. 분명히 몇 년 안에 환희밀공에 대한 말을 주워듣게 될 거야. 하하하! 하하하!"

칠절신군은 통쾌하게 웃었다. 호금에서 울려 나오는 소리도 앙천광소(仰天狂笑)만큼이나 컸다.

*　　*　　*

사람들은 그를 면도(緬刀)라고 부른다.

작달막한 키, 빼빼 마른 몸, 얼굴에도 뼈에 가죽만 달라붙어 있어서 인덕(仁德)이라고는 전혀 엿보이지 않는다.

힘 좀 쓰는 사람에게는 한주먹거리로도 안 된다. 하나 그에게 면도가 쥐어지면 전혀 다른 상황이 된다.

그를 건드릴 수 있는 자? 글쎄⋯⋯.

무공의 고하는 아무 상관 없다. 이상한가? 전혀 이상하지 않다. 싸움을 잘하느냐 못하느냐도 제외한다. 그런 게 어디 있냐고? 여기 있다. 면도를 건드리려면 단지 딱 하나만 염두에 두면 된다. 여분의 목숨이 있느냐 없느냐만.

그래서 그에게는 친구가 많다.

그를 적으로 두고 싶지 않은 자들이 그를 에워싸고 강력한 힘을 구축했다.

언제 폭발할지 모를 화약 같은 존재들, 환희교도는 그들을 적랑(赤郞)이라고 부른다.

"죄명(罪名) 동녀(童女) 겁탈(劫奪). 어린아이도 웃을 소리고."

동남과 동녀는 정식 환희교도가 아니지만 환희교에 머물 수 있다.

그들은 밖에서 데려온 아이도 있지만 정사의 결과로 환희교 내에서 태어난 아이가 대부분이다.

환희교 율법에는 동남동녀가 정식 환희교도가 될 때까지는 털끝 하나 건드려서는 안 된다는 법규가 있다. 십육중범 중 열

다섯 번째 계율로, 어길 시에는 불문곡직 형당행이다.

루검비의 죄명이 바로 그 동녀 겁탈이다.

겨우 여섯 살짜리 꼬마 아이가 동녀를 겁탈했단다.

무얼 알고 저지른 일이라면 꼬마야말로 천하제일의 색마 소리를 들어도 무방하다.

형당에서는 고의로 삼법을 쓰고 있다. 그리고 숨길 생각도 하지 않는다.

"꼬마가 대단한 모양이죠. 육반루가 사람들은 꼬마도 황소를 장난감처럼 집어 던진다던데요."

"저거 돌머리 아냐? 야! 너 입 다물어. 어떻게 입만 열었다 하면 사람을 미치게 하나? 넌 앞으로 한마디도 하지 마. 알았어! 네 말만 들으면 괜히 신경질 나. 저 돌머리를 그냥 콱!"

"……"

맞장구치던 사내는 입을 꾹 다물었다.

면도는 웃는 얼굴로 말하고 있다.

그렇다고 방심하면 큰코다친다. 그에게 죽은 사람들 모두가 웃는 얼굴을 봤다. 가까운 사이, 먼 사이도 상관없다. 아는 사람, 모르는 사람도 관계치 않는다. 성질을 건드리면 죽는다.

환희교도끼리 살상하지 마라.

환희교 율법 첫 번째다.

살상하는 것이 발각되었을 경우에 해당하는 말이겠지만. 시신이 되었든 뭐가 되었든 발견했을 때 거론되는 형벌이지만.

말을 바꿔야 하나? '실종되기 싫으면 성질을 건드리지 마라' 로?

"교주가 데려왔는데 형당에서 쳐 죽이려고 한다? 왜? 은밀히 죽일 수 있는 일은 공공연하게 투석형까지 치른다? 왜? 야! 나 궁금해서 죽겠는데, 누가 답을 말해봐!"

면도는 주위를 쭉 둘러보았지만 결국은 한 여인에게 눈길을 고정시켰다.

환희교에서 유일하게 면도를 통제할 수 있을 뿐 아니라 사실상 손아귀에 올려놓고 좌지우지하는 화녀, 흑화녀(黑花女)다.

그녀는 면도처럼 키가 작고 깡말랐다. 하지만 그녀를 대하는 순간 작다는 느낌은 깡그리 사라진다. 대신 여장부나 거물을 만났다는 위압감에 어깨가 위축되곤 한다.

그녀는 피부가 검다. 무척 검다. 그래서 흑화녀라고 부른다.

흑화녀가 아이를 달래듯 면도의 얼굴을 두 손으로 감싸며 말했다.

"환희밀공을 수련시킬 테니 잘 보라는 거지."

"환희밀공!"

"삼법을 공식 발표했어, 투석형부터 치르겠다고. 여섯 살짜리가 투석형을 이겨낼 수 있다고 생각해?"

"그게 궁금해서 물은 건데 되물으면 어떻게 해!"

"삼법을 이겨낼 수 있는 사람만이 환희밀공을 수련해 낸다.

그래서 삼법을 시행한다. 교(教)의 뜻은 확고하게 알렸다. 너흰 어떻게 할 거냐? 환희밀공을 수련한 강자가 나타나 목줄을 쥘 텐데, 두렵냐? 두렵거든 시작하기 전에 말해라. 괜히 나중에 헛소리하지 말고."

"그런 뜻이란 말이야?!"

"다시 말하지만 시작하기 전에 말하라는 거야. 지켜볼 자신이 없으면 투석형을 치를 때 돌을 던져 죽이라는 거야. 그렇지 않으면 삼법을 끝마칠 때까지 허튼수작 부리지 말고."

"흐흐흐……!"

"죽일 거야?"

"꼬마 놈을 죽여서 뭐 해. 교주…… 고것 깜찍하네. 숨겨놓고 양성할 수 없으니까 내놓고 양성하겠다는 거군."

"휴우!"

흑화녀가 한숨을 내쉬었다.

"뭐야, 그 한숨은! 무슨 뜻이야!"

"하나를 주면 하나만 생각하니, 참 세상 편하게 산다."

"뭐가 또 있어?"

"환희밀공을 수련할 자가 생겼다는 거는 생각 안 해?

"흐흐흐! 칠절인가 팔절인가 하는 놈이 목매는 것?'

"칠절신군이 공공연하게 떠벌리고 다니는 게 이상하다는 생각은 하지 않았어? 환희밀공, 어차피 몇몇 사람은 알고 있어. 영원한 비밀은 될 수 없었던 거야. 그러니 아예 내놓고 조앙신하는 거지. 환희밀공은 내 것이니 건드리지 마라."

“뭣! 그놈이 죽으려고!”

“이제 알아들었어? 환희밀공은 칠절신군 같은 자가 욕심내는 무공이야. 단순히 채음보양이나 채양보음 정도로 생각하면 큰 오산이야. 소림(少林)이나 무당(武當) 같은 대문파의 절정비기에 견주어도 전혀 손색없는 천하신공이야.”

“……”

“내가 그걸 얻게 해줄게. 그러니 넌 시키는 일이나 똑바로 해줘.”

“흐흐흐! 넌 이럴 때가 제일 예뻐. 아랫니를 꽉 깨물고 말을 잘근잘근 씹어뱉는 모습이 아주 고혹적이야. 가자. 밤까지 못 기다리겠어.”

“수하들 단속부터 해.”

“뭘 단속?”

“어떤 일이 있어도 꼬마 놈을 살려둬야 해. 그러니 투석형이 실시되면 손에 사정을 남겨두라고 해. 때려죽이면 안 된다고. 차분히 기다렸다가 환희밀공이 놈에게 넘어가는 순간 가로챌 거야.”

“흐흐흐! 환희밀공이고 뭐고 난 네가 좋아.”

면도는 흑화녀의 둔부를 와락 움켜쥐었다.

*　　　*　　　*

그는 윗머리가 벗겨진 반 대머리다. 뒷머리와 옆머리는 여인처럼 길게 길러 축 늘어뜨렸다. 머리를 묶거나 다듬지는 않는다. 뒤로 넘기기만 한다.

키는 육 척을 넘어서고, 몸무게는 근수로 달면 거의 이백이십 근에 이르는 장한이다.

그는 장사곡에서 가장 폭력적인 사람이다. 또한 가장 많은 수하를 거느리고 있다.

엄밀히 말하면 모두 같은 환희교도일 뿐, 상하 관계는 아니다. 그들이 말하는 상하 관계란 환희교에 입교하기 전인 세속에서의 신분을 뜻한다.

그는 적견령(赤堅嶺)에서 흉명(凶名)을 떨치던 산적이었다.

혈우광도(血雨狂刀)라는 거창한 별호도 있다.

그는 기꺼운 마음으로 환희교를 선택했다.

일하지 않아도 먹고살 수 있다. 주색가무(酒色歌舞) 어떤 것이든 원하기만 하면 준비된다.

산적에게 이보다 좋은 지상낙원은 없었을 게다.

그는 무리를 이끌고 귀화했다. 아니, 터만 옮겼다. 교리 같은 게 귀에 들어올 리 없고, 이해할 마음도 없다.

환희교 화녀들이 무공을 수련하지 않았다면 성 노예로 전락하고 말았을 게다.

현재 환희교 정랑의 절반이 산적이라고 해도 과언이 아니다.

가장 거대한 세력이다. 해서 칠절신군도, 면도도 표면적으로는 한 수 접어주고 있다.

화녀들은 깊은 인내심으로 교화시키고 있지만 애초부터 잿밥에만 마음이 가 있는 자들을 어쩌겠는가.

그나마 다행인 것은 세월이 지남에 따라 한 명, 두 명 환희교의 교리를 마음에 담는다는 거다.

광도는 거대한 조직이 어떻게 무너지는지를 안다.

태풍에 무너지는 게 아니다. 작은 모래가 실실 빠져나가다가 결국은 성벽을 무너뜨린다.

그는 마음이 변했다 싶은 수하는 가차없이 제거했다.

물론 면도의 경우처럼 그에게도 살인이라거나 죽음 같은 말은 존재하지 않는다. 단지 실종이 있을 뿐이다.

그는 어슬렁거리며 장사곡을 거닐었다.

제법 살이 통통하게 오른 동녀가 보인다. 작년만 해도 꼬마였는데 한겨울을 나는 동안 처녀가 다 되었다.

"꿀꺽!"

침이 절로 삼켜졌다.

계집아이는 지켜보는 사람을 의식하지 않고 하얀 종아리를 드러내며 물속에서 첨벙거린다.

"고것 참…… 한입거리도 안 되겠구만."

아랫도리가 불끈 솟구치는 건 어쩔 수 없다. 하나 색정을 행동으로 옮기지는 않았다.

꿀물을 맛보기 위해서는 벌을 키워야 한다. 벌을 키우기 싫으면 벌집을 찾아 나서는 노고라도 해야 한다.

동녀가 환희교도가 될 때까지 참아줘야 한다.

환희교도가 되어 적화(赤花)를 머리에 꽂는 날, 그녀의 처녀는…… 크흐흐흐!

기다리면 된다.

욕심을 풀고자 지금 건드린다면 화녀들과 대전쟁이 벌어진다.

여태까지 달콤하게 맛봐왔던 꿀물이 일제히 사라질 뿐만 아니라 칠절신군 패거리와 면도 패거리까지 가세하면 자신만 내쫓길 가능성이 높다.

권위에 도전하는 한두 명은 쳐 없애지만 환희교의 질서는 현재대로 유지되는 게 백 번 낫다.

교리에 대해서 궁시렁거릴 때마다 하품이 쏟아지지만 그까짓 고개 몇 번 끄덕여 주는 걸 못하랴.

"헤헤! 형당에서 준비 중인 모양이네요. 저놈이 그놈인 모양입니다. 왜 그 루검비라는 꼬마 놈이요."

수하가 광장을 내려다보며 말했다.

광장에는 몇몇 여인들이 부지런히 움직이고 있다. 광장 한가운데 있는 사목(死木)에는 작은 동체가 묶여 있다.

"투석형인데…… 쳐 죽일까요?"

"칠절과 면도는 뭐래?"

"칠절 쪽은 지켜보자는 모양새고, 면도 역시……."

"그래? 단박에 쳐 죽이지 않고 지켜보자고?"

혈우광도는 고개를 갸웃거렸다.

사람들은 그의 패거리들을 무식하다고 한다. 땅에 줄 그어 놓고 한일(一)자도 모르는 사람들이라고 한다.

맞다. 무식하다. 배운 것이라고는 주먹질, 칼질밖에 없다.

생각도 없는 사람들이라고 한다. 기분에 따라서 울고 웃을 뿐, 감정 하나 제대로 다스릴 줄 모르는 사람들이라고. 그래서 천랑(賤郞)이라고 부른다.

뜻을 물으니 하늘에서 내려온 낭군이란다.

천랑(天郞)과 천랑(賤郞)을 구분하지 못할 줄 안 모양인데, 봐주고 있다.

무식하게 여기도록 내버려 둔다. 생각없는 사람들이라고 여기는 것도 좋다.

막돼먹은 행동을 해도 그러려니 하니 좋지 않은가. 만일의 경우, 비장의 수를 내놓을 수 있으니 더 좋다.

원래 강호에서는 능력의 삼 푼을 숨기라는 말이 있다.

이건 단순히 산적 출신이라는 이유로 삼 푼 정도가 아니라 절반 이상을 푹 깎아버리니 실실 웃음이 새어 나올 정도로 좋다.

솔직히 이런 곳에서 유식한들 어떻고 무식한들 어떤가. 무식하다는 소리를 듣고 화를 낼 필요가 있는가? 계집 있고, 술 있고, 즐길 수 있으면 되는 거지.

덕분에 칠절신군과 면도는 천랑 쪽은 아예 신경도 안 쓴다.

좋다. 놈들의 행동은 빤히 들여다볼 수 있고, 이쪽 행동은 드러나지 않으니까.

환희교도 역시 혈우광도를 안중에 두지 않는다. 수틀리면 언제든 제거할 수 있는 무리 정도로 여긴다. 산적이 뭉치면 얼마나 뭉치겠냐며 얕본다.

이 역시 좋다. 다 좋다.

"그럼 우리도 지켜봐야지."

"네?"

"가서 전해. 투석형에서 저놈을 때려죽이는 놈이 있으면 내 손에 죽을 줄 알라고."

기다린다? 구린내가 풍긴다.

형당이 꼬마에게 삼법을 시행하는 것부터 냄새가 난다. 저런 꼬마가 동녀를 겁탈했다고? 이 무슨 오뉴월에 얼어 죽을 소린가.

교주가 손을 댔고, 형당이 일을 진행시키고…… 칠절신군과 면도는 서로 짜기라도 한 듯 지켜보겠다는 입장이고…….

'환희밀공…… 시작되었어!'

혈우광도는 음흉한 눈으로 동녀를 쳐다볼 때와는 사뭇 다른 진지한 눈으로 광장을 내려다봤다.

第二章
사람의 법

환희밀공
功

1

"이틀 얻어맞고 하루 쉴 거야."

"맞는 것도 쉬어가면서 맞아요?"

"견디기 힘들면 말해."

"참아볼게요."

"대충 맞아보고 안 되겠다 싶으면 빨리 말하는 게 좋아. 어른도 한 달만 맞으면 병신이 된다는 곳이 여기야. 넌 한 달도 아니고 장장 십 년이야. 힘들겠다 싶으면 빨리 포기해."

"포기하면 어떻게 되는데요?"

"빨리 끝내줄게."

"네?"

"고통을 느낄 새도 없을 거야. 약간 따끔하다 싶으면 끝나."

루검비가 여인의 말을 되새김하는 듯 눈을 끔뻑거렸다. 그러나 곧 자신있다는 듯 활짝 웃으며 말했다.

"그게 무슨 말이에요?"

"빨리 죽여준다고."

"죽어요?"

"견디지 못하면."

"치잇! 말하나마나네. 그런데 그런 말을 어떻게 웃으면서 해요?"

"일 년은 삼백육십오 일이다. 넌 이백사십 일을 맞고 백이십오 일을 쉰다. 맞는 방법은 각기 다르다. 이틀에 한 가지씩, 모두 백이십 가지의 혹형을 경험하게 될 게다."

화녀의 음성은 차가웠다.

장난이 아니다.

세상에서 가장 말귀를 못 알아듣는 미련퉁이도 피비린내를 맡을 수 있다.

독사가 생쥐를 발견했다.

독아(毒牙)가 하얗게 드러난다. 살기가 번뜩인다.

화녀는 고타(拷打), 용형(用刑), 고문(拷問)의 달인이었다. 수십 번에 걸친 경험으로 온갖 형벌을 태연히 자행할 수 있는 사람이다.

"먼저 신고부터 해야겠지? 여기 있는 모든 사람들, 환희교 모두가 널 알게 될 거야. 우리 형당에 새로운 손님이 왔다는 것도. 호호호! 호호호호!"

화녀는 차갑게 웃었다.

드넓은 광장에 죽은 나무 한 그루가 서 있다.

잎사귀 하나 달려 있지 않은 사목(死木)은 말라비틀어져 괴기를 발산했다.

루검비는 사목에 묶였다.

드디어 시작이다.

화녀는 아무 소리도 하지 않았지만 무서운 일이 벌어지고 있다는 정도는 느낌으로 와 닿았다.

최르륵!

오 장 밖에 어린아이 주먹만 한 돌무더기가 쌓였다.

입이 마른다. 혀가 바싹 타들어간다.

누가 무엇을 할 것인지는 지나가는 개도 안다. 돌팔매질이다. 동네 사람들이 패륜아를 때려죽일 때처럼 돌팔매로 죽이려고 한다.

루검비의 안색이 파랗게 질렸다.

돌팔매질을 당해 죽는 사람을 본 적이 있다.

눈 깜빡할 사이에 끝난다.

많은 사람이 일제히 돌을 던지기 시작하면 막고 자시고 할 것이 없다. 본능적으로 발버둥을 쳐보지만 깜빡하는 순간에 정신을 놓고, 그로부터 열을 헤아리기도 전에 죽는다.

그 후로도 돌무더기는 쏟아진다.

흥분한 사람들이 시신을 짓뭉갠다.

돌을 던지고 또 던지고…… 발로 차고, 머리를 으깨고…….

자신이 지금 당하는 것처럼 죽은 나무나 나무 기둥에 묶여 돌팔매질을 당하는 경우도 봤다.

날아오는 돌을 피하기 위해 머리를 몇 번 내두르는 것이 고작이다.

머리가 깨진다. 피가 줄줄 흘러내린다. 코가 부러지고, 이빨이 튀어나오고, 눈이 짓뭉개진다.

다행스러운 점은 처참한 몰골을 인식하기 전에 의식을 잃는다는 것이다.

"이틀 얻어맞고, 하루 쉰다고 했잖아요!"

누구에게 하는 말이 아니다.

주위에는 아무도 없다. 많은 여인들이 돌무더기를 쌓고 있지만 그의 말을 듣는 사람은 없다. 묵묵히 자기 할 일들만 한다. 죽일 준비만 한다.

"씨이! 강하게 해준다고 해놓고……."

어떠한 말도 공허한 울림에 불과하다는 것을 알아버렸다.

살려달라고 애원해도 들어주지 않는다. 눈물, 콧물 질질 짜내도 무감각해진 살인마의 마음을 돌려놓지는 못한다.

많이 봤다. 정말 많이 봤다.

전쟁터는 많은 것을 보여준다.

사람의 목숨이 얼마나 하찮은 것인지, 사람이 얼마나 쉽게 죽을 수 있는지, 사람을 죽이면서 얼마나 무감각해질 수 있는지, 살아 있는 사람과 죽은 사람의 차이가 무엇인지.

“좋아. 죽일 테면 죽여.”

사내아이는 아랫입술을 잘끈 깨물며 눈을 부릅떴다.

꼬르륵……!

뱃속에서 밥벌레가 꾸물거렸다.

이곳이 어딜까? 사방을 둘러보아도 온통 낯선 풍경뿐이다.

깊은 산속인 것만은 틀림없다. 집들도 여느 산골 마을처럼 나무로 만들었다. 단지 다른 점이 있다면 산중 마을은 서너 채, 많아야 십여 채를 넘지 않는 데 반해 이곳은 무려 백여 채나 들어서 있다.

아주 큰 마을이다.

오가는 사람들이 보이지 않아 이상하지만 사람이 살고 있는 것만은 틀림없다.

저녁밥을 짓는 구수한 냄새가 온 산을 진동한다.

집집마다 연기가 피어오른다. 기름기 잘잘 흐르는 흰 쌀밥의 맛있는 모습이 그려진다.

꼬르르륵……!

밥벌레가 연신 꿈틀거린다.

언제 죽을지 모를 판국인데도 따스한 밥 한 끼만 먹었으면 좋겠다는 생각이 든다.

어느 집에서 나물을 무치는지 참기름 냄새가 구수하게 퍼져 나온다.

“씨이! 죽일 때 죽이더라도 밥이나 먹여야 할 것 아냐.”

누가 들으라고 한 소리가 아니다. 들을 사람도 없다.

마을 한복판인 듯싶은 광장에는 살벌하게 쌓여진 돌무더기 외에는 아무것도 없었다.

해가 졌다.

노을이고 뭐고 볼 틈이 없었다. 세상이 잠깐 붉어진다 싶더니 이내 깜깜한 어둠 속으로 빨려들었다.

까악! 까악……!

어디선가 불길하게 까마귀가 울어댄다.

아니다. 불길함 따위는 아무 상관 없다. 돌팔매질당해서 죽을 줄 알았는데 무사히 하루가 지나가니 얼마나 다행인가. 이건 불길한 게 아니다.

그때, 꼬마의 평안함을 빼앗기라도 하듯 횃불이 피어나기 시작했다.

하나, 둘…… 한 집, 한 집 켜지기 시작한 횃불이 절곡을 대낮처럼 환히 비쳤다.

횃불이 일렁거린다. 움직인다. 뱀이 기어가듯 줄지어 흘러내린다. 용암처럼…… 느리게 흘러 광장으로 모인다.

"꿀꺽!"

루검비는 마른침을 삼켰다.

무슨 일이 벌어질까? 돌팔매질을 당하는 건가? 죽는 건가?

늙은 사람, 머리가 하얗게 새어서 환갑은 넘었을 것이라고 생각되는 사람, 그러나 이목구비가 뚜렷하여 나이가 들었음에도 매력이 철철 넘치는 사람이 오 장 앞으로 다가왔다.

“호오! 여섯 살이라고 들었는데, 크구나. 열두어 살쯤 된다고 해도 믿겠어. 아이야, 잘 견디거라.”

음성이 무척 따뜻했다. 눈길도 삼촌이 조카를 염려하듯 걱정으로 가득했다.

“네.”

루검비는 자신도 모르게 대답했다. 그 순간!

쒜엑! 따악!

무엇인가 날아온다 싶었는데 눈에서 불이 번쩍 튀었다.

무슨 일을 당했는지는 금방 깨달았다. 군자(君子)처럼 생긴 사람이 돌을 던졌고, 이마 한가운데에 정통으로 얻어맞았다.

뜨거운 물이 머리끝에서부터 주르륵 흘러내렸다.

“치잇!”

루검비는 이를 악물었다.

걱정해 주는 척하며 돌을 던져? 재수없는 인간 같으니!

“어디 보자. 루씨 씨앗은 뭐가 달라도 다르다며?”

쒜엑! 따악!

“헉!”

숨이 가쁘게 튀어나왔다.

명치…… 명치 한가운데에 틀어박혔다.

숨을 쉴 수가 없다. 숨이 콱 막혀 버렸다.

대단한 돌팔매질이다. 막무가내로 던진 돌멩이가 우연히 명치에 틀어박힌 게 아니다. 정확히 조준해서 던져 냈다. 쇠꼬챙이에 급격히 찔렀을 때의 충격이 머리를 울린다.

여섯 살배기 꼬마.

대부분 재롱이나 부릴 나이다. 조금 뛰어난 아이는 책을 읽는다고 한다. 신동(神童)이라 불리면 경서(經書) 몇 권쯤은 달달 외운다.

그 나이, 육반루가에서는 기본공(基本功)을 벗어난다.

무공을 수련할 수 있는 기본적인 체질은 만들어졌다고 봐야 한다.

고통을 참아내는 인내, 끈기는 익숙하다. 육체에 가해지는 고통은 육체만으로는 버텨내지 못한다. 육반루가가 아니라 천하장사인 항우(項羽)라도 안 된다. 고통은 오로지 정신력으로 버텨내야 한다. 이를 악무는 힘이 어느 정도냐에 따라서 고통에 굴복하든지 이겨내든지 결정지어진다.

"씨이!"

루검비는 고개를 뻐쩍 쳐들었다.

쒜에엑!

돌이 날아오고 있었다.

사람들은 할 일이 없었다. 잠도 자지 않았다. 자정을 넘겼든 넘기지 않았든 아랑곳하지 않았다. 루검비를 향해 돌멩이를 던지지 않으면 돌아갈 수 없다는 듯 차분히 자기 순서를 기다렸다.

쫘악!

얼음처럼 차가운 물이 머리 위로 떨어졌다.

"으음……!"

루검비는 신음을 토해냈다.

온몸이 사시나무처럼 떨렸다.

머리끝부터 발끝까지 타격당하지 않은 곳이 없다. 깨지고 짓이겨져 바람만 불어도 뼈가 저린다.

혼절을 반복했다.

형당 여인은 그때마다 찬물을 뒤집어씌었다. 어느 때는 침까지 사용했다.

"그만할까?"

형당 여인이 비웃었다.

그녀는 걱정스러워서 한 말일지 모른다. 하나 루검비에게는 꼭 비웃음으로밖에 들리지 않았다. '그만 버티고 죽어라' 하는 소리로만 들렸다.

'죽을 수 없어!'

루검비는 고개를 뻣뻣이 세웠다.

인법에 관용은 없다.

인정을 모두 내팽개치고 오로지 약육강식(弱肉强食)이라는 수심(獸心)만 가지고 임한다.

먹이가 약해 보이면 가차없이 뜯어먹는다.

먹이가 강하면 정면으로 치지 않는다. 그렇다고 포기하지도 않는다. 서서히 맴돌며 힘을 소진시킨다. 무릎을 꿇을 수밖에 없는 상황으로 몰아간다.

환희교 율법에는 십육중범(十六重犯)이 있다.

형당에 잡혀가 속죄해야 하는 중범죄가 열여섯 가지다.

제일 첫 번째 율법은 교도끼리 살인하지 말라는 것이요, 제일 마지막 열여섯 번째 율법은 남녀 간에 정신적 교감이 없는 성교는 금한다는 것이다.

속죄하는 방법은 오직 하나뿐이다.

성교가 없는, 사랑이 없는 오직 피와 죽음과 공포만이 존재하는 담옥(曇獄)에 다녀오면 된다.

처음 환희교 율법을 접한 사람은 담옥을 불가(佛家)에서 말하는 지옥과 혼돈하곤 한다.

교리를 쉽게 이해시키는 측면에서 그렇게 생각하면 된다고 말하고 있지만 엄연히 다르다. 지옥과 담옥이 완전히 다르다는 본인이 교리를 심층적으로 연구한 후에 스스로 깨닫게 되니, 처음부터 힘들게 설명할 필요는 없다.

담옥에는 지옥처럼 불덩이가 없다. 고통도 주지 않는다. 펄펄 끓는 기름 솥도 없다. 오직 어둠만 있다. 아무것도 느끼지 못하고, 아무것도 생각하지 못하고, 철저하게 어둠과 동화되는 망각의 바다를 담옥이라고 한다.

담옥에는 무아(無我)만이 존재한다. 무시(無視), 무청(無聽), 무감(無感)이니 살아 있다는 느낌마저 없다.

잠깐 몰아(沒我)에 빠졌다가 다시 속세로 돌아오는 것이 아니라 살아 있되 죽는, 완벽한 탈생(奪生)이 되어야 한다. 그런 지경에서만이 십육중범을 속죄할 수 있다.

형당의 삼법은 엄밀히 말하면 혹형이 아니다. 고문도 아니다. 육신을 담옥으로 인도하는 수단일 뿐이다.

그렇다. 모든 초점은 담옥에 맞춰져야 한다. 육신에 고통만 가할 뿐, 담옥으로 인도할 수 없는 수단이라면 두 번 생각할 필요도 없이 버린다.

단두(斷頭)나 육시(戮屍)처럼 오직 죽음밖에 존재하지 않는 형벌이 없는 까닭이기도 하다.

투석형(投石刑)은 죽음과 고문의 경계를 넘나든다.

조금만 힘을 더 주면 생명을 빼앗게 되고, 조금만 덜 주면 지독하게 아프기만 하다.

고수가 온 신경을 집중하여 손을 써야 하는 고도의 형벌이다.

한데 그럴 수 없다. 그만한 무공을 지닌 사람이라면 좀 더 귀중한 곳에 힘을 써야 한다. 고작 죄인을 담옥으로 이끄는 일에 심력을 낭비해서는 안 된다. 하려고도 하지 않지만.

담옥에 초점을 맞춘다면 투석형은 사라졌어야 할 형벌이다. 하지만 남겨두었다. 환희교도 모두가 참여할 수 있는 유일한 형벌이기 때문이다.

여기 십육중범을 저지른 죄인이 있다. 모두 나와서 죄인을 담옥으로 이끌라. 돌을 던지며 율법을 되새김하라. 죄인을 보지 말고 자신을 돌아보라.

율법을 백 번 강조하는 것보다 형벌에 한 번 참여시키는 것이 효과가 크다.

돌은 던지는 환희교도는 나름대로 힘을 조절한다.

죄인을 죽이려는 것이 아니라 담옥으로 이끌기 위함이라는 것을 염두에 두고 돌을 던진다.

하지만 환희교도 모두가 고수는 아니다. 무공의 층차가 너무 벌어진다. 어떤 사람은 고수이지만 어떤 사람은 무공을 거의 모른다. 하니 일부는 과하게 힘을 쓰고, 일부는 너무 힘을 주지 않는다.

죽여서는 안 되고, 아프기만 해서도 안 된다는 한계는 아예 죽여 버리자는 강심(强心)과 그냥 돌을 던지는 흉내만 내자는 약심(弱心)을 넘나든다.

어쨌든 투석형을 당하는 사람에게는 담옥보다는 죽음의 형벌에 가깝다.

살기 위해서는 큰 운이 따라줘야 하는 것이다.

형당은 투석형을 삼법의 제일 첫 번째에 올려놓았다.

환희교도에게 삼법을 겪을 사람이 생겼다는 점을 알려주는 의미에서다. 환희교도 모두에게 율법의 중요성을 일깨워 주기 위해서다. 또한 담옥으로 가는 머나먼 여정을 견뎌낼 수 있을지 없을지 죄인의 운을 시험해 보자는 뜻도 있다.

투석형은 일종의 신고식이다.

"하루를 넘겼습니다. 육반루가의 씨라고 하지만 여간 독종이 아니던데요."

수두화는 의자에 깊숙이 몸을 묻었다.

여섯 살짜리 꼬마에게 삼법형을 내린 전례가 없다.

꼬마가 죄를 지었으면 얼마나 지었겠는가. 십육중범이라니. 가당키나 하나. 무엇보다 환희교도가 되려면 남자는 십육 세, 여자는 십사 세가 넘어야 한다.

꼬마는 환희교도도 아닌 것이다.

그러니 형당에서 꼬마를 다룬 경험이 있을 리 없다.

'하루를 넘겼다…… 그래도 무리야.'

'불가능'이란 말은 변하지 않는다. 단지 '언제'이냐가 조금 뒤로 조정될 뿐이다.

다 큰 어른도 투석형에서 살아남는 경우가 절반밖에 되지 않는다. 그것도 동정심이 생겼을 경우다. 미운털이라도 박혀 있는 자라면 살지 못한다. 환희교도 중에 어느 한 사람이라도 악심(惡心)을 품는다면 이미 죽은 것과 다름없다.

어른도 그런데 아이가……

하루를 넘긴 것만도 대단하다.

"외상만 치료해 줘라. 휴우!"

수두화는 말끝에 깊은 한숨을 담았다.

그녀가 해줄 수 있는 일은 이것이 전부였다.

[들어라! 힘을 모으지 말고 방송(放送)해라. 한 올의 기운도 남기지 마라. 구름 위를 떠놀 듯 몸을 가볍게 하라. 깃털처럼 가볍게.]

낯선 음성이었다.

"누구……?"

주위에는 아무도 없었다. 있어도 눈이 퉁퉁 부어 볼 수가 없었다. 아니, 솔직히 말하면 고개를 들 힘조차 없었다. 그냥 이대로 잠이나 푹 잤으면 좋겠다는 심정뿐이었다.

[일 년 동안 하루에 한 자씩 알려주마. 인법을 견뎌낸다면 삼백육십오자를 모두 들을 것이지만 도중에 죽는다면 그것으로 끝. 네 운이 어디까지인지 보자.]

환청이 아니었다. 누군가 말을 건네오고 있다.

'전음?'

전음이 무엇인지 안다. 아버지에게서 들었고, 어머니에게서도 들었다. 사용할 줄은 모르지만 들어본 적은 몇 번 있다.

[오늘 말해줄 건 자(自)다. 지금부터 내일 다른 글자를 들을 때까지 오직 스스로 자(自) 자(字)만 생각해라. 너. 네 자신이 무엇인지 생각해 봐라.]

'내가 무엇이냐고?'

생각은 이어지지 않았다. 하나의 화두에 몰두하기에는 너무 어렸고, 너무 졸렸다.

2

형당에는 가자미눈이 많다.

똑바로 앞을 보지 못하고 좌우를 흘깃거리는 눈들이 혹여 어디 떡 부스러기라도 떨어져 있지 않을까 하고 사방을 두리번거린다.

두 손으로 푹 찔러 버리고 싶은 눈들이다.

머리를 빗겨주는 동녀도 믿을 수 없다. 움직이는 곳이면 뒷간까지도 따라붙는 호법(護法) 또한 진심을 알 수 없다. 매일 먹는 밥에 독이 들어 있을 날도 올 것이다.

그 눈들 모두가 꼬마 아이만 쳐다보고 있다.

'용케 살았어.'

루검비의 몸뚱이는 참혹하리만치 짓이겨졌다. 찢기고 멍들고…… 육반루가의 자손도 철인(鐵人)은 아니었다. 다른 인간들처럼 피와 살로 만들어졌다. 차마 눈뜨고 보기 어려울 정도로 피범벅이 되어 돌아왔다.

이것도 다행으로 여겨야 한다.

교주가 절묘한 신경전을 펼치지 않았다면 십중팔구 시신이 되었을 게다.

이제 루검비의 목숨은 형당에 달렸다. 매타작을 이겨내면 살고, 이겨내지 못하면 죽는 형당 본연의 임무만 남았다. 최소한 견제 세력에게 암살당하는 불운은 염려하지 않아도 된다.

칠절신군, 면도, 혈우광도…… 그들 모두 환희밀공을 탐낸다.

그것이 그들의 약점이다. 환희밀공을 탐내는 한 정랑은 화녀들의 뜻대로 움직일 수밖에 없다. 그리고 그 약점이 지저분한 현 상황에서 벗어나 진정한 환희교로 탈바꿈할 수 있는 힘을 주리라.

교주와의 접촉은 가급적 피해야 한다.

형당에서 제 할 일을 제대로 하고 있다는 인상을 줘야 한다.

"오늘은 뭐지?"

"생나무 타작입니다."

무척 아픈 매질이다.

사람을 때리는 도구는 헤아릴 수 없을 정도로 많다.

생나무도 그중 하나다. 살아 있는 나뭇가지를 뚝 잘라서 잔가지만 쳐내면 아주 훌륭한 매가 된다. 죽은 나무는 살을 때리고 튕겨 나오지만 물기가 함유된 매는 살을 휘감는다.

맞았구나. 아픈데? 악!

뼛속까지 저려 울리는 아픔을 확실하게 안겨줄 매질이다.

'무리야.'

돌팔매질을 당한 몸에 생나무 타작까지 당하면 견뎌내지 못한다. 아이라서가 아니라 어른도 못 견딘다.

"도접(刀摺)으로 바꿔."

"네?"

"사정 봐주지 말고 확실히 저며."

"지금 상태에서 도접하면 살지 못할 거예요."

"……"

"휴우!"

부두화(副頭花)는 긴 한숨을 남기고 물러갔다.

틀린 생각이다. 현 상태에서 생나무 타작을 하면 죽는다. 온몸이 골병들어 있을 때는 피를 볼지언정 살점을 저미는 편이 낫다.

도잡은 살을 찢는다. 해서 치료 또한 불가피하게 시행한다.

때리고 또 때리고가 아니라 때리고 찢고 치료하는 순으로 진행시킨다.

어쩔 수 없이 삼법을 시행해야 한다 해도 목숨을 부지하게 는 해줘야 할 게 아닌가.

"도접이다!"

"네? 도접이요?"

모두가 놀랐다. 하지만 수두화의 명이니 이행하지 않을 수 없다.

"꼬마가 불쌍하게 됐네."

누군가 혼잣말로 중얼거렸다.

형당에 끌려온 중에 도접을 경험한 자는 삼 할도 되지 않는 다. 도접을 경험하기 전에 죽기 때문이다.

사람의 몸은 살과 뼈로 이루어진다. 일반적으로 그렇게들 말한다. 하지만 형당에서는 달리 말한다. 내장이 있고, 뼈가 내장을 감싸고, 그 위로 가죽이 덮여 있다고.

도접이란 가죽을 잘게 잘라 내장을 들여다보는 걸 말한다.

장기를 손상시키지 않고 살을 베어내야 하니 고도의 솜씨가 필요하다. 한데 형당에서는 솜씨 따위는 신경 쓰지 않는다. 가 죽을 자르다가 뼈까지 잘라내도 어쩔 수 없고, 혹여 내장을 건 드려 즉사해도 이 또한 어쩔 수 없다.

고통을 최대한 이끌어내어 담옥으로 이끌기만 하면 된다.

죽은 것도 아니고 산 것도 아닌 식물인간 상태가 되면 성공했다 할 것이다.

도접은 인법 중에서도 중간 단계에 해당하는 치명적 형벌이다.

도접을 당하면 목숨이 아주 질겨서 형벌을 견뎌내도 죽은 것과 진배없다. 아니, 도접을 당하는 순간부터 죽은 목숨으로 치부해도 크게 다르지 않다.

이틀 맞고 하루 쉰다는 원칙은 도접에도 해당된다.

이틀 동안 갈기갈기 찢어진 육신에 천하의 명약을 갖다 붙인들 하루 만에 회복될 리 없다.

다음 형벌이 무엇이든 필히 죽는다.

"형은 두 사람이 집행한다. 오늘은 잔화(殘花)가 맡고, 내일은 첨화(尖花)가 해."

그나마 루검비가 꼬마라는 점을 생각해서 최고의 도수(刀手)를 붙였다. 잔화의 첨화의 섬세한 손놀림이라면 내장이나 뼈가 다칠 우려는 거의 없다고 봐도 된다.

"보조는…… 그래, 서화(舒花)와 유화(蹂花)가 해. 잘해야 될 거야. 출혈로 죽으면 너희 탓이야."

단 한 번의 실수도 하지 않은 두 화녀를 붙였으니 생존 가능성이 일 푼 정도 더 높아졌다.

최선을 다했다. 수두화가 내린 명령을 받들면서 루검비의 생존 가능성을 최대한으로 높였다.

부두화도 물러섰다.

"아악! 아악! 아아악……!"

비명을 얼마나 질렀을까?

기진맥진해서 소리를 내지를 여력도 없다. 목이 쉬어서 비명 대신 끅끅거리는 소리만 나온다. 한데도 비명은 나온다. 날카로운 쇠붙이가 몸뚱이를 찢기 시작하면 어김없이 돼지 멱따는 소리가 쩌렁쩌렁 울린다.

살고 싶다는 욕구는 들지 않는다. 보고 싶은 사람도 없다. 무조건 빨리 죽고 싶다. 빨리 죽여줬으면 좋겠다.

"죽여줘요. 헉헉! 제발…… 죽여주세요."

루검비는 잠시 칼질이 멈춘 틈을 빌어 애원했다.

"늦었어. 그런 말은 여기 오기 전에 했어야지. 돌팔매질당할 때 말이야. 일단 이 안으로 들어오면 편히 죽여줄 수 없단다. 최대한 빨리 담옥으로 보내줘야 할 텐데. 너도 의식을 잃도록 노력해 봐."

"아줌마, 제발! 제발 죽여주세요!"

"쯧! 그건 아무 짓도 하지 말고 그냥 살려달라는 말과 같단다. 빨리 기절이나 하렴."

쓰으윽……!

"아악! 아아아악……!"

이번에는 비명을 지르지 않으려고 했다. 무슨 일이 있어도 이를 악물고 참으려 했다. 비명이 나온다. 뱃속에서부터 우러

나온다. 꽁꽁 묶인 사지가 증오스럽다. 그렇지 않다면 발버둥이라도 마구 쳐볼 텐데. 그러면 조금은 고통이 덜할 텐데.

칼로 살을 저미는 여인이 밉다. 저며진 곳에서 피가 흐르지 않도록 치료를 하는 여인은 더 밉다.

한 여인이 쑤신다. 한 여인은 상처를 치료한다. 그리고 잠시 정적이 흐른다. 치료한 여인과 칼을 든 여인이 자리바꿈을 하는 순간에 잠시 공백이 생긴다.

죽음, 공포, 극통…… 세상에 존재하는 모든 나쁜 것들이 한꺼번에 응축되어 있는 지옥의 순간이다.

"헉헉!"

루검비는 가쁜 숨을 내쉬며 겁에 질린 얼굴로 여인을 쳐다봤다.

그때, 앙칼진 여인의 음성이 비수처럼 뇌리를 쑤셨다.

[몸에 있는 모든 기운을 풀어라. 마약한 힘도 남겨놔서는 안 된다. 몇 번을 말했거늘, 아직도 그 모양이야! 삶과 죽음이 네게 달렸거늘, 진정 죽고 싶은 거냐!]

누군지 모르지만 곁에 있다면 욕이라도 해주고 싶다.

칼이 배를 그어대는데 몸에 힘을 주지 말라고? 그게 될 성싶은가? 직접 해보고 하는 말인가?

여인은 말을 풀어서 했지만 아버지에게서 기본공 정도는 배웠기에 무슨 말인지 알아듣는다.

몸에 힘을 주지 말라는 것은 전신방송(全身放松)이다. 미약한 힘도 남기지 말라는 것은 일점불용경(一點不用勁)이다. 그

다음도 있다. 여인은 말하지 않았지만 배제잡념(排除雜念)으로 이어진다.

누굴 바보로 아나?

진기를 끌어올리기 전에 취해야 할 상태를 일컬음이 아니던가.

평안한 상태에서는 얼마든지 가능하다. 몸에 칼질을 한 번만 안 해도 취할 수 있다. 하지만 한편으로는 살을 찢어대면서 다른 한편으로 마음의 평정을 유지하라면 개가 짖는다. 무슨 개소리라며 컹컹 짖는다.

여인의 음성이 이어졌다.

[오늘로 나흘째. 네 번째 글자를 알려주마. 도(道)다. 길 도. 엉뚱한 생각 말고 글자에 담긴 뜻만 생각해라.]

그럴 수 없었다.

여인은 지난 사흘 동안 세 글자를 가르쳐 주었다. 첫날 말해준 것이 스스로 자(自)이며, 둘째 날은 해칠 잔(殘)을, 어제는 갈지(之)자를 말해주었다.

오늘 들은 길 도까지 사자(四字)가 만들어졌다.

자잔지도(自殘之道).

각 글자의 뜻을 음미하는 것도 의미있지만 네 글자를 한꺼번에 이으니 생각거리가 더 많아진다.

자잔지도라니? 스스로 자신을 해치는 게 도(道)?

루검비는 학문을 알지 못했다. 글도 정식으로 배우지 않았다. 아버지가 말해준 구결을 듣고 몸으로 익혔기에 쓸 줄은 모르면서 몇 글자 정도 아는 게 고작이었다.

그에게 '자잔지도' 라는 말은 너무 어려웠다.

전음을 날려온 여인은 무슨 생각을 하고 있는지 알고 있다는 듯 호통을 쳐왔다.

[글자 하나만 생각하라니까! 잘 들어라. 저들은 너를 죽이지 않는다. 아니, 죽이지 못한다. 죽이는 것은 교리에 위반되니까 최대한 고통만 가하는 것으로 끝날 게다. 아픔을 무서워하지 마라. 죽음이 없는 아픔은 아무것도 아니다.]

죽이지 않는다? 죽음이 없다? 그냥 고통만 주는 거다?

여인이 말을 이었다.

[아픔은 참아낼 수 있다. 참지 못하겠으면 기절해라. 네가 정작 두려워해야 할 것은 네 마음이다. 무지무지 아플 것이라는 짐작이 공포를 불러오고, 칼을 대자마자 비명을 질러대는 게다. 참아라. 그리고 도(道)에 대해서 생각해라.]

말은 쉽다. 몸이 갈가리 찢어지는데 죽이지 않을 테니 참으란다.

여인이 칼을 댔다. 그리고 루검비는 거의 반사적으로 자신도 모르게 비명을 내질렀다.

"아아아아악!"

루검비의 경우, 그의 목숨을 좌우하는 사람은 칼을 든 잔화와 첨화다. 그녀들은 공격을 한다. 방어는 서화와 유화가 맡는다. 그녀들은 치료한다.

원래 같은 실력이라면 공격과 방어가 팽팽하게 이루어져야
한다.

루검비에게는 이런 상식이 통하지 않는다.

치료가 아무리 빠르고 정확하다고 해도 상태를 계속 악화시
킬 뿐인 칼질이 멈추지 않는 한은 목숨을 부지하기 어렵다.

아이의 몸에 여든한 번의 도흔을 새겨놓는 데 걸린 시간은
겨우 두 시진.

칼을 더 쓰고 싶어도 쓸 곳이 없다.

"더 이상은 의미없어."

잔화가 칼을 거뒀다.

"내일은 어떡하지? 이건 하루가 아니라 한 달은 요양해야
될 상처인데. 내일까지 어느 정도나 아물겠어?"

서화가 능숙하게 지혈하며 말했다.

"이렇게 걸레를 만들어놨는데 아물긴 어떻게 아물어. 상처
는 그대로고 몸집은 두 배로 커져 있을 거야, 퉁퉁 부어서."

"이 꼬마, 일 년은 고사하고 칠 주야도 버티지 못하겠는데."

"내일은 첨화와 유화 차례인데…… 유화는 할 것이 없겠어.
여기다 한 번만 더 칼을 쓰면 못 견뎌."

"할 일 없기는 첨화도 마찬가지지. 이런 상태에서는 칼을 댈
마음도 안 생겨. 어디 벨 데가 있어야 말이지."

루검비는 벌거벗은 상태였다. 벌거벗은 혈인(血人)이었다.

서화는 한 시진에 걸쳐서 앞뒤로 꼼꼼히 약초를 붙였다. 그
리고 흰 광목으로 몸 전체를 둘둘 감았다. 목 밑에서부터 발끝

까지. 성한 곳이라고는 얼굴밖에 없었다.

이런 상황이 될 수밖에 없다.

엄마 품에서 재롱이나 부릴 꼬마를 불구덩이에 집어넣고 무얼 기대한단 말인가. 살살 봐주면서 때리는 시늉만 한 것도 아니다. 생존 가능성이 절반밖에 안 되는 투석형에 어른도 견디기 힘든 도접을 가했으니 죽지 않은 것만도 천운이다.

"수두화님 뜻을 모르겠어. 죽이라는 건지 살리라는 건지."

잔화가 칼에 묻은 피를 닦으며 말했다. 그러자 서화가 빙그레 웃으며 대꾸했다.

"난 알겠는데? 담옥으로 보내라는 거야."

"지금 장난해?"

"아니. 내일 보면 알아. 이 애, 죽지 않아."

"뭐가 있는 거야?"

"있지. 첨화와 유화."

"난 지금 말장난할 기분 아냐. 그 애들이라고…… 처, 첨화! 유화!"

"그래, 첨화와 유화. 그 애들 때문에 이 아인 살아."

"사중생(死中生)이라더니……."

잔화가 말끝을 흐렸다.

형당에는 수두화를 필두로 하여 부두화가 있고, 부두화 밑에 열두 명의 화녀가 있다. 그중 두 명은 수두화를 보필하니, 실제로 형당에서 담옥인도의 역할을 하는 화녀는 열 명이다.

이 열 명은 다른 화녀들처럼 정랑을 두지 않는다.

몸을 섞은 정랑이 형당에 잡혀왔을 때, 자칫 인정에 치우칠 것을 염려한 조처다. 하나 그런 조처가 없더라도 형당 화녀들은 사내를 길가에 나뒹구는 돌 보듯 쳐다본다.

그렇다. 그녀들은 사내가 필요없다. 관심조차 없다. 대신 여인을 사랑한다. 사내의 손길은 뱀처럼 징그럽지만 여인의 손길은 온몸을 녹인다.

생각해 보라, 사내에게 아무런 관심도 없는 여인들이 사내를 취조하거나 담옥으로 이끌 때 손끝이 얼마나 매울지를.

형당 화녀는 특이 성향을 지닌 여인만 선발된다.

또 다른 별종도 있다. 첨화나 유화가 그런 경우다.

이성이든 동성이든 성교 자체에 관심없는 무심녀(無心女)들.

그런 여인들이 어떻게 환희교도가 되었을까?

그녀들은 환희교가 추구하는 교리 같은 건 아무런 관심도 없다. 바깥세상에서 사람들과 부대끼며 사는 것보다 낫다고 판단해서 투신했을 뿐이다.

이런 여인들은 참으로 처치 곤란이다.

정랑과 일상생활을 영위할 수 없다는 건 환희교의 교리에 정면으로 위배되니 축출할 수밖에 없다. 한마디로 교인이 될 자격이 없는 것이다.

교주는 축출 대신 형당 화녀로 선발했다.

다행히도 무심녀는 두 명밖에 되지 않았다.

또한 그녀들은 탁월한 능력을 지녔다.

근육을 가닥가닥 베어내는 섬세한 손과 그와 정반대로 끊어
진 신경까지 깔끔하게 이어붙이는 약왕(藥王)의 손.

환희교에 교리에 맞지 않는 사람들이라고 내치기에는 그녀
들의 재주가 너무 아깝지 않은가.

그녀들은 인정이 없다. 차갑다. 냉혹하다. 처참한 몰골이나
가련한 모습을 봐도 눈 하나 깜짝하지 않는다.

명령만이 그녀를 움직이게 한다. 하나 마음까지 움직이게
하는지는 모르겠다. 아마 교주가 직접 하달한 명령조차도 그
녀의 무심한 마음은 움직이지 못할 게다.

첨화와 유화가 하나가 되었을 때, 형당 죄인들은 비로소 죽
음이 얼마나 편한 형벌인지 알게 된다.

열 명의 화녀 중에서 최고 도수 두 명을 꼽으라면 잔화와 첨
화이지만 한 명만 말하라면 망설일 것도 없이 단연 첨화다. 의
술도 마찬가지다. 엉망진창으로 망가진 사람의 숨통을 붙여놓
는 일도 의술이라면 서화와 유화가 손꼽힌다. 한 명만 선택한
다면 말할 것도 없이 유화이고.

'오늘을 살살, 끝장은 내일 낸다'로 봤는데 오늘 망가뜨리
고, 내일 살린다는 계획이었다.

"걔네들은 자기가 무얼 하는지 알까?"

"모르겠지. 이 아이를 보지도 않았는데 어떻게 알아. 알아
도 나중에야 알겠지. 칼을 쓴 다음에. 어쨌든 첨화와 유화는
최선을 다할 거야. 사실 말이 나왔으니 말이지만, 애처럼 망가
진 걸 담옥으로 이끌기는 쉽잖아?"

"아닐걸? 이 꼬마, 의외로 잘 버텨."

서화가 치료를 마치고 일어섰다. 그리고 축 늘어진 루검비를 쳐다보며 말했다.

"지금 심정은 반반이야. 잘 버텨주길 바라는 마음도 있고, 내일 끝났으면 하는 마음도 있고. 끝나면 다신 볼 일이 없지만 버티면 또 봐야 되잖아, 이런 꼴을. 어린아이에게 이런 짓, 정말 못하겠다."

형당은 장사곡 가장 위쪽에 위치한다.

산정(山頂)에 가깝다. 계류(谿流)가 시작되는 곳으로, 수원(水原)도 보호할 겸, 사람들의 이목도 차단할 겸 가장 깊고 높은 곳에 둥지를 틀었다.

목적한 바는 일궈냈다.

사람들은 형당 근처에 오지 않는다. 가파른 길을 애써 등산하려고 하지 않는다. 하나 형당에서 울려 나오는 비명은 바람을 타고 흘러나가 장사곡을 휘감는다.

어린아이의 처절한 비명 소리는 형당에서 무슨 일이 벌어지고 있는지를 짐작케 해주었다.

"오늘 못 넘기겠지? 도접이라던데."

"못 넘기지. 잔화, 그년…… 아휴! 치 떨려. 그게 계집이야? 나찰이지. 그년 손에 죽는 게 나아. 내일은 첨화란다, 첨화. 잔화 년만 생각해도 치가 떨리는데 첨화면…… 이그그!"

교도들의 수군거림은 첨화와 유화의 귀에도 흘러들었다.

그녀들의 생각도 별반 다르지 않았다. 꼬마 아이가 버티면 어디까지 버티겠는가. 도접을 시행한 건 잘한 일이다. 죽이려면 빨리 죽이는 게 좋다. 죄없는 꼬마라면 더욱 그렇다.

그녀들은 모든 일이 잔화 손에서 끝나기를 고대했다. 하나 두 시진 만에 비명이 그치고, 세 시진이 되어 두 여인이 나오는 것을 봤을 때 자신들의 손이 피로 얼룩져야 한다는 걸 알았다.

"그냥 끝내지."

스쳐 가는 잔화에게 한 말인데, 잔화는 대꾸도 없이 지나갔다.

죄인을 족치고 나면 약간의 흥분과 설렘으로 기분 좋게 독주(毒酒)를 마시곤 했는데 오늘은 그것마저 없었다.

잔화와 서화는 묵묵히 자신들의 처소로 들어갔다.

"저것들 왜 이래? 갑자기 군자라도 된 거야, 뭐야?"

아이를 죽이는 일만큼 찜찜한 일도 없다. 저항을 할 수 없게 꽁꽁 묶어놓은 상태에서는 칼을 든 손에 힘이 빠진다. 상처가 심해 백포로 둘둘 말린 환자라면 그냥 목에 칼질 한 번 하고 뒤돌아 나가고 싶다.

"휴우! 이거 해야 되나?"

유화가 백포를 걷어내자 새빨간 혈인이 나타났다.

무심녀로 정평이 난 첨화도 쉽게 칼을 들지 못했다.

"하기는 해야겠지?"

"교주님도 그렇고, 수두화님도 그렇고…… 살려두길 바라
던 눈치던데. 교주님이 이 아일 거둬오면서 환희교를 지키는
수문장으로 만들겠다고 공언하셨대. 들은 말이야."

굳이 들은 말이라고 부언할 필요가 없다. 그게 무슨 비밀이
라고. 환희교도라면 모두 아는 사실인데.

"인법을 펼치면서 목숨을 끊으면 안 되는군. 정말 담옥으로
이끌라는 거군."

"방법은 있어."

"나도 알아."

첨화가 툭 쏘듯 말하며 루검비 앞으로 다가갔다.

"비명 지를래?"

"소릴 지르면 좀 덜 아픈 것 같아요. 그러니 그건 좀 봐줘
요."

"아니다. 이를 악물고 소리 내지 마. 고함을 질러서 기운을
북돋는 경우가 있고 반대의 경우가 있는데, 지금은 반대야. 비
명을 지르면 지를수록 정신과 기력이 약해져. 그러니 견뎌낼
생각이라면 이를 악물고 참아."

"어제보다 더 아파요?"

"사정을 봐주는 건 없어."

"아프겠구나."

첨화가 칼을 들어 보였다.

날에 서슬이 퍼렇다. 살짝 스치기만 해도 살이 쩍 갈라지고
피가 뚝뚝 떨어질 것 같다.

“참아.”

그 말이 신호였다. 그녀의 칼이 어제 잔화가 만들어놓은 상처를 후벼 팠다.

‘으윽! 아악! 아아아악……!’

루검비는 터져 나오는 비명을 이 악물며 참았다.

머리가 띵 하고 울린다. 모든 피가 머리로 치솟는 것 같다. 칼을 배를 후비는데, 머리가 빠개지게 아프다.

칼이 어디를 어떻게 휘도는가 온몸이 부들부들 떨린다. 경련이 일어난다. 어제처럼 차라리 죽여줬으면 좋겠다는 생각이 든다.

“지혈.”

루검비의 몸뚱이가 유화에게 건네졌다.

한 번의 칼질이 끝났다. 그리고 루검비는 비명을 지르지 않았다. 강하게 해준다는 핑계로 이유없는 고통을 받기 시작한 이후, 처음으로 비명을 지르지 않은 것이다.

그는 첨화가 썩어가는 부위만 도려냈다는 사실을 꿈에도 알지 못했다.

첨화는 생살을 찢을 때뿐만이 아니라 상처를 치료할 때도 고통을 수반했다. 고통의 무게는 치료라고 더 가볍지 않았다.

첨화와 유화가 선택한 최선의 방법이었다.

3

만산에 낙엽이 울긋불긋 물들었다. 나뭇잎은 바람이 조금만 세차게 불어도 우수수 떨어질 듯 바싹 말라 있다.

하늘은 투명하리만치 맑고 공기는 시원하다. 아침저녁으로는 선선하고 한낮은 적당히 따뜻해서 하루 종일이라도 바깥에서 지내고 싶은 계절이다.

딱! 따악! 딱!

산정 부근에서 장작 패는 소리가 울렸다.

아직 해가 뜨지도 않은 이른 새벽이다. 어느 누가 이토록 부지런하여 꼭두새벽부터 장작을 팬단 말인가.

"아휴! 지겨워. 또 시작이야!"

"금방 끝날 줄 알았는데, 꽤 버티네. 육반루가의 씨가 다르긴 다른 모양이야."

"이러다 인법이 깨지는 것 아냐?"

"에이, 설마……."

요즘 들어 환희교도는 루검비에 대한 말로 하루 일과를 시작했다.

루검비는 변화가 없던 환희교도들에게 묘한 활력을 불어넣었다.

환희교도들 중에 누군가가 형당에 끌려갔다면 하루나 이틀 정도 입방아에 오르내린 후, 관심이 멀어졌을 게다.

루검비는 시간이 흐를수록 관심 대상이 되어간다.

어른도 석 달 넘게 인법을 버텨내지는 못한다. 거의 대부분

백 일이 지나기 전에 시체가 되어 들려 나온다. 그래서 인법을 달리 백일형(百日刑)이라고도 한다.

루검비는 석 달을 넘기고 넉 달째로 접어들었다.

어른도 견디지 못할 일을 꼬마가 해내고 있는 것이다.

달리 형당 화녀들이 봐주고 있다고도 생각할 수 있다. 한데 그런 말은 일체 나오지 않는다. 형당 화녀들이 안에서 벌어진 일을 구구절절이 말해주었을 리는 없고…… 칠절신군, 면도, 그리고 혈우광도의 눈과 귀가 안에 있으니 듣지 않아도 듣고 보지 않아도 보고 있는 것이다.

형당 화녀들은 최선을 다하고 있다.

한두 명이 루검비를 전담하고 있다면 혹여 의심을 살 수도 있겠지만, 화녀 열 명이 고루 돌아가면서 매질을 해대기 때문에 뭔가를 봐줬다는 말은 할 수 없다.

무엇보다도 형당 화녀들은 죄인의 상태가 어떤지만 보면 전날에 어느 정도로 혹독했는지 한눈에 안다.

봐주고 싶어도 봐줄 수 없다.

담옥으로 인도하는 일을 게을리하는 것은 교리를 위반하는 것이고, 그런 행위는 삼법에 처해진다. 불쌍하다고 매질을 살살 했다가는 당장 루검비와 같은 처지가 될 테니 최선을 다해야 한다.

형당 화녀들은 최선을 다했다. 그리고 루검비는 버텨냈다.

기적이 일어난 것이다.

딱! 따악! 따악……!

장작 패는 소리가 매섭게 들려온다.

소리로 짐작하면 태형(笞刑)을 치는 듯한데……

[태(太)!]

백삼십오 번째로 뇌리에 틀어박힌 글자다.

앙칼진 여인은 하루에 딱 한 자만 알려줬다.

모든 글자는 사구(四句)로 정리되며, 여덟 자나 열두 자로 한 문장을 이룬다.

이번에도 마찬가지다.

'안월과산(雁越過山), 영접(迎接)'이 어제까지 알려준 말이다.

기러기가 산을 넘어 무엇을 맞이한다.

한 문장을 이루는 데 남은 글자는 두 자. 그중 한 자가 밝혀졌다.

'태(太)…… 태양(太陽). 영접태양?'

따악!

참나무를 깎아 만든 몽둥이가 엉덩이에 떨어졌다.

그토록 매를 맞았건만 아직도 매질에는 익숙지 않다. 아니, 영원히 익숙하지 못할 듯하다.

옛말에도 매에는 장사 없다고 했다.

몽둥이가 떨어질 때마다 살이 후들거리고, 뼈가 으스러지는 것 같다. 하루에도 몇 번씩 죽고 싶다는 생각이 간절해진다.

그러나 비명은 지르지 않는다. 그날 이후 비명을 질러본 적이 없다. 정 죽고 싶거나 소리를 지르고 싶으면 머리를 짓찧으며 첨화의 말을 상기한다.

따악!

또 매가 떨어졌다.

루검비는 육체의 고통에서 벗어나기 위해 글자 연구에 몰입했다.

기러기가 산을 넘어 태양을 맞는다?

두 번째 초식이다.

첫 번째는 '연어반회(鰱魚返回), 추소수로(追溯水路)'였다.

연어가 돌아와 물길을 거슬러 올라간다.

어느 정도로 세찬 물길이냐에 따라서 쉽게 올라갈 수도 있고, 사력을 다해도 꼼짝조차 못할 수도 있다.

해답은 다음 팔 일 동안에 풀렸다.

체중십배(體重十倍), 점증압력(漸增壓力).

몸무게의 열 배라는 것까지는 알겠는데, 점증압력은 이해하기가 난해하다.

아는 것은 아는 대로, 모르는 것은 모르는 대로…….

완벽하게 깨닫는 것은 중요하지 않다. 한 글자도 놓치지 않고 정확히 외우는 것이 중요하다.

앙칼진 여인은 말했다. 뜻을 풀려고 하지 말고, 매 맞는 내내 가르쳐 준 글자만 되뇌라고.

우선은 암기, 그런 후에 시간이 있으면 풀이를 한다. 넘쳐나는 게 시간이지만.

루검비는 기러기가 앞이 보이지 않을 정도로 큰 산을 넘어 태양과 마주치는 광경을 상상했다.

이단(二段), 혹은 삼단(三段)…… 어쩌면 사단(四段)이나 오단(五段) 도약(跳躍)을 요구할지도 모르겠다.

'안월과산, 영접태양' 이라는 말 뒤에 어떤 말이 따라붙느냐에 따라서 도약의 수준이 정해진다.

기러기는 양 날개로 난다. 쌍검, 혹은 쌍도.

양손을 활짝 펴서 태양과 부딪친다.

땅을 박차고 날아올라서 산정까지 일로 치달린 다음 힘차게 솟구친다. 태양을 향해, 태양을 노리고, 태양과 부딪쳐 간다.

순간이다! 기러기를 생각해서일까? 어깨 근육 앞쪽에 있는 노회혈(臑會穴)에서 화살이 관통한 듯한 충격이 일어나더니 자신의 의지와는 상관없이 양팔이 들썩거려졌다.

엄청난 힘이다. 양팔이 앞으로 쭉 뻗어나가는 환상과 함께 무지막지한 힘이 팔 근육으로 전달되는 것을 느꼈다. 몸은 난도분시(亂刀分屍)되어 꼼지락거릴 힘조차 없는데, 두 손은 근육이 불끈 선 황소처럼 마구 치달려나가려고 한다.

두 손이 형틀에 묶여 있지 않았다면 허공에 마구 휘두르고 말았으리라.

"호오! 오랜만에 보는 반응이네."

어깨의 꿈틀거림이 매질을 하던 화녀에게는 몸부림으로 보였던 모양이다. 그녀의 입에서 비웃음이 흘러나왔다.

'기러기가 큰 산을 넘어 태양과 마주친다. 태양을 맞이한

다. 안월과산 영접태양.'

루검비는 같은 상상을 계속했다.

또 한 번 강력한 힘을 느끼고 싶다. 두 팔에 넘쳐흐르는 거력(巨力)을 담고 싶다.

힘이 좋아서가 아니다. 무지막지한 힘을 느끼는 순간, 아주 잠깐에 불과했지만 고통을 잊을 수 있었다. 그 순간만은 온몸이 종잇장처럼 가벼워졌고, 늘 떨어지지 않고 달라붙던 육신의 고통도 씻은 듯이 가셨다.

한데 힘이 빠져나가자 다시 고통이 몰려온다. 예전보다 훨씬 진한 느낌으로 와 닿는다.

따악!

"으흑!"

비명도 자연스럽게 흘러나왔다.

잠시의 안락함이 가져온 결과다. 힘의 충만감이 머무른 건 아주 잠깐 동안인데, 그 짧은 순간에 육신은 편안함을 추구했다.

따악!

"윽!"

"얘가 왜 이래? 인간 같지 않게 참더니 오늘은 별일이네."

루검비는 화녀의 말을 듣지 않았다. 들을 시간이 없었다. 다시 매가 떨어지기 전에 힘의 충만감을 얻어야 한다.

생각했다. 몰입했다. 기러기가 산을 넘어 태양을 맞이한다.

따악!
"큭!"
힘은 두 번 다시 찾아오지 않았다.

장사곡에 내린 눈은 늦은 봄에야 녹는다. 그래서 겨울이 오기 전에 월동 준비를 마쳐야 한다. 지리적으로 외부와 완전히 차단되어 다람쥐 한 마리 오고 가지 못한다.

폭설이 내렸다.

밤새 내린 눈으로 장사곡은 이 세상과 동떨어진 세계가 되었다.

눈이 너무 많이 쌓여 옆집을 가기도 힘들다. 걸음을 내딛을 때마다 무릎까지 푹푹 빠진다.

지붕은 눈 무게를 힘들게 버텨낸다. 작년에도 버텼고, 재작년의 폭설에도 꿈쩍하지 않았지만, 솔직히 얼마나 더 버텨줄지는 아무도 모른다.

"반년이 지났으니 이제 금침술(金針術)로 들어가겠네."

"믿어지지 않아. 인법을 견뎌낼 줄이야. 고통을 느낄 줄 모르는 체질인가? 육반루가의 씨가 다르긴 다른 모양이야."

"난 지금도 비명이 들리는 것 같아."

"나도. 조용하니까 이상하지 않아?"

"그러게. 들을 때는 소름이 쭉쭉 끼쳤는데 조용해지니까 허전하네. 뭔가 빠진 것 같아."

"그믐까지만 버티면 육칠 할은 살았다고 봐도 되는데."

"욕심이지. 지금까지 버틴 것만 해도 용해."

눈이 내린다. 온 산을 하얗게 물들이는 것으로도 모자라서 아예 파묻어 버린다.

"죄인을 담옥으로 이끄는 방법은 세 가지가 있다."

첨화가 말했다.

처음 만났을 때, 칼로 육포(肉脯)를 떠내기 전에 말을 건넨 후 처음이니 정말 오랜만에 말을 걸어왔다.

루검비는 그녀를 흘깃 쳐다봤을 뿐, 대꾸를 하지 않았다.

화녀들에게 하는 말은 공염불이나 다름없다. 사정이나 부탁 같은 건 어림도 없고, 바깥 날씨가 어떠냐는 간단한 물음에도 답을 주지 않는다.

그녀들은 자신들이 하고 싶은 말만 한다.

'용강력량(用强力量), 절벽개공(絕壁開孔).'

강한 힘으로 절벽에 구멍을 내라.

여섯 번째 초식이다.

절벽을 뚫는 힘에 대해서는 오늘부터 적게는 나흘, 많게는 열이틀 정도에 걸쳐서 설명이 될 게다.

한꺼번에 쭉 읊어줘도 되는데 하루에 한 자씩만 고집하고 있으니 답답하기 이를 데 없다.

어쨌든 머릿속에 콱콱 새겨놓으라고 하는 일이니 새겨놓긴 한다. 하루 종일 하는 일이라고는 매 맞고, 먹고, 싸고, 자는 일밖에 없다. 그러니 머릿속에 담을 것이라고는 앙칼진 여인이 가르쳐 준 글자 한 자밖에 없다.

글자를 외우고, 시간이 남으면 초식을 풀이한다.

'강한 힘으로 절벽을 뚫으라면…… 부수라는 소리는 아냐. 송곳으로 찔러 구멍을 파듯이……'

첨화가 맞은편에 앉으며 말했다.

"첫 번째 방법은 네가 이미 이겨냈어. 사정없이 두들겨 패는 건데, 솔직히 사정없이는 아냐. 너도 알다시피 정말 사정없이 팼다면 넌 벌써 죽었어."

저들은 너를 죽이지 못한다는 앙칼진 여인의 말이 떠오른다.

그 말이 무슨 의미인지 지금도 모른다. 그저 고통만 가할 뿐, 죽이지는 않는다는 것만 안다.

교주는 약속을 지키고 있다.

최고로 강한 수문장을 만들어주겠다던 약속이 조금씩 진행되어 간다. 매로 몸을 단련시켜 주고, 머릿속에는 어떤 종류인지는 알지 못하지만 무공을 전수해 주고 있으니…….

담옥이 어떻고, 교리가 어떻고 하는 말들을 간간이 들었다. 그것 때문에 상처를 치료해 준다는 것도 안다. 정확히 왜 그런 짓을 하는지 이해하지는 못하지만 나쁠 건 없다.

생전 듣도 보도 못한 수련 방법으로 생각하면 된다. 효과는 있지 않은가.

매를 맞다 보면 간혹 불끈불끈 힘이 솟는다. 자신의 힘이 아니라 누군가 강한 힘을 불어넣어 준 것 같다. 그 힘이 너무 강해서 마치 천하장사로 변신한 듯한 느낌마저 든다.

아직은 시작에 불과하다.

앞으로 맞을 날이 너무 많이 남아 있다. 그 세월을 견뎌내야 가끔씩 찾아오는 힘이 온전하게 자신의 것으로 스며들리라.

"맞는 걸 두려워하라는 뜻이다. 매에는 장사 없는 법이야. 지금까지 그렇게 맞고도 죽지 않은 이유를 정확히 알아. 네 몸뚱이가 단단해서? 웃기지 마. 널 죽일 만큼 매의 강도가 강하지 않았기 때문이야. 결국 네가 이겨낸 건 아무것도 없어."

"알…… 아요."

루검비는 힘들게 말했다.

첨화는 가장 아프게 때린다. 칼을 쓸 때는 '악!' 소리가 절로 나온다. 눈이 튀어나오고, 머리가 빠개진다는 속설이 거짓이 아님을 말해줄 수 있는 유일한 여인이리라.

한데 그녀가 때리고, 찢고, 할퀸 다음에는 묘한 상쾌함이 몰려온다.

다른 화녀들이 때린 후에는 극통 때문에 잠을 이룰 수 없는데, 첨화가 밟고 지나간 후에는 아주 혼곤히 잠을 청했다. 그리고 다음날이 되면 맑은 아침 공기를 마셨을 때처럼 상쾌한 느낌마저 들었다.

그래서 첨화의 매가 가장 두렵지만 가장 반갑다.

"흥!"

첨화는 코웃음부터 쳤다.

"지금까지는 껍데기만 두들긴 거야. 모든 동물이 그래. 겉 가죽을 벗겨내면 속살이 나와. 하얗고 말랑말랑한 속살이. 지금부터는 속살을 찢어낼 거야. 그다음은 뭘까? 속살마저 발라내고 나면 장기가 나오지. 어느 하나만 건드려도 치명적이야."

첨화가 목함(木函)을 열었다.

많은 침이 들어 있다. 얼핏 본 것만으로도 수백 개는 됨직하다. 송곳처럼 굵고 큰 것에서부터 소털처럼 가늘고 짧은 것까지 침이란 침은 죄다 모여 있는 것 같다.

"그걸로 찌를 거예요?"

"그래. 앞으로 두 달 동안."

"얼마 안 되네요?"

"지옥에서의 하루는 이 세상에서 천 년이지."

첨화는 침 하나를 꺼내 들더니 다짜고짜 어깻죽지에 푹 찔러 넣었다. 순간!

"아아아아아악!"

루검비는 세상이 떠나가라 고함을 내지르며 몸을 비틀었다.

형당에 들어온 이후에 이토록 아파본 적이 없다. 뒤통수가 얼음물에 담갔다 꺼낸 것처럼 얼얼하다. 짜릿한 고통이 머리를 두 쪽으로 가른다.

침이 꽂힌 자리는 중부혈(中府穴)이다.

폐(肺)의 묘혈(募穴)로 혈성(穴性)은 청선상초(淸宣上焦), 소조폐기(疏調肺氣)다. 주치(主治)는 폐병(肺病), 천식(喘息), 기관지염(氣管支炎) 등이며 침은 삼 푼 놓고 세 번 숨 쉴 동안 꽂아 둔다.

중부혈에 대해서는 알 만큼 알고 있다. 하지만 지금처럼 침한 대로 있는 비명, 없는 비명 다 쥐어짤 수 있을 줄은 진정 몰랐다.

한마디로 혼이 쏙 빠져나간다.

"어때? 이제 두 달이 만만치 않지? 참고로 알아둘 건 오늘부터는 치료가 없어. 낫고 안 낫고는 네가 알아서 해. 이쪽에서 침을 사용했으니 넌 뭘 해야 하지?"

"과…… 과혈(過穴). 추궁과혈(推宮過穴)."

"그래. 아주 잘 맞췄어. 혈이 뭉친 건 추궁과혈로 풀어야 돼. 알 건 다 알고 있구나. 그럼 마음 놓고 침을 써도 되겠지?"

푸욱!

"아아아아악!"

이번에도 천지가 떠나라고 비명을 내질렀다.

도대체 침을 어떻게 꽂고 있는 것일까? 왜 이런 극통이 일어나는 걸까? 이 아픔은 어떻게…… 무슨 말로 표현할까?

손목에서 일곱 치 위에 있는 공최혈(孔最穴)에 불덩이가 떨어졌다.

작은 톱으로 팔을 잘근잘근 썰어대는 것 같다. 한 번으로 끝나지 않고 끊임없이 썰어댄다.

아니다. 공최혈에서는 이런 통증이 일어나지 않는다. 기껏

해야 팔을 마비시키는 정도다. 이런 아픔은…… 이런 아픔이
란!

"천천히 하자, 천천히. 사람의 혈도는 총 삼백육십오 개. 네
가 오늘 맞아야 할 침의 대수이기도 하지. 오늘뿐이 아니야.
매일 맞아야 해. 이제 겨우 두 대 맞았는데 너무 호들갑스러운
것 아냐?"

첨화가 조롱을 섞어 말했다.

그녀는 말이 없었다. 뱀이 쥐를 발견했을 때처럼 살기 띤 눈
초리를 쏘아 보낸 후, 무지막지하게 손을 휘둘러댔다. 결코 오
늘처럼 말이 많았던 적은 없다.

'내가…… 무엇을 해야 하는지 알려주고 있어.'

루검비는 첨화의 의중을 읽었다.

그녀는 자신이 꺾이지 않기를 바라고 있다. 그래서 대응할
수 있는 모든 방법을 알려주고 있는 게다.

"인간의 몸에는 근육이 몇 개나 될까? 육백오십오 개야. 죽
을 때까지 이 할에서 사 할 정도밖에 사용하지 않지만. 그럼
뼈는? 이백칠 개다. 아니, 이백육 개가 맞나? 태어나면서 꼬리
뼈가 없어지니까. 혈도 삼백육십오 개, 근육 육백오십오 개, 뼈
이백육 개. 총 천이백이십육 개. 오늘 하루 동안 천수나찰(千手
羅刹)이 너의 모든 것, 천이백이십육 개를 어루만져 줄 거야.
찌르는 곳은 혈도지만 근육과 뼈가 모두 타격을 받을 거야. 딱
부러지게 말해서 지난 육 개월 동안 네가 받은 고초는 오늘 하
루에도 비교할 수 없어."

말이 끝남과 동시에 첨화의 손에 들렸던 침이 아랫배 횡골혈(橫骨穴)에 푹 꽂혔다.

"아아아아악!"

이번만은 비명을 지르지 않고 참으려 했는데, 그럴 수 없었다.

혈도를 뚫고, 근육을 찢고, 뼈를 건드린다. 횡골혈은 음경(陰莖)과 가깝다. 그래서 더 아프다. 누가 양물을 꽉 움켜잡고 쭈우욱 잡아 뽑는 것 같다.

'안 질 거야. 나는 안 져. 질 수 없어.'

루검비의 얼굴은 눈물, 콧물로 범벅이 되었다. 고통을 이기지 못해 몸부림치는 작은 아이의 모습이다. 하나 머릿속은 달랐다. 머릿속은 화살 수십 대를 맞으며 쓰러지는 아버지의 모습으로 꽉 찼다.

"사람들은 육반루가의 몸뚱이만 본다. 단단한 근골, 장대한 몸. 황소를 쓰러뜨리는 힘. 이게 세상이 보는 육반루가 사람들이다. 그렇게 보고 싶다면 보고 싶은 대로 보게 내버려 두어라. 우리가 상관할 바가 아니다. 우린 우리의 것만 지켜 나가면 된다. 이거!"

아버지는 손으로 머리를 가리키셨다.

"불굴(不屈)의 정신(精神). 꺾이지 않는 의기(意氣). 추구하는

목표는 몸이 으스러져 가루가 되어도 꼭 해내고야 마는 집념(執
念). 이게 없으면 덩치 큰 곰에 불과할 뿐, 육반루가 사람이 아니
다.”

  ‘난 덩치 큰 곰이 아냐.’
  루검비는 이를 악물었다.

第三章
염화(焰火)

환희밀공

1

화녀의 교리 학습은 무예 수련에 버금갈 정도로 힘들다.

교리로 정신이 무장되어 있지 않으면 자칫 정체성에 혼란이 올 수도 있기 때문이다.

환희교도와 창기가 무엇이 다른가?

환희교도는 왜 혼인을 하면 안 되는가.

좋아하는 정랑이 생겼다. 다른 정랑은 필요없다. 오직 그 사람만 있으면 된다. 한데 이게 잘못되었단다. 한 사람만 사랑해서는 안 된단다. 좋아하는 사람을 놔두고 싫은 사람과 동침하란다. 정말인가? 그게 옳은가? 왜?

환희교의 교리를 섣불리 이해했거나 아니면 아예 이해하지 못한 사람들이 흔히 하는 고민이다. 진정으로 환희교의 교리를 이해했다면 남녀 정분에 관한 우문(愚問)은 입에도 담지 않을 것이다.

환희교의 교리는 자유(自由)를 추구한다. 자유가 뼈대다. 성교가 주(主)가 아니다. 우주가 인간에게 내린 자유를 충실히 따르고자 할 뿐이다. 분방한 성교는 자유를 추구하는 과정에서 가장 크게 부각된 부산물일 뿐이다.

불가(佛家)에서 말하는 공(空)이며, 도가(道家)에서 말하는 무(無)다.

인간의 정신세계 중에서도 상당히 높은 경지이다. 깨달음의 경지이니 높을 수밖에 없다. 그러면서 수행 도구로 인간의 가장 원초적이며 기본적인 행동인 성교를 이용한다.

교리가 머릿속에 각인되어 있지 않다면 방종으로 흐르기 쉽다.

정랑들이 그렇다. 현재 환희교도라고 말하는 정랑들 중에 환희교를 진정으로 이해하는 사람은 없다. 속마음을 들여다보면 미친년들이 헛짓거리한다고 할 것이다.

그들 생각을 부인하지 않는다.

세상 사람들의 잣대로 재면 색정(色情)에 미쳐 날뛰는 화냥년으로 보일 수 있다.

그렇다고 희망을 버리지는 않는다.

환희교는 이제 시작이다. 그리고 세상 사람들이 이 땅에 사는 한, 환희교는 존재하리라.

“아시자유인(我是自由人). 무슨 뜻이냐?”

“얽매일 것이 없다는 뜻입니다.”

“세상은 모두 인연이 있다. 부모가 없으면 생명을 얻지 못했을 터, 부모와의 인연은 어찌 풀어낼 것인가?”

“……”

“세상에는 관습이 있다. 딸이 겁탈당하면 창피함을 이기지 못해 자살하는 부모나 형제도 있다. 이럴 경우, 그들의 죽음은 누구 잘못인가? 내가 아니니 나와 상관없는 것인가? 이 업보는 어찌 풀고 자유를 얻을 것인가?”

“……”

“숙고하고 또 숙고하라. 나의 자유만 자유가 아니니, 만인의 자유를 이끌어내지 못하는 자유는 방종에 지나지 않음이라.”

자유(自由)와 이타(利他).

교주는 나긋나긋한 음성으로 문답(問答)을 마쳤다.

화녀들은 문답이 끝나기 무섭게 우르르 일어서서 밖으로 나갔다. 그녀들은 교주가 일어서는 것조차 기다리지 않았다.

“재미없어서 죽겠어.”

“부모형제 생각했으면 이런 짓 하나? 새삼스럽게 웬 부모형제?”

“그러게 말이야. 호호호호!”

“이 계집애가 미쳤나. 갑자기 왜 웃고 지랄이야?”

“재미있는 게 생각나서. 내 뱃속에 애가 생기면 누구 애지? 그 애의 업보는 어떻게 되는 거야? 난 자유를 찾아 떠날 텐데.”

"홀가분해서 좋겠다."

"그럼. 그러려고 여기 온 건데. 넌 안 그래?"

교주는 눈을 감고 화녀들의 비웃음을 묵묵히 들었다.

한동안 시끌벅적하더니 언제 누가 있었냐는 듯 조용해졌다.

찬바람만 휑하니 분다. 눈 위에 햇볕 내리는 소리가 들리는 듯하다.

화녀들이 원하는 교리를 말해줄 수도 있었다.

그녀들이 원하는 것은 침상에서의 기술이다. 환희밀공 속에 손짓만 까딱거려도 사내들의 넋을 송두리째 빼놓는 비기가 숨겨져 있다고 생각한다.

화녀들은 색(色)에 관한 말만 나오면 귀를 쫑긋 세운다.

그 외에는 무관심이다. 오늘 반응처럼 재미없어 한다. 환희교이니 즐거움만 찾자는 주의다.

명색이 교(敎)다. 그럼 어느 신을 모시는지 물어와야 한다. 한데 묻는 사람이 없다.

종교라면 내세관(來世觀)도 있어야 한다. 불교처럼 죽어서 천국이나 지옥으로 가는 경우도 있고, 도교(道敎)처럼 살아서 신이 되는 경우도 있다.

환희교도는 죽어서 어떻게 되느냐? 살아서 추구하는 게 뭐냐?

아무도 묻지 않는다. 그저 먹여주고, 재워주고, 잠자리 상대나 부지런히 공급해 주면 만족해한다.

정랑들만 문제가 있는 게 아니다. 근본적으로 화녀에게도 문제가 있다.

그나마 꾸준히 시간을 내어 강론(講論)을 펼치는 것은 환희교를 진심으로 믿는 극소수의 화녀가 있기 때문이다.

휘이잉!

찬바람이 불어온다. 한겨울처럼 매섭지는 않지만 옷깃을 여미게 할 정도는 된다.

아직까지 자리에 앉아 있던 화녀들 중 한 명이 입을 열어 말했다.

"교주님, 아까 말씀하신 것 중에…… 처처(處處)에 자유가 있으니 번민인들 있을 리 없습니다. 한때의 인연에 고개 숙여 묵념하나, 제 발길을 막을 수는 없을 듯합니다. 이 세상 어디든 빈 몸으로 떠돌다 빈 몸으로 가는 것이 제 생(生)일 것 같습니다."

화녀는 나름대로 답을 찾은 모양이다.

"……."

대답하지 않았다. 눈을 감은 채 미동도 하지 않고 묵묵히 듣기만 했다.

다른 화녀가 말했다.

"가는 사람, 오는 사람 서로의 인연이 각기 다르니 상관할 바 없겠죠. 여기에 이타까지라면 짐이 너무 무겁습니다."

너무 냉정하다. 자칫 방종으로 흐르기 쉽다.

"……."

또 대답하지 않았다. 진정한 환희교도라면 껍데기에 불과한 강론에 연연하지 말고 진정한 물음을 던질 줄 알아야 한다.

다른 화녀가 말했다.

"우린 정랑들과 잠자리를 하며 육신의 쾌감을 최고조로 이끕니다. 성욕이 인간의 몸을 일깨우는 가장 큰 활력이기 때문입니다. 한데 쾌감을 느끼는 것 외에 더 큰 무엇을 얻을 수 없습니다. 성신(聖神)은 어떻게 얻어야 합니까?"

교주는 침묵했다, 오래도록…….

눈 녹은 물이 땅을 질퍽하게 적신다. 영원히 하얄 것 같던 세상에 푸른색과 갈색이 어울리기 시작했다.

곧 봄이 오고 환희교에도 새 바람이 불 게다. 환희교에 염증을 느껴 떠나가는 사람도 있을 게고, 반대로 환희교의 소문을 듣고 찾아오는 새 식구도 있을 것이다.

교주는 한참 만에야 눈을 떴다.

그녀 앞에 화녀 여섯 명이 앉아 있다.

교주는 그녀들을 일일이 쳐다보았다. 그리고 말했다.

"성신…… 오랜만에 들어보는 말이구나. 우리가 모시는 신인데, 우리가 찾아야 하는 신인데, 하루도 잊어서는 안 되는 신인데…… 이 겨울 끝자락에서 한 번 들어보는구나."

교주의 눈은 사슴 눈처럼 크고 맑다. 인상에 남는 건 눈뿐이 아니다. 오뚝하면서도 반듯한 코는 갸름한 얼굴을 더욱 돋보이게 한다.

그녀는 이목구비가 조각처럼 깨끗하다.

누구라도 한 번만 보면 결코 잊어버릴 수 없는 최고 미인이며, 우물(尤物)이다.

정랑들이 힘을 가지고 있으면서도 마음대로 휘젓지 않는 것은 교주 때문이기도 하다. 솔직히 칠절신군이나 면도를 포함하여 환희교 정랑들 중에 모든 것을 포기하고 그녀와 함께 야반도주하자고 하면 하지 않을 사람이 없으리라.

그녀는 언제나 그렇듯 차갑게 웃었다.

그녀는 활짝 웃는다. 하나 웃음을 접하는 사람들은 냉소로 보인다. 마음 한구석이 텅 비어 있으면서 예의적으로 흘려주는 웃음처럼 보인다.

교주가 웃음을 입가에 걸고 말했다.

"자유…… 자유…… 오늘도 난 자유를 말하고 말았구나. 신(神)을 말해야 하는데, 자유를 말했어. 그래, 너흰 성신(聖神)을 찾아라. 성교를 하며 쾌감을 추구하는 것은 그 길이…… 성신을 가장 빨리 찾아주기 때문. 자유로운 성교에서 환희가 일어나고, 환희는 육호(肉虎)를 불러올 것이니…… 육호가 일어나지 않는다고 했느냐? 성교를 하면서 참된 환희를 느껴보지 못했구나."

"환희를 느끼고 싶습니다. 방법을 하교해 주십시오."

쾌락, 쾌감…… 그런 것이 아니다. 성교 자체는 중요하지 않다. 세간에서 입에 담기만 해도 삿대질하는 욕정이 필요할 뿐이다.

욕정은 큰 힘을 지닌다.

작게는 몸에 활력을 불어넣어 준다. 눈앞에서 도발적인 여인이 반라의 차림으로 춤을 추고 있는데 태평스럽게 잠이나 자고 있을 사내는 없을 게다.

여인을 손에 쥘 수 있느냐 없느냐도 중요하지 않다. 손에 쥘 수 있는 자이든, 언감생심 꿈도 꿔보지 못하는 노예든, 겉으로 내색하든, 속에만 담아놓고 있든 한순간 치미는 욕정에 아랫도리가 불끈 서는 경험은 낯설지 않을 게다.

그것이 힘이다.

욕정이 끓어오른 육신은 힘이 넘친다. 졸던 사람도, 병든 사람도, 술 취한 사람도 도끼로 장작을 쪼갤 정도의 힘을 발휘한다. 성교에 필요한 힘을 준비한 것이다.

대부분의 사람은 욕정을 성교로 풀어버리거나 다른 생각으로, 혹은 다른 일을 하며 흘려 버린다.

욕정이란 힘은 강하기도 하지만 바람처럼 가볍기도 하다. 욕정 이외의 다른 감정이 조금만 개입해도 사라져 버린다. 공포나 괴로움, 즐거움까지…… 모든 감정을 배제하고 오로지 한곳만 바라봐야 한다. 그렇기에 욕정은 가장 순수한 힘이다.

욕정이 가장 왕성한 나이는 이십대이며, 대석학들의 학문 골격이 이십대에 형성된 것이라면 우연일까?

욕정은 냉철한 이성과도 무관하지 않다.

환희교에서 성교를 권장하는 것은 욕정을 유지할 수 있기 때문이며, 극상의 쾌락을 추구하는 것은 가장 강한 욕정의 힘이 발휘될 때라서다.

그렇게 유지하고 활활 피어올린 힘을 단전에 쌓는다.

　일층, 이층, 삼층…… 석탑을 쌓듯이 욕정의 힘을 비축한다. 그리하여 단전과 상궁(上宮)이 일직선으로 연결되면 그제야 육호가 기지개를 켠다.

　삼라만상의 이치, 천지자연의 조화가 실타래 풀리듯이 풀어지며 대현각(大賢覺)을 한다.

　개인마다 가지고 있는 성신이 모습을 드러내는 순간이다.

　그렇다. 환희교의 신은 멀리 있지 않다. 모두가 자신의 몸 안에 지니고 있다.

　불교에는 부처님을 모신다. 도교에도 서왕모를 비롯하여 많은 신이 있다. 하다못해 무당도 각종 신을 모시며, 물 한 그릇 떠놓고 간절히 비는 아낙의 마음에도 모시는 신이 있다.

　환희교에는 예식(禮式)이 없다. 자신이 스스로 일어서야 하는데 누구를 모시랴. 누구에게 기원하랴. 차라리 정랑과 어울려 욕정의 끝에 다다라 보는 것이 낫지 않은가.

　앞에 앉아 있는 여섯 화녀는 이런 이치를 안다. 단지 단전에 축기(縮氣)를 하지 못하니 육호에 대한 의문이 생기는 것이다.

　육호가 과연 있는가? 욕정으로 축기를 할 수 있는가?

　무조건 믿어야 한다. 신자(信者)가 믿음이 없으면 어쩌자는 건가.

　인도(印度)에도 환희교와 비슷한 교리를 가진 유가(瑜伽)가 있다. 종교가 아니라 명상법(冥想法)의 형태로 발전하고 있으며, 성교에 대한 비중을 미약하게 처리한 탓에 별다른 부담 없이 대중들 속으로 흡수되고 있다.

환희교도 그와 같이 행할 수 있었다. 하나 그러지 않았다. 육호를 일으킬 방법이 너무도 뚜렷하고 간단해서 다른 방법을 찾을 필요가 없었다.

지금처럼 극소수만 이해하는 종교가 되고 말았지만.

여섯 화녀에게 필요한 것은 강요된 믿음이 아니라 맛보기다. 누가 말하지 않아도 본인 스스로 육호가 있다는 것을 믿을 수 있게끔 해주어야 한다.

"너희는…… 오늘부터 환락산(歡樂散)을 복용해라. 간신히 이성을 붙들 수 있을 정도까지. 이성을 잃을 것 같으면 손과 발을 꽁꽁 묶어놓고 환락산을 복용해라."

"네?"

"매일. 백 일간."

"백…… 일이나요?"

환희교에서도 환락산 복용은 금지하고 있다.

욕정이란 자연히 일어난 것이야 한다. 약초, 약물에 의존하여 강제로 일으킨 욕정은 과도하게 정력을 낭비시킨다. 약이 되는 게 아니라 오히려 독이 되는 것이다.

그러니만치 교주의 명은 파격이었다.

"또한 백 일간 금욕(禁慾)해라."

"그, 금욕요? 환락산을 복용하고요?"

여섯 화녀는 깜짝 놀라 교주를 쳐다봤다.

"욕정의 실체를 느껴라. 이를 악물고 활활 타오르는 불꽃을 음미해라. 마음을 쫓아라. 욕정을 죽이지 말고, 저항하지도 말고 순순히 몸을 내맡겨라. 단, 철저히…… 육신을 마음으로 다스려라."

말을 잇는 교주의 눈가에 이슬이 맺혔다.

슬픔의 눈물은 아니었다. 쓰레기밖에 남지 않은 환희교에 그래도 교리를 이해하고자 하는 화녀가 여섯 명이나 나타난 것에 대한 기쁨의 눈물이었다.

그때, 그녀의 기쁨을 한층 고조시키는 보고가 올라왔다.

"루검비가 금침술을 넘겼습니다. 내일은 쉬고 모레부터 석 달간, 약고(藥苦)를 실시한다고 합니다."

교주의 입가에 미소가 맺혔다.

"오늘은 참으로 즐거운 날이구나. 환희교를 맞은 이래 오늘처럼 즐거운 날은 없었어. 호호호!"

교주는 진정 즐거워했다.

*   *   *

"접근하는 사람이 아무도 없었다? 사정도 봐주지 않았다? 그런데 젖비린내 나는 꼬마 놈이 약고만을 남겨두고 있다? 이게 도대체 말이 돼야 말을 하지."

칠절신군은 혀를 끌끌 찼다.

누군가는 도와줬어야 한다. 그래야 가능하다.

차근차근히 짚어보면…… 지난 구 개월 동안 루검비 주위에 누가 있었느냐를 봐야 한다.

형당 화녀 열 명.

딱 그녀들만 있었다. 그 외에 누구 한 사람 루검비 곁을 얼씬하지 않았다.

인법이 시행되기 전에는 접촉한 사람이 많다. 교주가 데리고 있었고, 형당 수두화와 부두화도 놈을 만난 적이 있다.

환희밀공이 전수되었다면 그때 전수되었을 게다. 아니면 아직까지 전수되지 않았거나.

루검비가 무공을 수련하고 있다는 단서는 잡아내지 못했다. 무지막지한 폭력 앞에 한없이 초라해지기만 했다.

형당 화녀들의 매질은 사정없었다.

딱 죽지 않을 정도로 때렸으니 이론적으로는 사는 게 당연하지만 그건 맞아보지 않은 사람이 하는 말이다. 맞아본 사람은 안다. 죽지 않을 만큼 맞아도 죽을 수 있다는 것을, 일 년이란 오랜 세월을 맞기만 하면 십중팔구 죽는다는 것을.

이것만은 믿어도 좋다.

루검비의 상처를 직접 살펴본 죽음의 꽃, 사화(死花)에게서 흘러나온 정보이니까. 그녀가 직접 루검비의 상처를 꼼꼼히 치료하며 얻어낸 정보이니까.

“정신 바짝 차리라고 해! 약고가 끝나면…… 놈은 장사곡을 떠나. 그렇게 할 수는 없지. 놈이 장사곡을 떠난다는 것은 환희밀공을 전수받았다는 뜻. 놈이 익히게 할 수는 없어.”

칠절신군은 쥐고 있던 붓을 와락 꺾어버렸다.

“후후후! 환희밀공 쳐다보다 목줄 늘어지겠다.”

면도는 자그마한 칼을 만지작거렸다.

“참아. 다 왔어. 곧 환희밀공이 꼬마 놈에게 넘어갈 거야.”

흑화녀가 눈을 반짝거리며 말했다.

“안 넘어가면?”

“넘어가. 눈에 안 보여? 꼬마 놈이 살아 있잖아. 누가 인법을 견뎌내? 금침술로 넘어가기도 전에 모두 뒈졌어. 그런데 꼬마 놈이 버텨? 웃기지 말라고 그래. 교묘하게 수를 쓴 거야.”

“어떻게?”

“그것까지는 알 필요 없어. 그런 걸 알려고 하면 괜히 머리만 아파. 칠절신군이 딱 그 꼴이야. 지금 머리에 쥐가 나고 있을걸? 그럴 필요 없어. 결과만 보면 돼. 어른도 견디기 힘든 형벌을 꼬마 놈이 견뎠다? 호호호! 수작 부렸다는 데 만 냥을 걸지.”

“그럼 삼 개월 더 지켜봐?”

“지켜봐. 지켜보고 그때까지도 잡아내지 못하면…….”

“못하면?”

“꼬마 놈을 죽여야지. 왜? 우리가 잡아내지만 못했을 뿐, 꼬마 놈에게 환희밀공이 넘어갔을 테니까.”

“그럼 꼬마 놈을 잡아다가 족치면 되잖아.”

“바보야? 수작을 부렸다고는 하지만 꼬마 놈은 인법을 견뎌내고 있어. 죽이지 않고 입 열게 할 자신있어?”

“그럼 죽이지 뭐.”

면도가 칼을 번뜩였다.

“크큭! 루검비…… 네가 환희밀공의 주인이었더냐!”

쒜엑! 사아악……!

대도(大刀)가 눈보라를 일으켰다.

칠절신군은 무공 수련을 하지 않는다. 면도도 마찬가지다. 그들이 무공을 드러낼 때는 사람을 죽일 때뿐이다.

혈우광도는 타인의 시선을 의식하지 않는다. 하루에 한 번씩 누가 보든 안 보든 꼭 무공 수련을 한다.

어떤 때는 태연히 광장에 앉아 운기조식(運氣調息)을 하기도 한다.

암살(暗殺)? 기습(奇襲)?

그런 건 염려하지 않는다. 칠절신군이라고 해도 열두 겹의 보호막을 단숨에 찢어버릴 수는 없다.

쒜엑! 쒜에엑!

대도가 연신 바람을 갈랐다.

“그럼 죽어야지. 솔직히 환희밀공이 어느 정도인지 궁금하긴 하지만…… 내가 갖지 못한 건 남도 못 가져. 야!”

“네!”

혈우광도의 부름에 즉각 응답이 왔다.

“형당 안에서 처리해. 형당을 벗어나면 그만큼 변수가 많아지니까. 난 복잡한 건 질색이거든. 약고라며? 그럼 죽이기도 쉽겠네. 환희밀공이고 뭐고 다 귀찮아. 죽여 버려!”

살인이 주문되었다.

2

약고란 거창한 말은 '독물(毒物) 투입(投入)'이라는 간단한 말로 대신할 수 있다. 온갖 독초와 독물을 투입시켜 극도의 고통을 이끌어내니 시전자로서는 이보다 간단하고 편할 수 없다.

효과는 단연 앞선다.

독물을 경험한 자는 육체의 고통보다는 죽음의 공포와 싸워야 한다. 막연하게 머릿속으로 '죽으면 그만이다'라는 생각을 가질 때는 용감할 수 있다. 하나 죽음이 손끝에 잡힐 때는 단언컨대 천하제일의 강심을 지닌 자라도 흔들리게 되어 있다.

독은 죽음을 느끼게 한다. 피부에 와 닿게 한다. 정신적으로 이대로 맞아 죽는구나 하는 느낌보다 열 배는 강하게 압박한다.

"첨화가 말했지? 껍데기를 작살내고, 속살을 저민 다음, 내장을 부수겠다고. 지금부터 몸에서 가장 취약한 부분을 건드릴 거야."

형당에 들어온 이후, 루검비가 가장 반긴 사람은 단연 유화다.

그녀는 고통을 주지 않는다. 회복을 선사한다. 망가질 대로 망가진 육신도 그녀의 손길만 닿으면 거뜬하게 되살아난다.

그녀는 이 시대의 화타(華陀)다.

이제는 달라졌다. 가장 반가웠던 선녀가 지옥길을 안내하는 향도(嚮導)가 되었다.

"이건 지금까지와는 전혀 달라. 고통만 주는 게 아냐. 몸을 망가뜨려. 몸이란 건…… 피멍이 든 건 시간이 가면 풀어지지만 오장육부가 망가지면 영원히 회복하지 못해. 앞으로는 살아도 산 게 아닐 거야. 미안하구나."

유화는 진심으로 미안해했다.

"먹어야 되는 거죠?"

"그래."

"먹을게요."

루검비는 입을 벌렸다.

어제 '가(架)' 란 글자를 얻었다.

이로써 지난 나흘간 모은 글자는 유호골가(維護骨架)가 되었다.

뼈대를 세운다.

지금까지 얻은 이백칠십육 자, 육십구 사언절구(四言絶句)가 뼈대를 세우기 위한 기초였다.

육십구 구 중에 '유호골가' 처럼 설명하는 글이 절반을 차지하니 실질적으로 도움이 되는 글은 삼십 구 안짝이다.

글자로 따지면 백이십 자.

작심하고 외우면 반나절 만에 외울 수 있다.

너무나 지루한 나날이었다. 하지만 덕분에 이백칠십육 자는 머릿속에 단단히 틀어박혔다.

"마셔."

유화가 검은색 물을 내밀었다.

코에 살짝 스친 향(香)은 무척 매웠다. 코끝이 찡하게 울렸
다고 할까? 무슨 맛인지는 모르겠지만 마시고 싶다는 생각은
들지 않는다.

"뭐가 들었어요?"

"단장산(斷腸散)."

"창자가 가닥가닥 끊어진다는……?"

"약하게 풀었으니까 끊어지지야 않겠지만…… 살아가면서
술 같은 건 마시지 않는 게 좋아. 내장이 많이 상할 거야."

"죽지만 않으면 됐어요. 주세요."

고통쯤이야 이겨낼 자신이 있다. 온몸에 거미줄 같은 흉터
가 생겼어도 견뎌냈다. 거미줄 흉터를 소꿉장난으로 만들어
버린 침 세례도 과거가 되었다.

아픔은 일시, 눈 찔끔 감고 버티다 보면 하루의 휴식 시간이
주어진다.

한데 아니었다. 산 너머 산, 강 건너 강이다.

쓰디쓴 검은 물이 뱃속으로 흘러들자, 루검비는 비명도 지
르지 못하고 숨만 가쁘게 내쉬었다.

"한 살 더 먹은 것 축하해."

아무 소리도 들리지 않았다. 오장육부가 갈가리 찢어진다는
말…… 쉽게 하지 마라. 최소한 창자 한 가닥이라도 끊어져 봤

던 사람이 아니라면 아무 소리 마라.

"헉! 허억! 크으윽……!"

사람의 음성이 아니었다. 아픔에 헐떡이는 짐승의 울부짖음
이었다.

"벌써 내 차례인가? 날짜 한번 빨리 간다."

은화(銀花)가 약고지(藥苦紙)를 훑어보며 말했다.

화녀들에게는 무거운 짐이 주어졌다. 구십여 일에 걸쳐서
독물을 먹이되, 목숨을 끊어서는 안 된다는 이율배반적인 명
령을 수행해야 한다.

하나부터 열까지 꼼꼼히 계획하고 움직여야 한다. 독초들의
상호반응도 고려해야 한다. 독물을 인체에 투여하는 만큼 어
떠한 반응이 나올지는 아무도 모른다.

독을 투여한 화녀는 약고지에 자신이 쓴 독과 루검비의 몸
상태를 자세하게 적는다. 내일 하독(下毒)할 화녀는 자신이 쓸
독과 분량을 기재하여 다른 화녀들의 심사를 받는다.

약고지를 훑어본 은화는 붓을 들어 거침없이 글을 썼다.

파안액(破眼液) 팔적(八滴).

"파안액?"

유화가 미간을 찡그리며 말했다.

"왜?"

"파안액은…… 좀 그렇네. 팔적이면 실명(失明)이야."

"뭐 하자는 거야? 담옥으로 이끌자는 거야, 날짜만 채우자는 거야? 담옥으로 가는 자가 눈이 있으면 뭐 하고 귀가 있으면 뭐 해? 빛을 뺏고, 냄새를 뺏고, 귀도 막아버리고…… 절망을 느끼게 해야 할 것 아냐. 그래야 포기하지."

은화는 주장을 굽히지 않았다.

단장산과 파안액은 상호작용을 하지 않는다. 물과 기름처럼 전혀 섞이지 않는다. 하나는 내장만 후려치고, 또 하나는 눈만 집중적으로 공격한다.

은화의 독수(毒手)를 말릴 근거가 없다.

바로 이래서 화녀들이 번갈아 가며 담옥행을 인도하는 것이다. 혹여 생길지 모를 인정을 처음부터 잘라 버리기 위해서.

"써."

잔화가 말했다.

죄인이 형당에 들면 모든 권한은 화녀에게 주어진다. 교주도, 형당을 이끄는 수두화도, 부두화도 화녀들의 권한을 침범하지 못한다.

화녀들 간에도 위아래가 있다.

언제 입교(入敎)했느냐는 따지지 않는다. 무림문파 같으면 배분(輩分)을 상당히 중요시하겠지만 환희교에서는 오직 나이만을 따진다. 그것도 약간 존중하는 의미이지 구속력은 전혀 없다.

화녀들 중에는 잔화의 나이가 제일 많다. 그래서 언제나 만

언니 역할을 하고, 지금처럼 의견이 상충될 때는 조정자가 되기도 한다. 조정이랄 것도 없다. 감정을 일체 접고 냉정하게 교리에 비춰서 말할 뿐이다.

"파안액 팔적. 통과?"

"그래. 써."

유화도 포기하고 말았다.

파안액은 팔적과 십이적의 구분이 쉽지 않다. 물방울 여덟 방울과 열두 방울이 무슨 차이가 있겠는가. 더군다나 사람의 눈에 들어가 버리면 몇 방울을 썼는지 알아낼 방도가 없다.

결과는 천양지차다.

여덟 방울이면 실명이지만 열두 방울을 쓰면 뇌까지 녹여 사망에 이른다.

한데 이게 또 정확하지 않다.

여섯 방울에 실명이 되는가 하면, 열 방울을 써도 멀쩡한 사람이 있다. 사람의 체질, 근육의 형성, 독에 대한 저항력 등등 신체 요건에 따라서 반응이 각기 다르다.

모든 독이 그렇지만 파안액처럼 적은 양으로 이승과 저승을 넘나드는 독도 없을 게다.

은화는 만일을 대비해 열네 방울을 준비했다.

지켜보는 사람은 없다. 원칙이 그렇다. 작업에 들어가면 고도의 집중력을 발휘해야 한다. 한순간의 방심이 목숨 하나를 저승으로 보낼 수 있기 때문이다. 그래서 작업이 시작되면 오직 담당과 죄수만을 남겨두고 모두 물러선다.

"그건 뭐예요?"

철부지 같은 소리도 은화의 귀에는 들리지 않았다.

그녀는 눈을 감지 못하게 눈꺼풀을 잡아 올린 후, 파안액을 떨어뜨렸다.

"큭! 큭큭! 큭!"

루검비가 발버둥치기 시작했다.

몸이 꽁꽁 묶여 있지 않다면 꼬리에 불붙은 멧돼지처럼 달려나갔을 게다.

'하나, 둘, 셋, 넷, 다섯, 여섯!'

한쪽 눈에 여섯 방울이다.

다른 쪽 눈꺼풀을 집어 올렸다.

왼쪽 눈꺼풀을 집을 때와는 느낌이 달랐다. 벌써 맥이 풀어졌다. 잘 익은 살점을 들어 올릴 때처럼 흐물거린다.

'뇌를 녹이는 거야.'

이번에도 거침없이 쏟아냈다.

'하나, 둘, 셋, 넷, 다섯, 여섯!'

모두 열두 방울이다.

그녀는 남은 두어 방울을 마저 떨어뜨리지 않고 루검비의 상태를 살폈다.

루검비는 비명도 잊었다. 미친놈처럼 고개를 마구 휘젓더니 축 늘어졌다.

정신을 잃었다. 아니, 절명했다.

눈으로 들어간 파안액이 눈의 신경을 태우고, 뇌까지 녹였
다.

형당 화녀가 마음먹은 이상 죽지 않고 버텨낼 사람은 없으
리라.

"제길!"

은화는 일부러 크게 역정을 냈다.

"모두 들어와 봐! 애 죽어버렸네!"

은화는 남은 두 방울의 파안액을 쳐다보며 빙긋 웃었다.

유죄가 인정되어 형당에 갇힌 자는 죽어서 나오기 마련이
다.

지금까지 단 한 번도 살아서 나간 사람이 없다. 담옥으로 간
것인지, 아니면 단순한 식물인간인지는 모르지만 간신히 숨만
쉬며 목숨이 붙어 있던 경우는 종종 있다.

그런 상태도 오래 지속되지는 못했다. 길게는 보름 정도까
지 버틴 자도 있지만 결국은 숨을 거뒀다.

형당 화녀들의 임무가 죄인들을 담옥으로 이끄는 것이라면
실수, 실패만 연속해 온 것이다.

하나 아무도 문제 삼지 않았다.

고의로 죽인 것이든, 실수로 죽인 것이든 담옥에 가두지 못
하고 목숨을 빼앗았다면 마땅히 징계를 받아야 한다. 그것이
교리요, 형당의 율법이다.

지금까지 그런 원칙은 지켜지지 않았다.

자칫, 자신 차례에 죽어버리는 것이 두려워 형벌을 살살 가할 우려가 다분해서다. 담옥으로 이끌지 못하고 죽이는 한이 있어도 형벌을 제대로 가하자는 뜻이 담겼다.

죽여서는 안 된다고 하지만 실질적으로는 죽어도 어쩔 수 없다는 분위기가 강했다.

루검비는 특정한 죄가 있다기보다 교주의 지목에 의해 들어왔다.

형당 사상 제일 어렸고, 그러면서도 가장 길게 버텼다.

이제 죽었다. 루검비의 신화는 끝났다.

"절명했습니다."

유화가 고개를 살래살래 흔들며 말했다.

"이 애는 삼법이 예정됐었다. 무슨 일이 있어도 인법을 거치고 지법, 천법까지 통과했어야 해. 그것이 교주님의 뜻이었다. 그걸…… 그걸 몰라서 죽인 게냐!"

수두화의 음성이 서릿발처럼 차가웠다.

"억울합니다. 어제 팔적을 쓴다고 했습니다만 전 육적밖에 쓰지 않았습니다."

은화는 작은 술잔을 내밀었다.

그곳에는 눈물로 딱 두 방울 정도의 물이 담겨 있었다.

"사적까지 꿋꿋이 버텨서 한 방울씩 더 썼는데……."

"휴우! 널 뭐라는 게 아니다. 누구 손에서든 사고가 일어날 가능성이 높았어. 역시…… 무리였어."

"수두화님, 청이 있습니다."

첨화가 측은한 표정으로 루검비를 쳐다보며 말했다.

"얘한테 별짓 다 했어요. 그러면서 내가 꼬마나 잡으려고 이곳에 있나 하는 생각도 들고…… 올봄 거류(去留) 기간에 교를 떠나겠습니다. 그동안은 본연의 임무를 충실히……."

"됐다. 이미 교를 떠나기로 작심했는데 교를 위해 형을 집행한다는 건 모순이지. 교인이 아니라면 매 또한 잡을 수 없다. 거류 기간이래야 이제 두어 달 남짓 남았을 뿐이니, 있고 싶은 곳에 편히 있다가 가거라."

"죄송합니다."

첨화가 허리춤에서 작은 칼을 꺼내 공손히 두 손으로 받쳐 올렸다.

형당에 임명되면서 수두화에게서 건네받은 소도(小刀)다. 바로 루검비의 온몸을 난자한 칼이다. 정랑 스물한 명의 목숨이 담겨져 있기도 하다.

"자고로 준 것을 다시 빼앗는 법은 없으니, 기념으로 가져가거라."

"괜찮으시다면 저도……."

잔화가 힘들게 말을 꺼냈다.

수두화는 화녀들을 쭉 둘러보았다.

"또. 또 나가고 싶은 사람 있어? 있으면 한꺼번에 말해. 아니다. 말하고 싶어도 의리나 정 때문에 말하지 못하는 경우도 있겠지. 행동으로 하자. 교를 떠나고 싶다거나 아니면 형당이 싫다는 사람은 내일 아침, 이곳에 오지 마라. 제시간에 오지 않은 사람은 떠나는 것으로 생각하마."

수두화가 마음 편히 결정하라는 뜻으로 밝은 웃음을 지어 보였다.

형당 최고의 도수는 단연 첨화다. 첨화의 손은 칼을 쥐기 위해 만들어졌다고 해도 과언이 아니다.

첨화의 뒤를 바짝 쫓는 사람이 잔화다.

일인자는 첨화요, 이인자는 잔화다. 여기에는 이론의 여지가 없다.

물론 강호에서 말하는 도법의 달인, 도수(刀手)와는 거리가 멀다. 형당에서 말하는 도수란 푸줏간에서 고기를 썰어내듯 꼼짝 못하는 사람의 살을 얼마나 정교하게 발라내느냐를 말한다.

피부의 생김새, 두께, 근육의 형태, 힘줄, 뼈…… 인체에 대해서라면 의원 못지않게 환히 꿰고 있어야 가능하다.

그녀들이 반쯤 죽여놓은 사람을 말끔히 고쳐 놓는 사람이 유화다. 말끔하다고는 할 수 없지만 다시 칼질을 할 수 있을 만큼 만들어놓는 사람은 서화다.

일인자는 일인자끼리, 이인자는 이인자끼리.

첨화는 항상 유화와 짝을 이뤘고, 잔화는 오직 서화만을 찾았다.

그 네 명이 자리에 없다. 환희교를 떠날지, 형당만 벗어난 건지는 자유롭게 오갈 수 있는 거류 기간이 되어야 알 수 있지만, 형당에 몸담지 않을 뜻은 분명히 했다.

"그들을 원망하지는 않습니다. 환희교가 추구하는 성신은 성교가 없다면 이루기 힘든 것이고, 여자에게 자유분방한 성교란…… 세상의 속박으로부터 벗어나 훨훨 날겠다는 의지가 없으면 할 수 없는 것이죠. 하물며 이까짓 형당쯤이야 벗어던지지 못하겠습니까."

수두화가 차분히 말했다.

"형당이 많이 바뀌겠군."

"봄이 되면 농부는 논을 뒤엎는 일부터 합니다. 형당도 물갈이를 해줘야 할 때인가 봅니다."

"무슨 생각이 있는 모양이군."

"형당에서 물러날까 합니다."

"호호호! 화녀들에게 선택을 하게 한 건 자네가 물러나기 위한 포석이었던 게군."

"어찌 그런 말씀을……."

"농이네. 그냥 해본 말이야."

교주와 수두화는 자매처럼 정답게 말을 주고받았다.

"참! 그 꼬마…… 잘 묻어주지 그랬어."

"양지 바른 곳에 묻어주었습니다. 육반루가의 씨라서 기대를 했는데, 안 되나 봅니다. 교주님, 제가 드릴 말은 아니지만 환희밀공…… 구결이라도 남겨야 되지 않겠습니까?"

"그 아이에게 전해주려 했건만…… 무리지. 그런 꼬마에게 삼법을 전개한다는 게 말이 되어야지. 충심으로 교를 생각하는 정랑이 없나 살펴볼 생각이야."

　루검비의 죽음이 장사곡 전체에 알려지는 데는 일다경(一茶
頃)도 필요치 않았다. 형당 화녀들이 형당을 나서기도 전에 소
문은 번져 있었다.
　은화가 파안액을 사용해서 죽였다는 아주 상세한 소문이다.
　교주와 수두화의 대화는 동석한 사람 없이 단 두 사람만의
독대(獨對)였건만 몇몇 사람의 귀마저 막지는 못했다.
　"곰이 재주를 부린 격이지 않나. 혈우광도, 그 미친놈이 해
냈어. 후후! 이제 환희밀공의 실체를 구경할 수 있겠군."
　칠절신군은 즐거워했다.
　"뭔가 찜찜해. 소 심줄처럼 질기던 놈이 하루아침에 죽어나
간 것도 그렇고. 구경만 하자. 당분간."
　흑화녀는 의심의 눈초리를 번뜩였다.
　혈우광도는 다른 반응을 보였다.
　"죽이랬다고 이틀 만에 죽여? 파안액으로? 후후후! 넘어갔
군. 보기 좋게 당했어. 꼬마 놈은 물론 죽지 않았겠지. 살기를
보이자 망설임없이 튀었다는 건 이미 환희밀공이 전수되었다
는 것…… 크크크!"
　그는 즐겁게 웃었다.
　서두를 필요는 없었다. 눈이 녹아 길을 내주는 봄까지는 그
누구도 꼼짝하지 못한다. 루검비가 사라졌다고는 하지만 기껏
해야 장사곡 안이다.

"꼬마 무덤만 지켜보면 되는 건가."

혈우광도는 미친 소처럼 씩씩거리며 도를 휘둘렀다. 단숨에
천년 고목이 잘려져 나갔다.

3

"으음……!"

루검비가 신음과 함께 머리를 내둘렀다.

극심한 두통이 엄습한다. 머리가 반으로 갈려 떨어져 나가
는 것 같다. 눈도 뻐근하다. 간신히 눈꺼풀을 밀어 올리는데
풀 먹인 옷처럼 뻣뻣하다.

"약속 하나 해줘야겠다."

"……."

누가 무슨 말을 하는 것 같은데, 비몽사몽간이라서 알아듣
지 못했다. 약속 뭐라고 한 것 같은데……

"정신 차렷!"

짜악!

볼에서 불이 일었다. 머리가 옆으로 돌아갈 만큼 모질게 맞
았다.

"으음……!"

다시 신음을 쏟아냈다.

이번에는 사물이 흐릿하게나마 보인다. 눈앞에서 어떤 여자
가 삿대질을 하며 뭐라뭐라 중얼거린다.

“루검비! 루검비!”

루검비는 고개를 세차게 흔들었다.

비로소 정신이 든다. 기억도 되살아난다. 눈에 뭔가를 집어넣은 후, 정신을 잃었는데…… 휴우! 지금까지 고통이란 고통은 다 겪어봤다고 생각했는데 그토록 끔찍한 고통이 있을 줄은 정말 몰랐다.

루검비는 부르르 떨었다.

생각만 해도 치가 떨린다. 앞으로 겪을 고통들이 그와 같다면 이겨낼 자신이 없다.

“루검비!”

고개를 들어 말한 여인을 보았다.

첨화다. 유화라면 편안함을 기대할 수 있는데, 불행히도 첨화다. 아니, 다행인가? 약고에서는 첨화보다 유화가 더 무서우니까.

“마음 단단히 먹고 들어. 조건 하나가 더 붙었다. 절대 소리지르면 안 돼. 지킬 수 있어?”

“……”

루검비는 말을 하지 못했다.

사람을 죽음의 문턱까지 떠밀어놓고 소리마저 지르지 말라니, 말이 되는가. 그리고 비명이란 게 의지대로 되는 거였나? 나도 모르는 사이에 새어 나오는 것을 무슨 수로 참는단 말인가.

“참을 수 있어, 없어!”

"어제처럼 아프면……."

루검비는 자신이 죽었었다는 사실을 모른다. 혼절했다가 깨어난 것이 한두 번이 아니니 지금도 그쯤으로 생각하는 것 같다. 그러니 죽음의 파안액이 저주령(詛呪令)으로 바꿔치기 된 것은 생명이 끝나는 날까지 모르리라.

저주령은 극한의 고통을 안겨준다. 오죽하면 액체 몇 방울에 저주령이라는 이름까지 붙었을까. 하나 저주령은 파안액처럼 실명이나 사망의 위험이 없다.

효능이 파안액보다 월등하고 부작용도 적지만 너무 비싸다는 단점이 있다. 파안액 스무 방울과 저주령 한 방울이 같은 가격으로 거래된다.

목적이 고통을 주는 것뿐인 고문에는 적합하지 않다.

루검비가 모르는 게 또 있다. 그는 자신이 다른 곳으로 끌려와 있다는 사실도 인식하지 못한다. 촛불로 그럭저럭 얼굴을 알아볼 뿐, 사방이 빛 한 점 들지 않는 어둠으로 가득 차 있으니 의심할 여지가 없는 듯하다.

"이 악물어. 그리고 천천히 생각해. 앞으로…… 소리 지르면 가차없이 죽여 버린다. 농담이 아냐. 가차없이 죽인다."

참화의 말이 너무 차갑다. 전과는 다르게 살기가 흠신 묻어나온다.

루검비는 첨화의 말대로 이를 꽉 깨물며 다짐했다.

'이대로 죽진 않아!'

"어서 오늘 줄 것이나 줘요."

"오늘은 쉬는 날이다. 잊었니? 이틀 당하고 하루 쉰다. 그럼 푹 쉬어라. 내일 보자."

첨화가 문을 닫고 나갔다.

그때, 환청처럼 앙칼진 여인의 음성이 귓전을 때렸다.

[어제는 혼절해 있느라 이백일흔일곱 번째 글자를 말해주지 못했다. 그래서 오늘 특별히 두 자를 일러준다. 차후에는 이런 일이 없도록 하라.]

'누가 기절하고 싶어서 기절했나.'

[온전할 전(全), 당길 잉(扔). 그럼 내일 보자. 어제처럼 또 기절해 있으면 그날 받을 글자는 받지 못할 줄 알아라.]

'온전할 전? 당길 잉? 전잉?'

무슨 글자를 말하려는 것일까? 알 도리가 없다. 궁금해할 필요는 없다. 어차피 시간이 해결해 줄 터이니까. 두 자를 머릿속에 새겨 넣었으면 어제까지 받은 글자를 돌이켜 보는 것이 더 낫다.

루검비는 여인의 말에 자신의 목숨이 달려 있다는 사실을 안다. 하기에 한 자, 한 자 허투루 보낼 수 없다. 글을 배우지는 않았지만 생각이라도 계속해서 뜻을 알아내야 한다.

몸을 돌볼 틈이 없다. 루검비는 곧바로 생각에 몰입했다.

'처음 시작은 자잔지도(自殘之道)였어……'

간밤에 무덤이 파헤쳐졌다. 그리고 루검비의 시신이 눈밭 위에 던져진 채 발견되었다.

발가벗겨진 아이의 몸은 온갖 흉터로 빼곡했다. 반쯤 갈라진 머리를 통해 텅 비어버린 뇌도 보였다.

누가 무덤을 파고 루검비의 사인(死因)을 조사했던 것 같다.

그랬으면 다시 묻어나 줄 것이지, 절곡 한구석에 아무렇게나 내동댕이 쳐놓고 가버린 심성은 뭐란 말인가.

"쯧! 기어이 이 지경이 되었구먼."

"누군지 정말 못된 짓을 했네. 죽은 놈 시신까지 들춰낼 건 뭐야?"

"다시 묻어주기나 하자고."

정랑 몇 명이 팔을 걷어붙이고 나서 시신을 다시 묻어주었다.

따스한 햇볕이 눈을 녹였다.

나무는 다시 푸른빛을 띠기 시작했고, 산기슭 특유의 흙냄새도 물씬 풍겼다.

두 달이라는 시간은 눈 깜빡할 사이에 흘렀다.

"길이 트였다!"

산길을 살펴보러 갔던 자가 돌아왔다. 그리고 모든 사람들이 학수고대하던 소식을 전달했다.

길이 트였으니 누구든 마음대로 오갈 수 있다. 붙잡는 사람은 없다. 갈 사람은 가고, 올 사람은 온다. 아주 가는 사람도 있고, 잠깐 마을에 다녀오는 사람도 있다.

어쨌든 떠나기는 모두 떠난다.

한겨울 동안 산에만 웅크리고 있었으니 오죽 답답할까. 마을에 가서 술이라도 한잔하고 와야 하지 않나.

모두가 떠난 장사곡은 화전민촌처럼 을씨년스러워진다.

이 기간, 장사곡이 무덤 속처럼 조용한 기간을 환희교도는 거류 기간이라고 부른다. 즉, 거류 기간이란 길이 뚫려 마을로 쏟아져 내려갈 때부터 다시 돌아와 북적거릴 때까지를 말한다.

사람들이 쏟아져 나갔다.

누구에게 명령을 받거나 보고를 할 필요는 없었다. 관례적으로 산길이 열리는 즉시 거류 기간이 시작되곤 했다. 그리고 거의 보름 정도를 이어졌다가 끝난다.

거류 기간의 끝은 교주가 선포한다.

그 후, 장사곡은 다시 통제된다. 외부로 나갈 때니 외인이 들어올 때에는 분명한 목적을 제시하고 허가를 받아야 한다.

"저도 나갔다 오겠습니다."

수두화가 보고했다.

교주의 뒷모습이 너무 가련해 보인다. 무거운 짐을 잔뜩 지고 힘겹게 산비탈을 오르는 모습을 보자니 불쌍하다 못해 눈물이 나온다. 그러면 힘들다고 말이라도 하면 좋을 텐데, 그냥 꿋꿋한 척만 하신다.

"아직 바람이 찬데 길이 일찍 뚫렸군."

교주는 뒤돌아보지 않았다. 멀찍이…… 아직 눈이 녹지 않은 산봉을 쳐다보며 말했다.

"길이란 게 원래…… 없으면 만들면 되는 것이지요. 가지 못하는 곳이 없는 게 인간인데 괜히 눈 핑계를 대며 머물 뿐이지요."

수두화가 묘한 소리를 했다.

"괜히 무거운 이야기를 한 모양이군. 바람 잘 쐬고 오게."

교주가 고개를 돌렸다.

웃고 있었다. 활짝!

첨화, 잔화, 서화, 유화가 한날한시에 빠져나갔다.

거류 기간이 시작되었다고는 하지만 일말의 미련도 없이 장사곡을 떠났다는 건 아무래도 찜찜하다.

그토록 환희교가 싫었나? 루검비에게 혹형을 가하면서 회의감이 들었다는데, 한두 해 칼질한 사람들도 아니고, 전문가라고 할 수 있는 여인들이 웬 회의?

그녀들의 출타는 당연히 의심을 불러왔다.

"떠나기 전에 한 번 안겨야 되는 것 아냐?"

"주둥아리 닥쳐."

"아! 넌 사내고 계집이고 관심없다고? 도대체 환희교에는 왜 기어들어 왔는데?"

"해볼 거야?"

"아니. 간다니까 한 번 찝쩍거려 본 거야. 통하면 좋고 안 되도 본전이고."

"비켜!"

첨화의 사나운 일갈에 길을 가로막았던 사내들이 물러섰다.

첨화의 무공이 크게 뛰어나지 않다는 건 안다. 그녀의 도술(刀術)은 고문을 위한 것이지 싸움에 소용되는 게 아니다. 무력으로 겨루면 첨화 정도는 단숨에 눕힐 수 있다.

"흐흐흐! 언제 한번 보자고. 꼬옥 보게 될 거야."

사내의 눈이 징그럽게 첨화의 온몸을 훑었다.

태양이 중천을 향해 치달리는 사시(巳時) 무렵이었다.

유화는 다른 곳에서 찾았다. 그녀는 산길이 아니라 계곡을 따라 내려가고 있었다. 어차피 산기슭에 이르면 산길을 타야 하지만 풍광을 즐기는 사람들이 종종 이용하곤 했다.

그녀는 잠시 마을에 다녀올 사람처럼 행낭(行囊)이 간단했다.

"가시오?"

"예."

"아주?"

"잠시요."

"거짓말. 아주 간다 들었소."

"지금 같아서는 환희교로 돌아올 생각이 없어요. 하지만 전 성신을 믿어요. 언젠가는 돌아올 거예요. 잠시의 일탈(逸脫). 그래요. 잠시만 신에게 등을 돌릴 거예요."

"꼭…… 오시오."

계곡을 지키던 사내들이 길을 열었다.

그녀의 출타는 첨화와는 성격이 전혀 달랐다. 첨화의 도술은 있어도 그만, 없어도 그만이지만 유화의 의술은 많은 생명과 직결된다. 특히 의원이 없는 장사곡 같은 데서는 신수(神手)나 다름없다.

점심을 갓 넘기 오시(午時)였다.

잔화와 서화는 느즈막하게 출발했다.

저녁을 먹고 난 후이니 유시(酉時)가 넘었다.

길동무라도 하듯 정담을 나누며 같이 걷는 모습이 무척 편안하고 즐거워 보였다.

그녀들의 길을 막는 사람은 없었다.

거류 기간이다. 여인들보다 사내들이 먼저 들떠 있다. 저녁 무렵까지 장사곡에 머물러 있는 사람의 수는 손꼽을 정도다.

"어디로 갈 거예요?"

"글쎄…… 막상 가려니 갈 곳이 없네. 넌?"

"저도요. 다행히 의술을 약간, 아니, 밥 먹는 데는 지장없을 것 같아요."

"풋! 밖에서는 돌팔이 의원 정도밖에 안 돼."

"정 갈 곳이 없으면 저와 함께 다녀요."

"아니. 그럼 환희교를 잊지 못할 것 같아. 여기서 있었던 일은 다 잊어야지. 우린 요 아래 산 밑까지만. 알았지?"

"그럼 그래요."

두 여인의 심정은 시원하기도 하고 섭섭하기도 한 듯했다.

마지막으로 수두화가 장사곡을 떠났다.

세상 전체에 어둠이 가득 깔린 술시(戌時) 말(末)이다.

경장(輕裝)에 검을 찼고, 죽립(竹笠)을 썼으며, 겉에 피풍의(皮風依)를 걸쳤다.

그녀의 앞을 삼남 일녀가 막아섰다.

"기분이 영 더럽군. 분명히 뭔가 있는데 뭔지 모르겠단 말이야."

칠절신군이다.

"떠나는 거야, 돌아올 거야?"

흑화녀가 물었다.

"건방진! 감히 네 따위가!"

수두화의 얼굴에 노기가 떠올랐다. 흑화녀를 바라보는 눈길에 표독스런 살기가 담겼다.

흑화녀는 눈길을 피하지 않았다. 똑같이…… 암고양이의 사나운 눈빛으로 마주 쏘아보며 되물었다.

"길이란 게 없으면 만들면 되는 거라고? 그 말뜻이 뭐야?"

"아!"

수두화는 탄식을 토해냈다.

환희교의 수장은 누가 뭐래도 교주다. 교주가 지존(至尊)이다. 하지만 교주와 나눈 대화까지 낱낱이 흘러들어 갈 정도라면…… 환희교는 썩어도 단단히 썩었다.

마음 같아서는 환희교를 해산시키고 다시 교를 만들고 싶다. 진정 교리를 이해하는 사람들로 충실히 메워보고 싶다.

교주라고 그런 마음이 없는 게 아니다. 쓸모없는 쓰레기들을 싹 치워 버리고 싶은 마음은 누구보다도 강하다. 하지만 해

체라는 극한 행동은 할 수 없다.

정통성 때문이다.

이곳에서 안 된다 하여 헌신짝처럼 내팽개치고 다른 곳에서 다시 교를 창설한다면 어떻게 신을 모실 수 있다 하겠는가. 신이란 세상 어느 곳에나 있어야 한다. 잘되는 것도, 안 되는 것도 모두 신의 뜻이다.

교주가 성신을 보았다면, 그래서 무한한 능력을 보였다면 정랑들이 이토록 안하무인(眼下無人)이 되겠는가. 화녀들이 창기들처럼 성교만 즐기는 짓거리를 하겠는가.

모두 신을 보지 못한 탓이다.

"길 비켜."

수두화가 단호하게 말했다.

삼남 일녀는 한참 동안 쏘아보다가 순순히 길을 열어주었다.

그 시각, 동녀(童女)의 옷을 입은 루검비는 화녀의 손에 이끌려 허름한 농가에 들어섰다.

문을 열고 들어서자마자 돼지우리에서 역한 냄새가 풍겼다. 마당은 눈 녹은 물 때문에 질펀했고, 무엇보다 닭똥이 낙엽처럼 깔려 있어서 발 디딜 곳이 없었다.

화녀는 루검비를 이끌고 거침없이 들어갔다.

안에서도 몇 사람이 마중 나왔다.

"이제 왔어."

"수고했어. 어서 와. 춥지?"

"괜찮아. 그것보다 우리 아무것도 안 먹었는데, 음식 좀 있어?"

"그럴 것 같아서 따뜻하게 데워놓고 있었어. 들어가. 곧 차려줄게."

화녀들이었다.

루검비도 시중 여인들과 화녀들을 구분할 줄 안다. 똑같은 옷을 입어도 화녀들은 무엇인가 다르다. 피부를 가꿀 줄 알고, 화장을 할 줄 알고, 사내를 녹일 줄 안다. 이런 사소한 것들이 총체적으로 어울려 특이한 매력을 뿜어낸다.

루검비는 집 안으로 들어가 따뜻한 불에 몸을 녹였다.

화녀들이 음식을 내왔다. 정말 오랜만에 마주하는 따뜻한 음식이다.

"먹어."

루검비는 말 떨어지기가 무섭게 아귀처럼 밥을 퍼 넣었다.

차분히 씹을 시간도 없었다. 입안에 밥과 나물을 넣고 몇 번 우적거린 후, 꿀꺽 삼켰다.

밥은 먹는 게 아니다. 마시는 거다. 음식은 음미하는 게 아니다. 먹을 수 있을 때 많이 먹어두는 게 상책이다.

"체하겠다. 천천히 먹어."

체하다니? 그런 소리는 한 번도 들어본 적이 없다. '많이 먹어둬' 나 '이거라도 먹어' 라는 소리는 숱하게 들었지만.

루검비가 밥을 세 공기쯤 비우고 있을 때, 방문이 열리며 두 여인이 들어섰다.

그녀들도 화녀다.

"쫓아오는 사람은 없어. 완벽하게 따돌린 것 같아."

"모든 이목이 형당에 집중된 덕분이지."

형당 화녀들을 주목하는 사람은 많다. 하지만 삼백여 명의 화녀 속에 두루뭉술 섞여 있는 여섯 화녀를 주시하는 사람은 없다.

두 화녀가 말을 나누고 있을 때, 다른 화녀가 루검비의 손을 잡아 이끌었다.

루검비는 본능적으로 움찔했다.

화녀가 데려가려는 곳은 지하다. 방 한 귀퉁이에 어두운 공간이 악마처럼 입을 쩍 벌리고 있다.

고통은 잘 안다. 얼마든지 견딜 자신도 있다. 하지만 가급적이면 느끼고 싶지 않다.

"두렵니?"

루검비는 고개를 끄덕였다.

약고라는 것…… 두 번 다시 경험하고 싶지 않다. 약고를 다시 경험하느니 차라리 목숨을 끊겠다. 지난 두 달간은 정말 지옥이었다.

"네가 두렵다고 하면 말해주라더라. 수두화님을 처음 봤을 때 기억나니?"

루검비는 고개를 끄덕였다.

"매에 길들여지면 안 된다고 했다면서?"

또 고개만 끄덕였다.

"매 맞는 게 두렵다. 고통이 무섭다. 고문은 생각만 해도 치가 떨린다. 맞니?"

끄덕끄덕.

"너…… 길들여졌구나, 매에."

"예? 아네요. 길들여지지 않았어요."

"교주님도 그렇고, 수두화님도 그렇고. 모두 같은 말씀을 하셨어. 고통을 즐겨라. 맞는 걸 즐겨라. 무서워하지 말아라. 하루라도 맞지 않으면 심심해서 못살 정도가 되어라. 그래야 최강의 수문장이 될 수 있다."

루검비는 입술을 꽉 깨물었다.

"들어가요."

그가 화녀의 손을 이끌었다.

지하에는 아무것도 없었다. 보기에도 폭신해서 눕기만 하면 잠이 솔솔 올 것 같은 침상 하나만 덩그러니 놓여 있었다.

"우린 여기서 보름 정도 있을 거야. 거류 기간 동안. 꼼짝도 하지 않고. 집 밖으로 나가면 절대 안 되고. 알았지?"

"안 때려요?"

"사람이 때리는 건 끝났어. 우린 널 지법으로 인도할 거란다. 사람의 법칙을 배웠으니 이제 땅의 법칙을 배워야지."

"때리지 않을 거였으면서 왜 무서운 말을 했어요?"

"그게 네 평상심(平常心)이니까. 다른 사람하고 다르지? 보통 사람들은 평온한 마음을 평상심이라고 하는데, 넌 싸우는 마음이야. 수문장은 뭐가 달라도 달라야지?"

"네, 알았어요!"

루검비는 침상에 벌렁 드러누웠다.

교주는 약속을 지키고 있다. 때리다, 침으로 고통만 주다, 독약만 먹이다 들판에 버릴 줄 알았는데, 아니다. 최강의 수문장이 된다. 최강의 무인이.

第四章

땅의 법(一)

歡喜密功
환희밀공

1

[오늘이 마지막 날이다. 너와의 만남도 마지막이다. 앞으로 너와 만날 일은…… 없을 것 같구나.]

사기 그릇 깨지듯 카랑카랑한 음성. 하나 루검비에게는 어머니의 음성처럼 포근하게 들렸다.

환희교에 이끌려 온 순간부터 지금까지 고통을 주지 않고 오직 따뜻하게만 대해준 음성이다. 오직 주기만 할 뿐, 받아가는 건 없었다. 극한의 고통에 몸부림칠 때는 많은 도움이 되기도 했다.

루검비는 침상에 누워 있다가 벌떡 일어나 앉았다.

"오셨어요?"

듣는지 안 듣는지는 모르지만 인사는 하고 싶었다.

한데…… 마지막? 마지막이라니?

[너는 이 순간부터 환희교의 수문장이다. 네가 살아가는 목적은 오직 환희교를 지키는 데 있다. 받아들이겠느냐!]

"네!"

루검비는 자석에 이끌리듯 대답했다.

교주가 수문장으로 만들겠다고 했다. 환희교에서의 모든 고통도 수문장이 되기 위해 거쳐야 하는 필수 과정이다.

수문장이란 것, 대단할 것이라고는 생각했지만 막상 지옥 같은 고통을 겪다 보니 대단한 정도가 아니라 교주에 버금가는 위치가 아닌가 싶다.

그런데 이제 와서 수문장이 되고 싶냐고?

당연히 '네'다.

[신중히 대답해라. 번복할 기회는 지금뿐이다. 앞으로는…….]

"수문장이 되겠습니다!"

두 번 생각할 것도 없다.

[좋다. 쏘아진 화살은 되돌릴 수 없고, 엎어진 물은 주워 담을 수 없다. 너의 맹세 또한 이와 같으니, 너의 일생은 오직 수문장으로서의 임무를 다하는 것으로 결정되었다.]

'아닌데요. 그건 제가 하고 싶으면 하고 하기 싫으면 안 해도 되는 건데요.'

루검비는 속으로 히죽 웃었다.

비웃는 건 아니다. 장난일 뿐이다.

무슨 일이 있어도 수문장은 되어야 한다.

힘이 필요하다, 아주 강한 힘이……. 많은 사람을 죽여야 하기 때문에, 죽어가던 아버지의 눈이 잊혀지지 않아서 힘을 얻어야 한다. 수문장이 되면 충분한 힘을 얻을 수 있으리라.

루검비는 세상이 두 쪽 나는 한이 있어도 수문장만은 꼭 되어야 한다는 생각밖에 없었다.

[너는 지금부터 환희교도다. 성년이 되어 입교식을 치러야 정신 교도가 되는 것이지만, 넌 수문장이니 지금부터 정식 교도로 간주한다.]

"입교식을 지금 치르면 안 되나요?"

[그러기에는 너무 어리구나.]

루검비는 고개를 갸웃거렸다.

여인이 말하는 입교식이라는 게 음양화합(陰陽和合)을 일컫는 말인 줄은 짐작조자 못하고 있으니 당연한 행동이다.

여인은 굳이 설명하지 않았다. 루검비의 심중은 아랑곳하지 않고 할 말만 이어갔다.

[환희교도는 자유를 존중한다. 하나 수문장은 예외다. 수문장은 환희교의 대소사를 꿰뚫고 있어야 하기에 자유를 줄 수 없다. 수문장 한 명으로 인해 환희교가 멸망할 수도 있고, 부흥할 수도 있기에 철저히 통제한다. 인정하느냐?]

자유, 억압, 통제…….

루검비에게는 어려운 말이었다. 말뜻이 어렵다는 게 아니라 자유와 억압의 차이를 현실적으로 느끼지 못했다.

"네, 인정해요."

대답 소리가 시원했다.

[하면 지금 이 순간부터 너의 신체에 제약을 가할 것이다. 받아들이겠느냐?]

루검비는 즉시 고개를 끄덕였다.

죽을 고비를 한두 번 넘긴 게 아니다. 솔직히 말해서 하루하루가 지옥이었고, 죽음의 순간이었다. 하물며 약간의 제약이라…… 그게 뭐 그리 대수랴.

슈욱!

바람 한 점 들지 않는 지하 밀실에 미풍이 불었다.

"……!"

순간, 루검비는 극심한 통증을 느끼며 허리를 푹 꺾었다.

비명은 지르지 않았다. 형당에서 보낸 세월에 비하면 그야말로 새 발의 피다.

[명심해라. 넌 환희교의 수문장이다. 꼭 수문장이 되어야 한다. 수문장이 되어 충실히 환희교를 보살피면 금제는 아무런 영향을 미치지 않을 것이다. 하나 그렇지 않을 시에는…… 수문장이 되지 못하거나, 다른 생각을 품으면 널 죽일 사람이 나타날 게다. 그리고 그 사람은 네가 어떤 위치에 있든 어떤 무공을 수련했든 간에 단 일 초, 단 일 초에 널 죽여 버릴 것이다. 이것이 금제다.]

"……"

루검비는 아무 소리도 하지 못했다.

공갈치고는 무시무시한 공갈이다. 협박이라면 아주 잘 먹혀들었다. 이제 환희교의 손아귀에 잡혀서 꼼짝달싹할 수 없다는 생각이 스멀스멀 피어오르고 있으니까.

[다시 말하거니와, 넌 인법을 견뎌냈다. 하나 엄밀히 말하면 네가 견뎌낸 것이 아니라 견뎌내도록 해준 것이다.]

루검비는 고개를 빨딱 쳐들었다.

동의할 수 없다. 인정하지 못한다. 이리 찢기고 저리 찢긴 몸을 보여주랴? 멍들다 못해 굳은살이 박힌 등짝을 보여줘? 몸이 분쇄되는 고통을 참아냈는데, 견뎌내도록 도와준 거라고?

[이후, 넌 지법(地法)으로 인도될 것이다. 지법은 인법과 달라서…… 도와줄 길이 없구나. 네 스스로, 네 의지로 견뎌내야 할 것이다.]

"흥! 그까짓 것 얼마든지……."

[경거망동하지 말고!]

루검비는 어머니에게 꾸중 들은 아이처럼 입술을 삐죽 내밀며 고개를 숙였다.

여인의 음성에서 염려를 느낄 수 있다. 따뜻하다. 어머니처럼…… 품에 안겨도 될 성싶다. 잔소리는 듣기 싫지만 여인의 말을 거역할 생각은 없다.

[지법으로 끝난 게 아니지. 천법(天法) 또한 거쳐야 할 터. 네가 과연 삼법을 견뎌낼지 염려된다만 이미 주사위는 던져졌으니…… 삼법을 모두 마치면 장사곡으로 돌아오거라. 우리 만남은 그때나 이루어지리니. 부디 건강하거라.]

더 이상 말이 들려오지 않았다.

여인이 떠난 듯하다.

누구였을까? 그러고 보니 이름도 묻지 않았다. 암중에서 전음만 보내온 터라 얼굴은 당연히 보지 못했고. 무려 일 년이란 세월 동안 대화를 나눴으면서 이름도 모르다니.

'수문장이 되면 만날 수 있다니까…….'

여섯 화녀는 오판(誤判)을 했다. 그녀들은 결코 평범한 화녀들이 아니었다. 삼백여 명 속에 두루뭉술 섞여서 존재 가치가 크게 알려지지 않은 사람들이 아니었다.

그녀들은 유명했다.

이름이 유명한 것은 아니다. 그랬다면 그녀들 자신이 알았을 게다. 용모가 빼어난 것도 아니다. 그것 역시 본인이 자각하고도 남는다.

본인들은 알지 못했지만 그녀들, 여섯 화녀의 이름은 환희교도 전체에 퍼져 있었다.

무색녀(無色女).

그녀들은 정랑을 찾는다. 단 하루도 정랑을 찾지 않는 날이 없다. 침상에서의 기교도 뛰어나다. 정력이 굳센 사내도 단숨에 절정으로 이끌어 버린다.

한데 그것으로 끝이다.

서로가 절정을 느낀 순간부터 그녀들은 자신만의 세계로 침잠해 들어간다. 정랑이 어떻게 되든 상관하지 않는다. 솔직히 말하면 거들떠보지도 않는다.

그녀들은 내면에서 일어나는 폭발에만 온 신경을 곤두세운다. 폭발이 성신을 일깨워 주기만 간절히 기다린다. 그러니 정랑들에게 신경을 쓰지 못하는 것은 당연할 것이다.

하나 정랑 입장에서는 기분이 정말 더럽다. 사정을 목적으로 키워진 짐승 같다는 느낌이 든다. 운우지락을 즐긴 것이 아니라 여자에게 이용당했다는 느낌만 강하게 든다.

색(色)을 업(業)처럼 사용하지만 정작 정랑은 관심없는 여자들.

정랑들 입에서 '무색녀'라는 말이 나오기 시작했고, 그와 같은 특징을 지닌 여자들이 추려졌다.

그녀들은 여섯 명이었다.

환희교의 교리에 깊이 심취하여 있지도 않은 신인가 뭔가를 찾는 정말 미친 여자들이었다.

칠절신군은 그녀들을 주목했다.

그녀들은 무색녀가 아니라 환희교의 기둥이라는 사실도 알았다. 삼백여 명의 화녀 중에 교주의 지도를 가장 확실히 받은 여인들을 꼽으라면 단연 그녀들이다.

그래서 주목했다. 교주가 환희밀공을 전수한다면 그녀들 중에 한 명이 아니겠는가.

그녀들이 동녀를 이끌고 장사곡을 벗어나자 내심 쾌재를 불렀다.

동녀라니. 평소 동녀에게 관심이나 있었던 사람이라면 모른다. 오직 자신과 교주와 성신밖에 모르던 여자들이 동녀를 데리고 장사곡을 벗어난다?

루검비다! 교주의 술책이다!

당장 미행을 붙였다. 한편으로는 계속 다른 자들과 손발을 맞췄다.

루검비의 생존 사실을, 탈출 사실을 알려줄 필요는 없다.

흑화녀도 같은 과정을 거쳤다. 혈우광도 역시 무색녀와 루검비의 움직임을 읽었다.

그들 세 거두는 허름한 농가를 앞에 두고 나란히 섰다.

"돌머리들은 아니군, 여기까지 쫓아온 걸 보면."

칠절신군이 미간을 찡그리며 말했다.

"혼자만 똑똑한 줄 알면 오산이죠. 수두화나 형당 계집들에게서 뭘 얻어낼 수 있다고 봤어요? 온 사방이 쳐다보는 눈들뿐인데."

흑화녀가 대뜸 받아쳤다. 그때,

"조용히들 해라."

혈우광도가 나직이 말했다.

그러자 모두 입을 다물었다. 혈우광도도 껄끄럽지만 그가 이끄는 떨거지들은 상당히 피곤하다.

칠절신군도, 면도도 혈우광도에게는 한 수 접어주곤 했다.

휘이이잉……!

옷깃을 여미게 하는 찬바람이 불었다. 길이 뚫리기는 했지만 밤바람은 여전히 매섭다.

혈우광도는 무엇을 생각하는지 한참 동안이나 허름한 농가를 노려보았다. 그러다 드디어 결심이 섰는지 아랫입술을 잘근 깨물며 명을 내렸다.

"교주가 먼저 잔수를 썼으니 경고를 보내야겠지. 무색녀는 모두 죽여라! 천참만륙(千斬萬戮)! 갈기갈기 찢어 죽여라!"

혈우광도가 애용하는 방법이다.

주검을 보고 공포심을 느끼는 데는 사지를 갈기갈기 찢는 것만큼 좋은 게 없다. 그렇게 한두 명쯤 시범을 보이면 죽음을 우습게 여기던 인간들도 두려움을 느낀다.

"애새끼는 잡아와! 손가락 하나 건드리지 말고!"

쒜에엑! 꽈직!

매서운 칼바람이 대문을 두 쪽 냈다.

사내들은 거침없이 들어섰다.

일부는 뒤로 돌아 장독대로 갔다. 일부는 부엌 앞으로 가서 문을 봉쇄했고, 또 다른 일부는 방문을 걷어차며 안으로 들어갔다.

쒜에엑! 쒜엑!

"아악!"

"아아아악!"

도륙은 너무 싱겁게 끝났다. 무색녀들은 교리를 충실히 따르는 교인이지 무인이 아니었다. 칼바람이 몇 번 불지도 않아서 비명은 사라졌다.

"허! 이런 년들이! 뭐 이런 년들이 다 있어!"

피비린내 물씬 풍기는 협소한 방 안에서 허탈한 탄식이 터졌다.

혈우광도는 질질 끌려온 꼬마를 보며 코를 벌름거렸다.

그가 극도로 흥분했을 때 보이는 행동이다.

일이 틀어졌다. 무언가 잘못되었다. 절대 일어나서는 안 되는 일이 일어났다.

꼬마는 루검비가 아니다. 지나가다 본 기억은 있다. 아비가 누구인지도 모르는 화녀의 자식 중에 한 명이다.

"뭐야! 얘가 왜 여기 있어!"

"글쎄, 그년들이……."

"뭐냐니까!"

"이 자식을 배 위에 올려놓고……."

"뭐야! 지금 무슨 헛소리를 하는 거야!"

누런 코를 질질 흘리는 꼬마가 운우지락을 탐했다면 지나가는 개가 웃는다. 하나 반대의 경우는 있을 수 있다. 다 큰 어른이 원정(元精)을 욕심내어 꼬마를 겁탈하는 일은 왕왕 있어왔다. 특히 채양보음에 중독되거나 환희교처럼 성교를 통해 성신을 일깨우는 경우에는 무슨 짓이든 한다.

혈우광도가 고함을 내질렀지만 꼬마와 여섯 화녀 사이에 무슨 일이 있었는지는 벌써 짐작하고 있었다.

수하가 하지 않아도 될 부연 설명까지 했다.

"이놈, 눈깔이 새빨간 걸 보면 음약(淫藥)을 복용한 듯합니다."

꼬마는 하의가 벗겨져 있었다. 몸에서는 열이 후끈 나고, 얼굴은 발갛게 상기되었다. 아이들은 혈우광도나 면도를 보면 지레 겁부터 집어먹는데, 아이는 흑화녀만 쳐다보며 침을 꼴깍꼴깍 삼켜댔다.

"음약을 복용시켜서 동남의 동정을 훔친다? 허! 과연 무색녀다운 행동이군. 성신을 일깨우기 위해서는 무슨 짓이든 하겠다는 거군. 허허허!"

칠절신군이 실소를 터뜨렸다.

"이놈밖에 없어? 루검비, 그 새끼 없어?"

"……"

수하들은 감히 대답조차 하지 못했다.

환희밀공.

환희교에 존재하는 유일한 무공. 아니, 신공(神功).

환희교에서 주장하는 말을 빌리자면 환희밀공은 말 그대로 신이 될 수 있는 무공이다. 영원히 늙지도 않고, 죽지도 않는다. 그러면서 세상을 오시하며 살 수 있는 천하제일의 무공이다.

그 말을 곧이곧대로 믿는 무인은 없다.

삼 푼이나 사 푼 정도의 믿음만 있었어도 신공을 노리는 사람들로 인해 환희교는 벌써 피바람에 잠겼을 게다.

무림은 환희밀공도 환희교에서 주장하는 성신처럼 손으로

잡을 수 없는 허상(虛像)으로 여긴다.

생각해 보라. 환희밀공을 터득하기 위해서는 동남, 동녀가 세상에서 가장 지독한 고통이라는 삼법을 견뎌내야 한다니 말이 되는가. 그런 고통을 견딜 인간이 어디 있는가.

칠절신군이나 면도, 혈우광도도 신공을 믿는 건 아니다. 다만 아니 땐 굴뚝에 연기 날 리 없다고, 환희밀공 속에 절공 한 가지는 숨겨져 있다고 생각한다.

칠절신군은 색공(色功)을 원한다. 음악(淫樂)한 환희교이니 환희밀공 역시 색을 다룬 절기이리라.

면도는 흑화녀의 말을 좇는다.

흑화녀나 수두화 같은 중견 교도는 현 교주의 가르침을 직접 받았다. 따라서 교리나 환희교의 탄생 토대에 대해서는 누구보다도 잘 이해한다.

여기서 흑화녀는 하나의 의문점을 가졌다.

환희교같이 사이비(似而非)로 몰리기 쉬운 종교는 자신을 보호하기 위해 강력한 무공을 필요로 한다. 그렇지 않으면 지금 환희교와 같이 외인들 손에 휘둘리기 십상이다.

전에는 그렇지 않았다. 환희교에는 질서가 있었다. 성교와 구도의 조화가 아름답기까지 했다.

수문장…… 얼굴도 본 적이 없고, 존재조차 의심스러운 사람이 환희교를 지켜주었을 때는.

그렇다. 교주의 입에서 '수문장이 떠났다'는 말이 나온 후부터 환희교는 급격하게 타락했다. 천진난만한 소녀들만 깔깔

거리는 화원에 폭도들이 들이닥친 것과 다를 바 없는 상황이
되었다.

흑화녀는 사라진 수문장과 환희밀공을 연결시켰다.

이들은 자신의 속셈을 숨긴 적이 없기에 환희교도라면 모르
는 사람이 없다.

혈우광도는 다르다. 그는 속셈을 드러낸 적이 없다. 그러면
서 죽을힘을 다해 환희밀공을 쫓는다.

"놓쳤군."

칠절신군이 피식 웃으며 말했다.

"쳇! 환희밀공이 빠져나갔네."

흑화녀도 입맛을 다셨다.

혈우광도는 다른 행동을 보였다.

"이 새끼, 치워!"

그는 성난 발길로 아이를 걷어차며 고함쳤다.

2

"네 한목숨 살리려고 여덟 명이 죽었다. 그리고 다섯 명은
정처없는 방랑길에 올랐다. 마음속에 깊이 새겨두거라. 앞으
로 나아가다가 포기하고 싶은 생각이 들 때, 죽은 사람들을 생
각해서 한 번만 더 나아가거라."

수두화가 말했다.

"우릴 생각해서 두 번 나아가면 더 좋고."

서화가 바로 이어서 말했다.

앙칼진 여인이 마지막 당부를 하고 떠난 직후, 밀실이 열리며 수두화가 나타났다. 그리고 그녀는 농가에 있는 화녀들도 알지 못하게 아주 은밀히 루검비를 빼냈다.

루검비는 여섯 화녀도 탈출 계획을 세밀히 알고 있다는 사실을 까마득히 몰랐다. 장사곡에서 죽음을 위장한 것처럼 농가에서도 또 다른 아이가 자신을 대신해서 죽어간다는 건 생각조차 하지 못했다.

사실 그는 알 필요도 없었다. 알아도 그가 할 일은 없었다. 누군가 나타나 길을 인도하면 따라가는 것이 고작이었다.

환히 드러난 사람이 일을 벌일 리는 없다. 하지만 중요성을 생각해서 관심있는 척하다가 놓아준다. 대신 은밀히 숨어 있는 자를 찾아 추적한다.

이것이 정랑들의 생각이다.

교주는 반대를 생각했다. 은밀히 숨어 있는 자는 발각되기 마련이다. 해서 일을 꾸미는 척하다가 그만둔다. 대신에 감시의 눈길이 드러난 자에게서 떨어지면, 즉시 일을 추진한다.

잔화, 첨화, 서화, 유화는 각기 다른 시간에 장사곡을 나섰지만 감시의 눈길이 떨어지는 즉시 예정된 장소로 이동했다. 그리고 수두화가 나타날 때까지 기다렸다가 함께 움직였다.

감시의 눈길이 하루나 이틀 정도 끈질기게 달라붙었다면 한자리에 모일 수조차 없는 위험천만한 도박이었다. 또한 여섯 화녀의 목숨을 건 계획이었다. 실제로 여섯 화녀는 무참히 목숨을 잃었다.

루검비는 자신 때문에 여섯 화녀가 죽었다는 소리에 울적해졌다.

자신을 대신해 죽었을 또래의 아이에게도 미안함이 싹텄다.

왜? 왜? 자신 때문에 사람들이 죽어가는가? 왜?

이유는 모르지만 무엇인가 자신을 중심으로 무서운 일이 벌어지고 있다는 것만은 짐작했다.

"검비, 넌 환희밀공을 전수받았다."

"네? 언제요? 아!"

문득 형당에서 전해 들은 삼백육십오 자가 떠올랐다.

무공인 것만은 틀림없었다. 이해조차 못하니 수련은 엄두도 낼 수 없지만 무엇인가 심오한 무공일 것이라는 짐작은 했다.

그게 환희밀공이었나?

수두화가 말을 이었다.

"환희밀공은 모두 오 장(五章)으로 이루어진다. 제일장(第一章) 자잔지도(自殘之道), 제이장(第二章) 적신노체(赤身露體), 제삼장(第三章) 롱기화종(弄起火種), 제사장(第四章) 화소천하(火燒天下), 그리고 마지막 제오장(第五章) 사대능원(四大能源)이다."

자잔지도, 적신노체, 롱기화종, 화소천하, 그리고 사대능원.

익숙한 말이다. 오 장, 이십 자는 앙칼진 여인이 전해준 삼백육십오 자 중에 들어 있었다. 무참히 얻어터지며, 또는 독을 먹으며 무슨 뜻인가 하고 고민했었다. 결국 뜻을 알아내는 데는 실패했지만, 고통을 잊는 방책은 되었다.

"인법에서는 자잔지도를 배우고, 지법에서는 적신노체를 깨닫는다. 그리고 롱기화종은 천법을 거친 다음에야 얻게 될 게다."

"자잔지도를 배웠다고요?"

무참히 얻어맞은 기억밖에 없는데 뭘 배워?

수두화의 얼음처럼 차가운 얼굴에 더욱 차가운 냉기가 흘렀다.

루검비는 침을 꼴깍 삼켰다.

하도 맞다 보니 이제는 느낌만으로도 위협을 감지한다. 때리려고 하는지 위협만 가하는 건지 명확히 구분한다.

수두화가 분노한다. 절망하고, 좌절한다. 그리고 그러한 느낌은 모두 모아져 폭력으로 이어지려고 한다.

여기서 무슨 말이든 말 한마디만 하면 주먹이 날아올 게다.

이건 내기해도 좋다.

수두화는 싸늘한 눈길로 쳐다보다가 깊은 한숨을 내쉬며 고개를 돌렸다.

"휴우! 아직 어린 꼬마에게 무엇을 기대하고…… 넌 이미 환희밀공을 전수받았다. 잘 기억해 보거라."

수두화가 다시 말하기 전부터 루검비의 머릿속에 떠오르는 생각이 있었다.

여인이 암암리에 전해준 삼백육십오 자, 그것이 환희밀공은 아닐까? 수주화가 말한 스무 자가 모두 포함된 것으로 보아 환희밀공이 틀림없을 것 같은데……

그건 그렇고, 자잔지도는 언제 배운 것일까? 정말 몰라서 그러는데 다시 물어볼까?

루검비는 수두화를 힐끔 쳐다봤다. 그리고는 묻기를 포기했다. 수두화나 자칭 사신녀(四神女)로 불러달라고 말한 네 화녀의 얼굴에는 죽은 여섯 화녀의 죽음에 대한 앙금이 가시지 않았다. 그녀들을 죽인 자들에 대한 분노로 세심한 신경을 쓸 처지가 아니다.

루검비는 수두화나 사신녀가 측은해졌다.

어째서일까? 문득 자신이 이 여자들을 보호해야 한다는 생각이 들었다. 어른이 아이를 보호하는 것이 당연한데, 이 여자들은 너무 나약해서 자신이라도 보호하지 않으면 안 될 성싶었다.

아버지는 그 일을 하지 못했다.

어머니가 죽었고, 당신까지 죽어야 했다. 그러면서 죽는 것은 결코 가족을 보호하는 것이 아니라고 말했다. 죽는 순간, 보호는 실패한 것이라고. 무슨 일이 있어도 살아야 한다고.

보호한다는 건 사는 것이다. 더도 덜도 아니고 딱 안전하게 사는 것이다.

"그거였어요. 삼백……."

"그만!"

"……"

"환희밀공에 대한 말은 입 밖에도 내지 마라. 어떠한 말이

든, 누가 무슨 말을 하든. 오직 네 머릿속에서만 생각하고, 너 스스로 깨우쳐라. 깨우치지 못하더라도 입 밖에 내서는 안 된다. 죽을 때까지. 절대로 입 밖으로 흘려서는 안 돼. 알았니?"

"네."

루검비는 준엄한 질타에 고분고분 대답했다.

"환희밀공은 심오한 진리다. 무식한 자는 절대 풀 수 없는 우주만상의 도리다. 그러니 유식해져야 한다. 많은 글을 읽고 외우고 생각해서 네 것으로 만들어라. 현자(賢者)가 되어 진리를 논할 수 있을 때, 환희밀공이 실체를 드러낼 것이다."

루검비는 한마디도 못했다.

머릿속에 구결이 담겨 있지만 내 것으로 소화시키는 데는 많은 세월이 필요할 것이라고 생각했다. 하나 이토록 엄청난 요구를 해올 줄은 몰랐다.

현자가 되라고?

아니다. 그건 아니다. 현자가 되려고 글이나 읽고 있을 시간이 없다. 무공을 배워야 한다. 강력한 무공을 배워서 아버지의 원혼을 달래 드려야 한다.

"학업보다는 무공을 배우고 싶은데요."

"네 머릿속에 있는 게 무공이다. 그 무공을 배우기 위해서는 먼저 글을 배워야 한다. 그러니 학업이 먼저다."

루검비는 혼란스러웠다.

학업은 바로 시작되었다.

서화가 얄팍한 책자 한 권을 건네주며 말했다.

"천자문(千字文)이다. 신동이라 일컫는 아이들은 서너 살에도 뗀다. 넌 일곱 살이나 됐으니 힘들다는 말은 못할 것이고. 누워서 배워도 한 달이면 넉넉할 텐데, 육반루가의 머리는 얼마나 뛰어난지 알아볼 좋은 기회군."

루검비는 머리를 긁적거렸다.

학업이란 것이 싫다. 하얀 것은 종이요, 검은 것은 글자일 뿐이다. 책이 밥을 먹여주는 것도 아니고, 힘을 보태주는 것도 아니다. 그런 걸 읽을 바에는 권각(拳脚)이나 한 번 더 놀리는 것이 나으리라.

"하늘 천(天). 따라 해."

"하늘 천."

루검비는 서화가 짚어주는 글자를 쳐다보며 따라 했다.

인법에서 벗어난 지 며칠 되지 않는다. 아직도 온몸이 쑤시고 어른어른거린다. 하다못해 기지개라도 켤 것 같으면 송곳으로 찌르는 듯한 통증이 전신을 관통한다.

아직 움직이기는 무리였다. 그래서 하기는 싫지만 멍하게 앉아 있으니 글이란 걸 배워보자는 심산에서 따라 했다. 환희밀공을 깨우치려면 글을 배워야 한다니, 조급함도 치밀었고.

"따 지(地)."

"따 지. 아함!"

단 두 자를 따라 했을 뿐인데, 졸음이 쏟아졌다.

"돌머리예요."

척하면 착이다. 하나를 보면 열을 안다. 몇 자 가르쳐 보지는 않았지만 글에 흥미가 없다는 것은 안다. 좋게 봐줘도 학문으로 클 싹은 아니다.

"기한은 한 달이다. 무슨 일이 있어도 책을 손에 쥐어줘."

"옛말에도 소를 물가까지 끌고 갈 수는 있어도 억지로 물을 먹일 수는 없다고 했어요. 지가 싫어하는데 무슨 수로 글을 가르쳐요."

"휴우!"

수두화는 깊은 한숨을 내쉬었다.

글에 흥미가 없기는 모두 마찬가지다. 잔화와 첨화는 아예 책을 거들떠보지도 않고, 그나마 서화와 유화가 편지 정도 읽을 줄 안다.

자신도 마찬가지다. 무공에 관한 서적이라면 밤 새워 읽지만 다른 종류의 서적들은 들여다보기만 해도 졸립다.

애초 형당에서 매질이나 하고, 칼이나 쓰던 사람들에게 책을 쥐어준 것이 잘못이다.

"어떻게든 해봐."

할 말이라고는 그것밖에 없었다.

'하늘 천, 하늘 천……'

하늘 천 자가 작대기 두 개, 그리고 빗질 하듯이 선 두 개 그어 내린다는 걸 처음 알았다.

반드시 외워야 할 글자다.

앙칼진 여인이 가르쳐 준 환희밀공에 '하늘 천'이 들어 있었다.

오늘은 하늘만 생각해라. 푸른 하늘도 있고, 비가 금방이라도 쏟아질 것 같이 우중충한 하늘도 있고, 하늘의 색깔은 여러 가지다. 온갖 하늘을 다 그려보아라. 그리고 외워라. 하늘 천.

여인이 한 말을 토씨 하나 빠뜨리지 않고 외운다.

외울 수밖에 없었다. 여인이 일러준 말을 외우지 않으면 여태까지 받은 모든 고통이 수포로 돌아간다는데 어쩌랴. 이를 악물고, 뼈를 깎으며 외워야 했다.

'땅 지. 땅 지……'

땅 지란 글자는 조금 복잡하다. 이리 긋고, 저리 긋고…… 쓸 것이 많다.

땅은 평평한데 글자는 왜 이렇게 복잡한 걸까?

손가락을 꼼지락거리며 허공에 땅 지를 그렸다.

이것 역시 환희밀공 속에 있다.

'히! 벌써 두 자 외웠어.'

삼백육십오 자 중에 두 자를 깨우쳤다.

이런 식으로 깨우친다면 한 달도 되지 않아서 환희밀공은 완전히 습득할 것 같다.

이렇게 쉬운 것을 수두화는 뭘 그리 거창하게 말한단 말인가.

심오한 진리? 무식한 자는 결코 풀 수 없는 우주만상의 도리?

'한 달만 기다리라고. 깜짝 놀라게 해줄 테니까.'

"다시 하자. 이번에는 제대로 해. 안 그럼 반 죽여……."
서화는 '죽여 버릴 거야' 라고 말하려다 입을 다물었다.
손속에 사정을 많이 남겼다고는 하지만 루검비가 인법을 통과한 것은 사실이다. 어른도 죽어나갈 고통을 겪은 것 역시 맞다. 그 결과로 루검비는 하늘이 두 쪽 난다고 해도 겁먹지 않는 아이가 되었다. 때린다거나 빨갛게 달궈진 인두로 지진다는 말에도 꿈쩍하지 않는 괴물로 변했다.
이런 놈에게 가당치도 않은 협박이라니.
"휴우! 널 어떻게 해야 될지 모르겠다. 정신 차려서 해야 돼. 알았지? 졸면 안 돼? 자, 하늘 천."
"알아요."
"뭐?"
"땅 지까지 알아요. 쓸 줄도 알고요."
"장난하지 마."
"정말이라니까요."
루검비는 히죽 웃으며 글자를 써 보였다.
"다른 글자도 알아?"
"배우지 않은 걸 어떻게 알아요."
"알았어. 오늘 가르쳐 줄게. 호호호! 너 돌머리는 아니구나?"
서화는 큰 짐을 내려놓은 기분이었다.

천자문을 깨우치는 데 딱 십 일이 걸렸다.

처음 같아서는 한 달 안에 도저히 끝내지 못할 것 같았는데, 겨우 십 일 만에 줄줄 외워댔다. 외우는 것만이 아니다. 천 자를 처음부터 끝까지 순서 하나 틀리지 않고 써 내려갔다.

"돌머리라며?"

"신동인가 봐요. 그럴 리가 없는데…… 육반루가 사람들을 말할 때 힘을 말하지, 머리를 말한 사람은 없잖아요. 강직하기는 해도 머리가 썩 좋은 집안은 아닌데……."

"후후! 사략(史略)으로 들어가야겠군. 한 달이란 기간 동안 최대한 가르치도록 해. 서둘 필요는 없어."

서화는 천자문만 가르친 것이 아니었다. 루검비가 혼자서도 공부할 수 있는 방법을 가르쳐 주었다.

루검비는 많은 서적을 탐독해야 한다. 서화가 쫓아가지 못할 경지까지 깊이 파고들어야 한다. 환희밀공을 깨우치려면 필히 거쳐야 하는 과정이다.

서화가 가르치는 한계는 곧 닥친다.

서두를 것 없다. 천천히 나가면 된다. 루검비에게 해줄 것은 다 해주었다.

"애가 흥미있어 하니까 금방 배울 거예요."

서화는 자신있어 했다.

한데 사략을 들고 루검비를 찾은 서화는 처음의 악몽을 되풀이해야 했다.

“공부하자.”

“쉬면 안 되요?”

“왜 그러니? 다른 책으로 바꿀까?”

“아뇨. 배울 건 다 배운 것 같은데요.”

“뭐?”

“……”

루검비는 입을 다물었다.

말을 하고 싶다. 환희밀공 속에 있는 글자는 거의 깨우쳤다고. 삼십여 자 정도가 빠졌는데, 그건 굳이 공부를 하지 않아도 해독할 수 있을 거라고.

하나 말하지 않았다. 수두화의 엄명 때문이다. 죽는 순간까지 환희밀공과 관계된 말은 혼자만 알고 있으라 했다.

“야! 정말 웃길래! 겨우 천자문 정도 떼어놓고 글을 다 배운 것 같아? 까불지 말고 이리 와 앉아.”

“쉬고 싶어요. 마음에 안 들면 때려도 좋고.”

서화는 할 말을 잃어버렸다.

자기가 하기 싫으면 천하의 그 누구도 어쩌지 못하는 놈, 그것이 일곱 살짜리 꼬마였다.

한 달이라는 기한은 쏜 화살처럼 빨리 지나갔다.

그동안 수두화와 사신녀는 어두컴컴한 밀실에서 한 발짝도 나서지 않았다.

루검비는 말할 필요도 없었다.

밀실보다 더 안쪽에 위치한 작은 방에 갇혀서 햇볕 한 점 보지 못하고 지냈다.

하루 일과는 간단했다. 하루에 두 번, 오전 오후에 서화에게서 침을 맞았다. 밥을 세 끼 먹었고, 식후에는 유화가 달인 첩약을 먹었다.

그 이외의 시간은 누구도 간섭하지 않았다.

루검비는 철저히 혼자였다. 방문 하나 사이로 다섯 여인이 있지만 말 상대조차 해주지 않았다.

루검비도 그것이 좋았다. 환희밀공을 빨리 깨우쳐서 깜짝 놀랄 무공을 선보이겠다는 욕심으로 구결 해독에 온 힘을 기울였다.

그러다 보니 외로움도 잊었다. 세월이 지나는 것도 몰랐다.

"몸이 좋아졌구나."

수두화가 촛불을 들고 나타났을 때, 루검비는 일어서서 방 안을 서성거리고 있었다.

"네. 이제 가뿐해요."

루검비는 팔다리를 움직여 보였다.

"거류 기간이 끝났다. 장사곡으로 돌아갈 사람들은 모두 돌아갔어. 그 후로도 보름 정도 더 있었으니 돌아가지 않은 사람들도 멀리 떠났을 게다. 이제 나가자."

"지법…… 요?"

"그래, 지법으로."

루검비는 어깨를 축 늘어뜨리고 앞서 가는 수두화의 뒤를 쫓았다.

지법이 두렵지는 않다. 어떤 건지도 모르면서 두려워할 필요는 없다. 어떠한 고통도 직접 부딪쳐 보면 견딜 수 있다. 견딜 수 없는 건 어쩔 수 없다. 그런 건 죽음으로 끝난다.

두려움은 상상에서 비롯된다. 아플 것이라는 상상. 고문을 받을 때 가장 두려운 마음이 드는 순간은 집행자가 도구를 집을 때부터 내려치기 직전까지다.

인법을 겪으면서 배운 교훈이다.

기운이 없는 건 환희밀공을 깨우치지 못해서이다. 충분히 깨우칠 것 같았는데. 모든 글자를 알고 있고, 뜻을 아는데…… 얻은 게 전혀 없다.

'두고 봐. 지법을 겪는 동안 필히 깨우칠 거야.'

3

밖으로 나오자 신선한 공기가 폐부 깊숙이 스며들었다.

그사이, 세상은 많이 변했다.

흰 눈이 가득했던 곳은 푸른 풀들로 가득했다. 가지만 앙상하던 나무에도 푸른 잎들이 빼곡히 자리 잡았다.

"봄이네요."

유화가 말했다.

"그만들 가거라. 교의 장래가 너희 어깨에 걸려 있다는 점을 잊지 말고."

“수두화님도.”

사신녀가 고개를 숙여 보인 후 뿔뿔이 흩어져 갔다.

그들의 모습은 곧 사라졌다. 굽이 길을 돌아서, 큰 집에 가려서, 산으로 들어가서…… 한 명씩 보이지 않더니 네 명 모두 시야에서 사라졌다.

“우리도 가자.”

수두화가 앞장섰다.

“우리만 가는 거예요?”

“그래.”

“모두 어디로 갔어요?”

“환희교에 관한 말, 이 순간부터 금지다. 세상 사람들은 환희교를 쓰레기 취급한다. 환희교의 ‘환’ 자만 꺼내도 돌팔매질을 당할 것이니 각별히 조심해라.”

“왜요?”

“나중에…… 네가 크면 알게 될 것이야. 어쨌든 지금은 환희교에 대한 말을 금하고, 나나 사신녀의 행방에 대해서도 알려고 하지 마라. 때가 되면 만날 것이니.”

“수두화님도 떠나요?”

수두화는 대답하지 않고 길을 재촉했다.

걷고 또 걸었다. 몇 날 며칠을 걷기만 했다. 배가 고프면 송진 냄새 물씬 풍기는 조그만 덩어리를 씹어 먹었다. 걷고 걷다가 정 피곤하면 아무 곳이나 엉덩이를 붙이고 앉아서 선잠을 잤다.

발바닥이 부르텄다. 물집이 단단히 잡혔다.

길도 점점 험해졌다.

산으로 접어든 터라 민가가 보이지 않은 지는 오래되었고, 사람 다니는 산길마저 끊어져 길 없는 곳을 더듬어 올라갔다.

괴로움? 괴롭다. 고통? 아프다. 정 죽겠으면…… 천만에!

발에 물집이 잡혔어도 웃으며 참는다. 첨화는 발바닥에도 칼집을 냈었다. 그때의 고통에 비하면 그저 우스울 뿐이다.

그렇게 또 산속에서만 몇 날 며칠을 보냈다.

"다 왔다."

수두화가 어딘지도 모를 곳에서 걸음을 멈추며 말했다.

루겁비는 사방을 둘러보았다.

산, 산, 산…….

온통 산뿐이다. 눈앞에도 산, 뒤에도 산, 옆에도 산이다. 사람은 그림자도 보이지 않고, 머물 곳이라고는 허름한 동굴조차도 없다.

"여기…… 예요?"

수두화는 몇 걸음 더 나아간 후, 무릎을 꿇고 앉았다. 그리고 손으로 땅을 비로 쓸듯이 쓸었다.

그그그그긍……!

이상한 소리와 함께 땅이 울린다. 방금 전까지만 해도 멀쩡하던 땅이 쩍 벌어지며 입을 벌린다.

"하!"

루검비는 탄성을 토해냈다.

놀람은 없다. 오직 호기심만 가득했다.

"검비야."

수두화가 일어서서 루검비의 두 손을 맞잡았다.

"지금부터 하는 말 똑바로 들어."

"네."

장난할 때가 아니다. 수두화의 음성은 어느 때보다도 진중하다.

"여긴 오직 환희교 수문장만이 들어갈 수 있다. 이 세상에 오직 한 명, 환희교 수문장만이 들어간다. 왜지?"

"지법이니까요."

"그래. 지법이니까. 우리 둘 중 누가 들어가야 되지?"

"저요."

"나는?"

"못 들어가요."

"그래. 그래서 난 네가 들어가는 걸 보고 돌아간다. 이제부터 넌 철저히 혼자야. 혼자 살 수 있겠니?"

일곱 살짜리 어린아이를 깊은 산속에 내팽개치면서 잘살아보라고 하면 미쳤다고 할 게다. 한데 루검비는 조금도 망설이지 않고 대답했다.

"염려 마세요."

이 세상을 혼자 산다.

많이 생각해 봤다. 죽은 시신들에 깔려서, 무서움에 오돌오

돌 떨면서 이 세상천지에 기댈 사람 하나 없이 홀로 살아야 한다는 걸 생각했다.

교주를 만나 다행이다.

교주에게서 큰 힘을 얻을 것 같다는 생각이 들었으니 당연히 쫓아왔다. 하나 그런 느낌이 들지 않았더라도 선택의 여지는 없었다. 당시로서는 누가 밥만 먹여준다고 해도 감지덕지하며 따라나섰을 게다.

"정말 혼자 살 수 있어?"

"네."

"앞으로 오 년이다. 오 년 동안 혼자 살 수 있다고?"

"네. 염려 마시라니까요. 그보다…… 여기선 어떤 고통을 받아야 되는 건데요?"

"모른다. 내가 네게 말해준 것은 모두 교주님이 알려주신 거야. 그밖에 것은 전혀 몰라. 네가 스스로 알아내야 한다."

"들어가 보면 알겠죠, 뭐."

루검비는 대수롭지 않게 대답했다.

"들어가거라."

"오 년 후에 봬요."

루검비는 옆집이라도 다녀오는 듯 편안하게 땅속으로 들어섰다.

그그그그긍……!

열렸던 땅이 다시 닫혔다. 그러자,

쉬익!
가벼운 미풍과 함께 먼저 길을 떠났던 서화가 내려섰다.
"잘 지켜봐야 한다."
"네."
"정이 들 만큼 들었지?"
"약간요."
"죽여야 한다면 가차없이 손을 써야 되는데."
"호호호! 걱정 마세요. 전 환희교도예요. 형당 화녀고요. 교를 위해서 목숨을 내놓은 지 오래예요."
"그래, 그럼 간다."
수두화는 날렵하게 신형을 날려 사라졌다.
그녀의 신법은 무척 가벼웠다. 나무에서 나무로 건너뛰는 모습이 마치 한 마리 비조(飛鳥)를 보는 듯했다.
"오 년…… 정작 내가 걱정이네. 앞으로 오 년 동안 어디서 뭘 먹고 살지?"
서화가 주위를 두리번거렸다.

계단은 짧았다. 열 계단 정도 걸어 내려오자 바닥에 닿았다.
"뭐가 이래?"
긴 계단을 상상했다. 계단을 걷다 보면 칼날이 튀어나오고 바위가 떨어지고…… 간발의 차이로 삶과 죽음이 오가는 긴박한 상황이 연출될 줄 알았다. 아무 일도 일어나지 않는 건 있을 수 없는 일, 생각조차 하지 않았다.

그뿐만이 아니다. 앞으로도 별다른 일이 일어날 것 같지 않다.

땅속이지만, 수두화가 입구를 닫았지만 안은 환했다. 천장에 밝은 빛을 내뿜는 구슬이 박혀 있어서 대낮처럼 환하지는 않지만 사물을 알아볼 수 있는 정도는 되었다.

사방이 단단한 석벽으로 이루어진 작은 밀실이다. 좌우로 다섯 걸음, 위아래로도 다섯 걸음 정도밖에 되지 않는다. 자신의 걸음으로 잰 것이니 어른 걸음으로는 세 걸음 정도에 불과하다.

크기로만 보면 천자문을 배우던 밀실보다도 작다.

압사(壓死)?

얼핏 떠오른 생각이지만 그럴 것 같지는 않다. 죽일 생각이었다면 이곳으로 끌고 오지도 않았을 테니까.

다른 곳으로 가는 통로?

그럴 것 같다. 작은 막대기 하나 없는 텅 빈 공간에서 무얼 배우라는 건가.

루검비는 돌발적인 기습 따위는 아랑곳하지도 않고 대범하게 석벽을 더듬었다. 인법보다 더한 고통이 따른다는 지법이니 잠시만 방심해도 목숨을 잃을 터이다.

없었다. 무언가 있을 것 같았는데 아무것도 없다.

수두화는 텅 빈 지하 공간에 그를 밀어 넣은 것이다.

할 것이 없다. 아니, 그건 중요치 않다. 반질반질한 석실 안에는 지렁이 한 마리 살지 않는다. 살려면 무언가 먹어야 하는

데, 먹을 게 아무것도 없다.

　결국 위로 올라가야 한다. 닫힌 문을 열고 밖으로 나가야 한다.

　생각만 간절했다. 그는 문을 열 줄 몰랐다. 그러고 보니 밖에서 문을 열 때에도 수두화는 그가 보지 못하도록 등을 돌리고 문을 열었다. 바닥에 무언가 있었던 것 같은데, 주위를 둘러보느라고 관심을 갖지 않았다.

　이젠 모든 게 확실해졌다. 지법이란 굶겨 죽이는 거다.

　"제길! 굶는 건 자신없는데."

　루검비는 석실 안을 몇 바퀴 돌다가 한쪽 구석으로 가서 털썩 주저앉았다.

　시간이 흐른다. 무엇을 하긴 해야 하는데, 뭘 해야 할지 모르겠다. 어떻게든 먹고살 방도를 강구해야 하는데, 감옥 같은 석실에 갇혀 있으니 뭘 하나.

　'이게 지법일 리 없어.'

　사방 벽면을 꼼꼼히 살폈다. 손이 안 간 곳이 없다. 바닥도 살폈다. 돌바닥이다. 돌 틈도 일일이 손가락으로 긁어보았다.

　없다. 틈이 전혀 없다.

　집안에서 제일 힘에 셌던 큰아버지라 해도 꼼짝할 수 없는 곳이다. 검이나 칼 같은 병기를 지녔어도 계란으로 바위치기다. 땅속에, 그것도 두꺼운 돌로 만들어진 곳이니 누가 문을 열어주기만 고대할 수밖에 없다.

‘갇혔어.’

비로소 빠져나갈 수 없는 감옥에 갇혔다는 실감이 든다.

꼬르륵……!

주책없는 배다. 주인은 어찌할 바를 모르는데, 밥벌레는 아우성을 친다.

“이 자식이! 너도 좀 굶어봐야 돼!”

루검비는 괜히 자신의 배를 쳤다.

죽는다. 죽는다. 아무도 보지 않는 곳에서 쓸쓸히 굶어 죽는다.

밀실은 너무도 견고하다. 벌어진 틈이 전혀 없다. 그래서 지렁이 한 마리 기어들지 못한다. 사람이 아니라 하늘을 나는 나비나 땅을 파는 두더지가 갇혔어도 굶어 죽어야만 하는 곳이다.

“그래도 숨 막혀 죽지 않는 게 다행이지. 숨? 공기가 들어와. 그럼 틈이 있다는 거야! 내가 찾지 못했을 뿐이지.”

루검비는 다시 힘을 내어 석벽을 더듬어 나갔다.

틈은 있었다. 입구(入口), 계단이 시작되는 곳이다. 그곳 역시 두꺼운 석벽으로 막혔지만 물방울 한 방울 간신히 떨어질 만한 구멍이 있어서 공기가 통했다.

생각해서 만든 게 아니라 세월이 지나면서 미세한 균열이 생긴 것 같다.

공기구멍으로 밖을 보는 것은 불가능했다. 손가락으로 후벼 판다거나 석벽을 밀어 올리는 것도 엄두가 나지 않았다.

　루검비는 다시 돌아와 앉았다.

　죽는다. 그 사실은 아직도 변하지 않았다.

　한동안 밥벌레가 부지런히 요동을 치더니, 이제는 지쳤는지 ‘꼬르륵’ 소리도 내지 않는다. 대신 극심한 복통이 밀려왔다. 희한한 것은 숨을 내뱉을 때마다 뱃가죽이 등에 닿는 느낌이 든다는 거다.

　‘아빠…….’

　아버지는 어머니를 지키지 못했다. 자식도 못 지켰다. 그러면 자신의 목숨이나 지켜야 하는데, 그것마저도 하지 못했다.

　그 얼굴들…….

　비겁하게 가까이 다가서지도 않고 멀리서 화살만 쏘아대던 그 얼굴들. 기력이 떨어지자 득달같이 달려들어 창질을 하던 그 얼굴들. 잊지 못할, 잊을 수 없는 얼굴들…….

　루검비의 눈에 눈물이 그렁그렁 맺혔다.

　한데 그 순간, 그렁진 눈물을 통해 선녀가 구름을 타고 내려왔다. 칠색 무지개를 후광(後光) 삼아 한 걸음씩 허공을 밟으며 내려왔다.

　한 손에는 부채를 들었다. 다른 한 손으로는 채대(彩帶)를 흔든다.

　‘선녀…… 엄마…… 교주…….’

　세상에서 가장 아름다운 세 여인이 동시에 떠올랐다.

선녀는 어머니와 흡사했다. 한데 다르게 보니 교주처럼 보이기도 한다.

"응?"

루검비는 정신을 바짝 차렸다.

자칫 혼몽 속으로 빨려들면 있는 기운도 빠진다. 이럴 때일수록 더욱더 정신을 굳건히 바로잡아야 한다. 목숨이 위태로운데 헛것에 매달려 있을 시간이 있나.

"끄응!"

억지로 몸을 일으켰다.

서 있으면 앉고 싶고, 앉으면 눕고 싶은 게 인간이다. 편함에는 만족이 없다. 더욱더 편한 것을 찾는다. 육신이 배고픔을 느끼느니 차라리 헛것이라도 보자고 결정한 게다. 그러니 선녀가 보였지. 요즘 세상에 선녀가 어디 있다고……?

있다! 선녀가 있다!

갑자기 정신이 번쩍 났다. 이 순간만은 창자가 끊어질 듯 아파오던 복통도 씻은 듯이 가셨다.

급히 다가가 선녀를 어루만졌다.

벽화(壁畵)다. 얼마나 오래전에 그려놨는지 색이 퇴색할 대로 퇴색되어 잘 보이지 않는다. 아니, 거의 보이지 않는다. 밝은 햇볕이라도 있으면 모를까, 조막만 한 구슬 하나에서 발산되는 빛으로는 간신히 윤곽만 추측할 수 있다.

"선녀야!"

벽화는 선녀를 따라 쭉 이어졌다.

남자와 여자가 마구 뒤엉켜 있다. 나란히 누워 있기도 하고, 서로 꽉 부둥켜안은 채 앉아 있는 모습도 보인다. 처음 봤던 선녀도 혼자가 아니었다. 사내가 선녀의 뒤에서 겨드랑이 사이로 손을 뻗어 가슴을 만지고 있다.

"모두 쌍쌍이네."

사방 벽면이 모두 그림으로 도배되어 있고, 그림들은 모두 비슷비슷하다. 남녀가 이상한 모습으로 뒤엉켜 있는 그림들이다. 어떤 그림은 저런 모습을 하고 있으면 되게 힘들겠다 하는 생각이 저절로 나게 했다.

하나씩, 하나씩 세어봤다. 모두 몇 개나 되는지.

벽면 하나에 오십 개씩 그려져 있다. 삼면은 똑같다. 다만 한쪽 벽면에만 서른 개가 그려졌다.

모두 백팔십 개다.

서른 개가 그려진 벽면에는 다른 그림이 있었다.

맨 위에 사람 얼굴을 그려놓았고, 그 밑에 마르고, 뚱뚱하고, 건장한 신체를 그렸으며, 그 밑으로는 이해하기 힘든 기호를 그려놨다.

루검비는 곧 흥미를 잃었다.

지금은 그림에 정신을 쏟을 때가 아니다. 빠져나갈 구멍을 찾아야 한다.

어둠 속에서 하루 정도를 더 있었다.

수두화는 오지 않았다. 오 년 후에 보자는 말을 했어도 혹시

다시 돌아오지 않을까 한 줌 기대를 가졌는데, 결국 오지 않았다.

더 기다릴 여유도 없었다. 수두화를 기다리다가는 꼼짝없이 굶어 죽는다.

루검비는 계단으로 올라가 공기구멍을 긁어내기 시작했다.

두꺼운 석벽이 놓여 있다는 건 안다. 손가락을 꼼지락거려 봤자 구멍 같은 것을 낼 수 없다는 것도 안다. 그러기에는 석벽이 너무 단단하고 두껍다.

단지 미미한 충격일망정 계속 가하다 보면 틈이 약간은 벌어질 것이고, 그 틈으로 지나가던 벌레라도 떨어져 주기를 바랐다.

이 생각 역시 터무니없다. 어떤 정신 나간 벌레가 바늘구멍으로 떨어지랴.

하나 뭐라도 먹을 수 있는 유일한 방법이니 할 수밖에 없다.

회색 불곰이 성질을 낸다, 회색화웅(灰色火熊). 앞발을 들어 올리더니, 거기전족(擧起前足). 세차게 후려친다, 흔강지타(很强地打).

삼백육십오 자 중 열두 자.

영원히 뚫을 수 없는 석벽 앞에 서서 손가락으로 어떻게 해 보겠다고 발버둥 치는 모습이 너무 화가 났다. 이것밖에 할 일이 없다는 걸 알지만 불가능하다는 사실도 알기에 절망이 가득 찼다.

그때 열두 자가 생각났다. 그리고 오른손에 무지막지한 힘이 실리더니 석벽을 향해 강하게 후려쳐 갔다.

짜앙!

석벽이 들썩거렸다.

"어!"

루검비는 입을 쩍 벌리며 웃었다.

얼굴 위로 흙먼지가 우수수 떨어져 내렸지만 그런 게 오히려 기쁘고 반가웠다.

가능성이 생겼다, 빠져나갈 수 있는!

짜앙!

두 번째 가격이 이어졌다.

석벽은 요란하게 들썩였다. 흙먼지는 삽으로 퍼붓듯이 쏟아졌다. 바늘구멍 같던 공기구멍도 손가락 두 개 정도 집어넣을 수 있을 정도로 넓어졌다.

"한 번만 더!"

휘익! 퍼억!

"윽!"

루검비는 다시 한 번 세차게 후려쳤다. 하나 이번에는 전과 같지 않았다. 석벽은 예전처럼 꼼짝하지 않았고, 석벽을 가격한 주먹은 철판을 가격한 듯 퉁퉁 부어올랐다.

형당에서처럼 한두 번 이어지다가 끊어진 것이다.

"치잇!"

루검비는 실망했다. 하나 전처럼 절망하지는 않았다.

그는 이제 자신이 무엇을 해야 하는지 알았다.

'회색화웅(灰色火熊). 거기전족(擧起前足). 흔강지타(很强地打).'

속으로 구결을 읊조리며 오른팔에 힘이 깃들기를 기다렸다.

오늘 안 되면 내일, 내일도 안 되면 모레, 모레도 안 되면 글피…… 힘이 모이는 것보다 굶어 죽는 것이 빠르면 어쩔 수 없고.

'불곰이 화가 나서 길길이 날뛰는 거야. 그러다가 화 풀 데가 생긴 거지. 앞발을 냅다 들어서는 쾅! 하고 내려치는 거야.'

상상이 계속 반복되었다.

第五章
땅의 법(二)

歡喜密功
환희밀공

1

꽈앙!

입구를 단단히 봉쇄하고 있던 석벽이 들썩였다.

움직임은 한 번으로 끝나지 않았다. 가격하는 소리는 없었지만 석벽은 지렁이가 기어가듯이 꿈틀거렸고, 한참이 지난 후에는 사람 팔이 삐죽 삐져나왔다.

루검비의 힘으로는 석벽을 파괴할 수 없다. 그래서 틈을 벌린 후에 몸으로 비집고 나온 것이다.

루검비는 거의 반나절, 두 시진을 끙끙거린 후에야 밖으로 나올 수 있었다.

"헉헉!"

입에는 더운 김이 쏟아져 나왔다.

희한한 게 기력이란 기력은 모두 빠져나가 손가락 하나 들 힘이 없는데, 그런 와중에도 먹을 것이 보인다는 거다.

온 세상이 먹을거리다.

나무도 먹을 수 있고, 풀도 먹을 수 있다. 흙인들 못 먹으랴. 단단한 석벽만 아니라면 뭐든 먹는다.

실제로도 그랬다. 석실에 갇혀 있는 동안 허기를 달래기 위해서 바닥에 떨어진 흙 부스러기를 핥아먹었다.

허기는 달랠 수 없었다. 하나 무엇인가 뱃속으로 넘어간다는 느낌은 산다는 것의 의미를 다시금 일깨워 주었다.

우선 먹어야겠다. 무엇이든 입에 넣고 난 다음에 늘어지든 말든 해야겠다.

루검비는 주위를 둘러보다가 커다란 고목(古木) 밑에서 복슬복슬하게 자라 있는 버섯을 찾아냈다.

이런 게 행운이지 달리 행운인가.

하늘이 보살피지 않고서야 석실에서 나오자마자 먹을 것을 발견할 수 있겠나.

버섯을 와락 뜯어내어 입안에 쑤셔 넣었다.

독버섯인지 식용버섯인지 구분할 틈이 없었다. 설사 독버섯이라고 해도 망설임없이 먹었을 게다. 형당에서 그토록 많은 독을 먹고도 버텨냈다. 웬만한 독쯤은 간식거리로 즐길 수 있다.

입안에 쌉쌀한 향기가 맴돌았다.

다행히 식용버섯이다. 독버섯이면 하루나 이틀쯤 설사와 아품을 감수해야 하는데 식용버섯이니 이제 늘어지게 잠만 청하면 된다.

루검비는 고목에 등을 기대고 앉았다.

긴장이 풀어진다. 죽음에 대한 공포도 사라진다. 고문을 당하는 일도 없다. 남의 눈치를 살필 필요도 없다.

루검비는 곧 깊은 잠에 빠져들었다.

'죽은 줄 알았는데……'

서화가 바위 뒤에 몸을 숨기고 루검비를 살폈다.

빠져나올 수 없다고 생각했는데, 빠져나왔다.

입구를 열어줄까 하고 바닥을 살펴본 적도 있다. 그리고 입구를 여는 장치도 발견해 냈다. 풀들 사이에 숨어 있는 둥근 고리를 잡아 당기만 하면 된다.

하나 그러지 않았다. 인법에서는 도움을 주었지만 지법과 천법은 오로지 본인의 힘으로 뚫고 나가야 하니 절대 도와주지 말라는 엄명이 떨어졌기 때문이다.

루검비는 죽어야 했다. 그만한 또래의 아이들이 같은 상황에 처한다면 백이면 백, 모두 죽는다. 무섭다고 눈물 콧물 질질 짜다가 죽는 것이 정상이다.

기가 막히게도 놈은 살아 나왔다. 단단한 석벽을 밀치고 솟구쳐 나왔다.

'확실히 씨가 다른가?'

그녀는 옅은 웃음을 흘렸다.

교(敎)는 그녀에게 양날의 검을 맡겼다.

루검비를 죽여 버리는 살인(殺刃)과 절체절명의 위기가 닥치면 구명(求命)해야 하는 활인(活刃).

석벽에 갇혀 있는 동안에는 살인도 활인도 쓸 수 없었고, 빠져나온 후에는 활인을 썼다.

기대하지는 않지만 혹여 빠져나오지 않을까 싶어서 준비해 놓은 것이 있다.

황주균(荒疇菌)을 심어놓았다, 눈에 잘 띄는 곳에.

어린아이 위장을 고려하면 사나흘 정도는 충분히 먹을 양을 심었는데, 놈은 한 끼에 모두 먹어치웠다. 그리고 달디달게 잔다.

'좋아! 수문장 자격이 있어! 기대한다, 루검비!'

서화는 슬그머니 몸을 빼냈다.

루검비의 몸에 이상이 없는 것을 확인했으니 지금 당장은 할 일이 없다.

'뭘 한다……'

루검비는 눈을 뜬 후에도 한참 동안이나 일어나지 않았다.

고목에 등을 기대고 잔 것 같은데 눈을 떠보니 땅을 침상 삼아 편안히 누워서 자고 있다.

그 상태 그대로 누워 있으면서 피로를 풀었다.

경험에 비추어 보면 쉴 때 푹 쉬어둬야 한다. 전신의 힘을 모두 쏟아낼 때를 대비해서 충분히 힘을 비축시켜야 한다.

'가? 말아?'

생각은 두 가지로 압축되었다.

할 것도 없는 석실을 떠나 세상 속으로 흘러드는 것이다.

환희교에서 있었던 일은 한바탕 악몽을 꿨다 여기고 소림사(少林寺)나 무당파(武當派) 같은 명문정파(名門正派)를 찾아가 입문(入門)하는 것이다.

인법? 사람을 죽도록 때리고, 침으로 쿡쿡 쑤셔대고, 독을 퍼먹이고…… 그런 짓거리는 참아내는 게 강해지는 순서라고?

지법? 석실에 가둬놓고 굶겨 죽이는 것이?

아무리 생각해도 강한 무공을 얻는 것과는 거리가 멀어 보인다.

그러면서도 대번에 하산을 하지 못하는 것은 순전히 환희밀공 때문이다.

환희밀공이 어떤 무공인지 설명을 들은 바도 없고, 누가 자세히 설명해 준 적도 없지만 위력은 맛봤다. 석벽을 밀치고 나올 수 있었던 것은 순전히 환희밀공 덕분이다.

계속 존재하지 않고 사라졌다가 가끔 나타나는 것이 실망스럽지만 그건 환희밀공을 깨우치지 못했기 때문이고…… 정상적으로 수련한 후에는 정말 강한 무공이 될 것 같다.

하산할 것인가 말 것인가는 환희밀공을 믿을 것인가 아닌가로 귀결되었다.

"좋아! 믿어보지, 뭐!"

루검비를 자리를 박차고 벌떡 일어났다.

누워 있을 시간이 없다. 할 일이 많다.

수두화가 오 년 후에 보자고 했으니 오 년 동안은 이곳에서 버텨야 한다. 그러자면 보금자리도 새로 꾸며야 한다. 잠자리는 석실이 있으니 됐고, 당장 급한 것은 먹을거리를 쌓아놓는 일이다.

먹을 것만 있으면 된다. 그 후에는 석실을 빠져나올 때처럼 구결을 음미하며 몸에 힘이 깃드는 방법을 연구해 보자. 음미할 구결은 많지 않은가.

"뭘 먹는다……."

루검비는 산을 돌아다니며 먹을 것을 찾기 시작했다.

죽음의 칼이 거둬졌다.

루검비는 자신이 천국과 지옥을 넘나들었다는 사실을 까마득히 모를 게다.

"하산하려거든 죽여라. 수문장이라면 언제 어느 때든 교를 지켜야 하는 사람, 그만큼 당부했으면 됐다. 떠날 것 같으면 가차없이 죽여라. 커서도 다른 정랑들이나 다를 바 없는 위인이 될 터이니."

죽음의 순간이었다.

환희밀공을 아는 자가 교의 울타리를 벗어나 자유롭게 활동한다는 것은 있을 수 없는 일이다.

서화는 두 번째로 몸을 빼냈다.

나뭇잎은 훌륭한 먹을거리다. 툭 따서 그냥 씹어 먹으면 된다. 다행스럽게도 나무마다 맛이 다르니 쉽게 질리지는 않을 것 같다.

풀만 먹고는 살 수 없다. 가끔 고기도 먹어줘야 한다.

토끼가 뛰어다닐 만한 곳에 올무를 묶어두었다.

석실 문을 여는 고리도 찾아냈다.

둥근 고리를 잡아당기면 활짝 열린다. 하나 닫는 방법은 찾지 못했다. 굳이 닫을 필요도 없었다. 산을 돌아봤지만 맹수는 살지 않는 것 같다.

그래도 혹시 몰라서 나뭇가지를 엮어 문 입구에 방책을 세웠다.

루검비는 자신이 만든 방책이 얼마나 허술한지 전혀 알지 못했다. 맹수가 사납다는 말은 들었지만 실제로 맹수를 본 적은 한 번도 없었으니 방책인들 효과적일 리 없다.

그러거나 말거나 루검비는 대만족했다.

"됐다! 이제 그림을 볼까?"

날이 지면 구결을 음미하고, 햇살이 있는 밝은 대낮에는 그림을 살펴볼 예정이다.

수두화가 이곳이 지법이라고 한 데는 이유가 있을 터였다. 아무런 이유 없이 오 년이나 황량한 산속에 버려둘 리 없다.

이곳에서 이유를 찾을 수 있는 곳은 오직 석벽 그림뿐.

"도대체 이게 무슨 그림들이야? 야! 저건 되게 힘들겠는데!"

루검비는 벽화 속 그림을 보고 그대로 따라 했다.

남자는 두 손으로 등 뒤를 받치고 엉덩이를 뒤로 뺀 채 엉거주춤하니 서 있다. 여자는 남자의 허벅지에 두 손을 올려놓고 물구나무를 선다. 두 다리로는 남자의 머리를 휘감고.

"뭘 하긴 하는데 뭘 하는 건지 모르겠네."

그 순간이었다!

화상승주(火上升柱), 흡수출해(吸水出海)!

자신도 모르게 삼백육십오 자 중에서 무공 구결이라고 생각하지 않았던 여덟 자가 떠올랐다.

생각만 난 것이 아니다. 오줌만 나오던 곳이 불에 덴 듯 화끈거리더니 뜨거운 불기둥이 등줄기를 타고 쭉 뻗어 올라갔다.

루검비는 입을 쩍 벌렸다. 벌리려고 해서 벌린 게 아니다. 불기둥이 치솟아오르는 순간에 알 수 없는 힘이 입을 열어젖혔다.

벌어진 입을 통해 차가운 공기가 훅 하니 빨려들었다.

한데 이상하다. 뭔가 빠진 것 같다.

입에서 위장으로, 위장에서 아랫배로 통로가 생기는 것을 느꼈다. 또한 통로 가장 안쪽에서 어떤 괴물이 나타나 먹을 것을 달라고 한다. 무언지 모르겠는데, 뭔가는 줘야 할 것 같다.

한데 줄 것이 없다.

불기둥은 정상적으로 솟구쳤다. 그리고 입으로 빨아들인 것과 일체가 되어 괴물에게 향해야 한다.

이게 정상이다.

뜨거운 불은 공기와 접하는 순간 모래알처럼 흩뿌려졌다. 몸 곳곳에 작은 파편이 되어 틀어박혔다.

"큭!"

루검비는 극심한 고통에 신음을 토해냈다.

형당에서 온갖 고통은 다 겪어봤다고 자부했는데, 어림도 없는 말이었다. 이런 고통이란…… 온몸이 갈기갈기 찢겨져 나가는 고통이란…….

루검비는 패대기쳐진 개구리처럼 석실 바닥에 축 늘어져 있다가 한참 만에야 일어섰다.

이제야 얻어야 할 것이 무엇인지 정확히 알았다.

"얻는 건 좋은데, 너무 아프잖아. 안 아프게 얻는 건 없나?"

서화는 루검비가 석실로 들어가는 순간부터 눈을 돌렸다.

환희밀공에 대한 것은 들어서도 안 되고 봐서도 안 된다. 구결은 물론이고, 수련하는 모습을 엿봐서도 안 된다.

환희밀공은 이 세상에서 단 두 사람, 교주와 수문장만의 것이다.

루검비가 언제 무엇을 하느냐는 알 수가 없다. 그래서 서화의 감시는 한정된 공간에서만 이루어진다. 다시 말하면 루검비가 석실로 들어가는 순간부터는 어떤 모습도 지켜볼 수 없다.

서화는 자신이 지켜야 할 바를 충실히 지켰다.

"큭!"

석실에서 비명이 들려왔다.

분명히 루검비의 비명이다. 일 년 가까이 들어온 소리이니 잘못 들었을 리 없고, 비명의 강도로 보아 상당한 타격을 받은 게 틀림없어 보인다.

서화는 잠시 망설였다.

'가봐야 되는 것 아냐?'

그녀의 갈등은 찰나 만에 끝났다.

본분을 지키자. 석실은 루검비의 영역이다. 루검비가 석실에서 난장을 피운다 해도 간여해서는 안 된다.

'차라리 두들겨 패는 게 낫지, 이거야 원.'

연어반회(鰱魚返回), 추소수로(追溯水路). 체중십배(體重十倍), 점증압력(漸增壓力).

앙칼진 여인이 가르쳐 준 첫 번째 무공 구결이다.

연어가 물길을 거슬러 올라가는데, 체중의 십 배 무게를 견뎌내야 한다.

이 말이 무공 구결이라고 생각했던 것은 연어반회 추소수로라는 말을 생각하는 순간에 생전 처음으로 무엇이든 때려부술 것 같은 무지막지한 힘을 느꼈기 때문이다.

무공 구결이 맞다.

벽화 중에 연어가 폭포를 거슬러 오를 때처럼 바닥에 누워 있다가 툭 튀어 오르는 그림이 있다.

여인은 찰싹 달라붙어 있다. 두 팔은 목을, 두 다리는 허리를 감았다. 사내는 두 손을 한데 모아 위로 쳐들었다. 높은 곳에서 물로 뛰어들 때처럼 날렵한 모습이다.

밑에서 위로 솟구치는 형태만 아니라면 상당히 멋있었을 텐데.

연어반회, 추소수로에 맞는 그림이다.

이 그림도 극심한 충격을 안겨주었다.

밑에서 위로 올라서는데, 무엇인가 빠졌다는 걸 감지했다. 바로 무게다. 여인이 있어야 하는데 없다. 여인의 무게가 없는 만큼 솟구치는 동작이 빨라졌다.

무릎이 부러졌다 싶을 만큼 아팠다.

상식과 어긋나는 고통이다. 대체로 많은 짐을 지고 일어났을 때 무릎 통증이 생긴다. 짐이 가벼우면 가벼울수록 무릎이 견뎌내야 하는 압력은 줄어든다.

한데 연어반회는 정반대다. 실제로 큼지막한 바위를 안고 일어섰을 때는 통증이 없었다. 하나 바위를 버리고 맨몸으로 일어서자 무릎이 떨어져 나갈 것처럼 아팠다.

회의(懷疑)도 든다.

무공인 것 같아서 따라 하고는 있지만 이런 것들을 어디 써먹을까 싶다. 주먹을 내지르거나 발을 쓰는 법은 전혀 없고, 모두 이상한 움직임들뿐이니.

그렇다고 그만둘 생각을 한 건 아니다. 그럴 리가 있나. 석실을 탈출하면서 환희밀공의 효험을 단단히 맛봤는데.

그것도 그렇다. 요즘 들어서 생각나는 것이지만 원래 '육반루가' 라 하면 장사로 소문난 가문이 아니던가.

근력이 붙기에는 어린 나이지만 숨겨진 힘이 있었던 건 아닐까?

여자가 엎드려 있다. 남자는 쟁기 들 듯이 여자의 두 다리를 들어 올린다.

그림은 그것으로 끝이다.

루검비는 고개를 갸웃거렸다.

그림에 해당되는 글귀를 찾을 수 없다. 다른 그림들은 쳐다보는 순간 딱 맞는 글귀가 떠올랐는데, 다른 그림에 비해 훨씬 단순해 보이는 그림에는 맞는 짝이 없다.

삼백육십오 자를 처음부터 다시 읊어봤다.

역시 없다.

"하기는!"

루검비는 손을 들어 자신의 머리를 툭, 쳤다.

그림은 모두 백팔십 개다. 환희밀공의 글자는 삼백육십오 자다.

모든 그림에 맞는 글자가 있으려면 그림 하나당 글자 두 자가 배정되어야 한다. 그런데 아니었잖은가. 여덟 자, 혹은 열두 자. 어떤 것은 열여섯 자까지 늘어진 것도 있었다.

그림들을 모두 설명하기에는 역부족이다.

"쩝! 교주님도 모르는 것이 있었네. 뭐야? 그럼 환희밀공을 일부분만 익히고 있다는 거야? 어쩐지 힘이 생겼다 없어졌다 하더니."

약간은 아쉬웠다. 한데!

"어! 진입애호(進入愛好)!"

자신도 모르게 환희밀공 속에 없는 전혀 엉뚱한 글자가 튀어나왔다. 벼락을 맞은 것처럼 머릿속에서 무엇인가 번쩍하더니 '진입애호'란 말이 떠올랐고, 입 밖으로 쏟아냈다.

환희밀공 속에 진입애호란 말이 전혀 없는 것은 아니다.

심해진입(深海進入)이란 말이 있다. 깊은 바다로 들어간다는 뜻 같다. 애호(愛好)는 이봉애호(二峰愛好), 두 봉우리를 아낀다? 사랑한다? 그런 뜻 같은데 이해할 수 없고…….

심해진입과 이봉애호는 연결되어 있지 않다. 두 글귀 사이에는 무려 백여 자에 이르는 글자가 존재한다.

도저히 이어붙일 수 없는 글자들이 연결되어 진입애호라는 말을 떠올리게 해주었다.

루검비는 '진입애호'를 주문처럼 중얼거리며 그림에서처럼 여인의 두 다리를 잡아서 들어 올리는 시늉을 했다.

아무런 느낌이 없었다. 어떤 고통이 다가올까 긴장했지만 허공을 움켜쥘 때처럼 아무 일도 일어나지 않았다.

"헤! 이럴 때도 있네."

고통이 없어도 배우는 것이 있는가? 고통이 없으면 좋지 않은가. 진입애호를 알았고, 그림을 이해했으니 된 것 아닌가.

루검비는 다음 그림을 향해 돌아섰다. 순간,

"크윽!"

느닷없이 허리가 끊어질 듯 아파왔다.

아무런 행동도 취하지 않았는데, 구결도 외우지 않았고, 단지 몸만 돌렸을 뿐인데.

'하중집력(下中集力)! 하중집력 진입애호!'

허리 통증은 하물의 불기둥이 제대로 일어나지 못했기 때문이다. 불기둥이 하물로 모이려는 순간에 몸을 움직인 탓이다.

진입애호는 아무런 통증도 수반하지 않는다. 하나 그전에 있어야 할 하중집력을 무시하면 허리가 두 동강 난다.

불기둥을 하물에 집중시킨 후, 그림에서처럼 여인의 두 다리를 들어 올렸다.

그제야 허리 통증이 가셨다. 하나 모든 그림을 수련할 때마다 공통적으로 당해야 하는 고통, 최종적으로 불기둥이 산산이 흩어지며 육신이 찢어져 나가는 듯한 고통만은 피하지 못했다.

"끄으윽……!"

인법에서는 비명을 삼킬 수 있었지만 지법에서는 고통의 종류를 알고 있으면서도 참지 못했다.

2

봄, 여름, 가을, 겨울. 사계절이 순환했다.

한 번, 두 번, 세 번. 눈 깜짝할 사이에 세 해가 지났다.

루검비의 나이도 한 자리에서 두 자리로 올라섰다.

열 살.

치기(稚氣) 어린 나이임은 분명하지만 세상 물정을 전혀 모르는 나이도 아니다.

루검비는 성장했다.

육체적 성장은 놀라울 정도다. 누가 육반루가의 자손이 아니랄까 봐 키는 웬만한 어른과 버금갔다.

그가 하는 일이라고는 하루 종일 그림을 흉내 내거나 산을 뛰어다니는 것뿐이다. 한데 이런 행동이 무가(武家)의 기본공(基本功)을 훌쩍 뛰어넘는 것이었다.

몸이 바위처럼 단단해졌다. 팔다리에 근육이 붙었다. 군더더기 살은 자리 잡지 못했다. 산토끼처럼 날렵해서 하루 종일 산을 뛰어다녀도 지치지 않았다.

반면에 성격은 많이 가라앉았다.

이야기를 나눌 상대가 없이 산속에서 삼 년을 보낸다는 것은 이상 성격을 불러오기에 충분했다.

루검비는 혼잣말을 중얼거리는 버릇이 생겼다.

바위를 보고, 나무를 보고, 하늘에 대고, 땅에 대고…… 친구를 대하듯 히죽 웃으며 말하곤 했다.

말의 내용은 의미가 없다. 잘 잤어? 잘 있었어? 오늘은 기분이 어때? 같이 산보나 할까? 등등 남이 들으면 정신병자로 오인받기 딱 알맞을 소리들이었다.

특이한 변화 중에 하나는 얼굴에 웃음기가 사라졌다는 거
다.

그는 더 이상 치기를 드러내지 않았다. 징그러울 정도로 낙
관적인 성격이었는데, 무슨 생각을 하는지 알 수 없는 상태로
변했다.

당연한 현상이다.

어린 나이에 목격한 아버지의 죽음, 온몸에 가득 새겨져 있
는 고문의 흉터, 그리고 산속에서의 고독한 생활은 성격에 부
정적인 영향을 끼친다.

루검비도 예외일 수는 없었다.

침울해지고, 혼자 생각하는 시간이 잦아졌다.

푸득! 푸득! 푸드득! 푸득!

황소만 한 멧돼지가 콧김을 불어대며 씩씩거린다.

올무에 걸린 게 없나 돌아보던 중, 보기만 해도 오금이 저리
는 멧돼지와 마주치고 말았다.

"넌 뭐니?"

루검비는 멧돼지를 알지 못했다.

난생처음 보는 동물이다. 지난 삼 년간 상당히 먼 곳까지 돌
아다녔지만 이런 동물은 본 적이 없다.

덩치가 집채만 한 놈이니 힘은 있을 것이고, 송곳니가 창처
럼 삐죽 솟구쳐 나와 있으니 공격 형태는 두말할 것도 없이 돌
진(突進)이다.

"그러지 마. 너와 내가 싸우면 둘 중에 하나는 죽어. 난 죽고 싶지 않으니 네가 죽어야 하는데, 나 오늘 기분 좋거든? 그냥 가라."

루검비는 멧돼지의 행동에서 돌진을 예감했다.

짐승들의 행동은 무척 단순하다. 낯선 것을 우연히 만났을 때 나타내는 반응은 더 단순하다. 자신보다 약한 것이면 달려들고, 강하다 싶으면 꽁지가 빠지게 달아난다.

멧돼지는 달려든다. 루검비가 약자라고 판단한 게다.

푸득! 파파팟!

산비탈을 구르듯 치달리며 달려든다.

무척 빠르다. 뚱뚱한 몸, 짧은 다리로 봤을 때는 움직임이 둔할 것 같았는데, 일단 움직이기 시작하자 비호가 따로 없다.

루검비는 방심하고 있다가 코앞에서 멧돼지를 맞이했다.

"엇!"

엉겁결에 고함을 내질렀다.

정녕코 멧돼지가 이토록 빠를 줄은 상상치 못했다. 둔중한 물체가 굴러떨어지는 것을 피하면 되는 정도로만 생각했는데…… 하나 가만히 앉아서 당하지는 않았다.

조천공비(鳥天空飛)!

박쥐가 하늘을 날 때처럼 사지를 활짝 펼치고 뛰어오른다.

물론 석벽에는 여자가 있었다.

조천공비 밑에 등을 보이고 편안한 자세로 누워 있는 모습이 단잠을 즐기는 듯 보였다.

"큭!"

지독한 통증이 삼 년이 지난 지금에도 어김없이 찾아왔다.

푸드득! 퍼득!

멧돼지는 배 아래로 광풍을 일으키며 지나갔다.

"그 자식, 꽤 사납……."

싸움이 끝난 줄 알았다. 장애물을 제거한 멧돼지가 제 갈 길로 갈 줄 알았다. 한데 놈이 돌아선다. 끝장을 보겠다는 심산인지 잠시 주위를 두리번거리더니 사람을 찾아냈다.

"이 자식, 이제 보니 날 먹이로 아는군. 너 실수한 거야."

멧돼지는 루검비의 말을 비웃는 듯 머리를 휘저으며 콧김을 내뱉더니 냅다 달려들었다.

조천공비가 다시 한 번 펼쳐졌다.

멧돼지를 몸 아래로 흘려보내는 데는 많은 수법이 있지만 다른 수법을 쓸 생각은 없다. 당장 증명된 것부터 쓴다. 안전하다고 판단된 것부터 사용한다.

허공으로 뛰어오른 루검비는 배 아래로 지나가는 멧돼지를 봤다.

"안월과산(雁越過山)!"

기러기가 산을 넘어간다. 다음은 영접태양이다. 태양을 맞이하려고 힘차게 날아오른다.

두 팔에 힘이 가득 찼다.

이대로라면 날개가 없어도 훨훨 날아갈 것 같다.

루검비는 기러기가 날갯짓을 하듯이 힘차게 팔을 휘둘러 멧돼지의 등을 타격했다.

퍼억!

쫴왝!

멧돼지는 단말마의 비명을 토해내더니 몇 걸음 내딛지도 못하고 푹 꼬꾸라졌다.

"거봐, 자식아. 너 실수하는 거라고 했잖아."

멧돼지는 아직 살아 있었다. 일어나려고 발버둥을 친다. 쫴액! 쫴액! 온 산이 떠나가라 비명을 내지르며 사지를 꿈틀거린다.

루검비의 일격은 정확하게 등뼈를 부러뜨렸다.

결코 일어설 수 없다. 사람이라면 사지가 마비된 상태에서도 다른 사람의 도움을 받아가며 살겠지만, 짐승의 세계에서 부상은 곧 죽음으로 이어진다.

"안월과산!"

루검비는 다시 한 번 손을 휘둘러 머리 정중앙을 강타했다. 그리고 잠시 눈을 감으며 생각에 잠겼다.

생각? 아니다. 극통이다. 환희밀공은 확실히 미완성이다. 석실에 있는 것이 무공이 아니라 고통만 주는 것이라서인지도 모른다. 어쨌든 석실에 있는 자세를 취하면 말 못할 극통 때문에 쩔쩔매곤 한다.

처음에는 신음을 토해냈다. 토해내지 않을 수 없었다.

일 년이 지날 무렵에는 식은땀만 흘렸다. 신음은 토해내지 않았다. 하나 등이 꺾인 사람처럼 땅바닥에 쭈그리고 앉아서 한동안 쩔쩔매야만 했다.

이제는 고통에서 벗어나는 데 일다경(一茶頃)가량이 소요된다. 많이 나아진 것이다.

루검비는 그 시간 동안 눈을 감고 아는 사람의 얼굴을 떠올리며 고통을 견뎌냈다. 주로 아버지와 어머니가 떠올랐지만 교주도 생각나고 수두화와 원수처럼 미운 형당 십 화녀도 생각했다.

그런데 자신을 위해 목숨을 바쳤다는 육화녀와 두 아이의 얼굴은 떠오르지 않는다. 실제로 그들 여덟 명 중에 얼굴을 본 사람은 세 사람에 불과하고, 그마저도 만남의 시간이 너무 짧았던 탓에 얼굴 윤곽조차 생각나지 않는다.

옛날에 그런 일이 있었구나 하고 생각할 뿐이다.

"휴우!"

고통이 가시자 깊은 한숨과 함께 눈을 떴다.

멧돼지는 입에 거품을 물고 죽어 있었다.

오랜만에 고기로 포식하게 생겼다.

멧돼지는 앞으로 며칠간, 보관하기에 따라서는 한 달이나 두 달 정도 맛좋은 고기를 제공할 것이다.

그것보다 더 반가운 것도 있다.

새로운 흥밋거리가 생겼다. 석벽의 그림들을 잘 조합하면 멧돼지 같은 맹수도 단숨에 때려잡는다. 어떤 그림은 신법(身法)으로 활용할 수 있고, 어떤 것은 공수(攻守)에 응용된다.

벽화를 따라 하면서 제발 무공이기를 간절히 바랐는데, 멧돼지를 때려잡고 보니 지금까지 쓸모없는 일을 하지 않았다는 느낌이 강하게 든다.

환희밀공 구결도 다시 한 번 점검해 봐야 한다.

억지로 고통을 이겨내는 건 한계가 있다. 고통없이 몸을 움직일 수 있으면 정말 좋을 텐데.

루검비는 멧돼지를 질질 끌고 갔다.

'깨끗해!'

서화는 솔직히 감탄했다.

방금 전, 멧돼지와 한판 승부를 벌인 사람은 열 살배기 꼬마가 아니다. 무림문파에서 정식으로 수련을 받은 무인이다. 그것도 상당한 기간 동안 온 정신으로 수련하지 않았다면 그토록 산뜻한 동작은 나오지 않았을 게다.

멧돼지를 때려잡을 사람은 많다. 단지 때려잡는데도 박수를 보낼 사람이 있고, 인상을 찡그리게 만드는 사람이 있는데, 루검비의 몸동작은 벌떡 일어서서 박수를 쳐줄 만큼 깨끗했다.

'역시 환희밀공이야!'

루검비가 환희밀공을 수련하고 있을까? 모른다.

멧돼지를 때려잡은 동작이 환희밀공에 내포된 초식인가? 모른다.

아무것도 모른다. 아는 것이라고는 루검비가 지난 삼 년 동안 정말 융통성없다 싶을 정도로 벽화에 열중했다는 거다.

'교주님이 보았다면 기뻐셨을 텐데.'

서화는 루검비의 이목에 걸려들지 않으려고 슬그머니 몸을 숨겼다.

루검비가 도주하거나 회복 불능의 상처를 입었을 경우, 모진 마음으로 죽이는 것이 그녀의 임무다.

또 다른 임무도 있다.

루검비의 생존에 대해 전반적으로 도움을 주어야 한다. 그녀의 손을 거치지 않고 다른 방법으로 죽게 된다면 그녀가 모든 죄를 뒤집어써야 한다.

지금처럼 멧돼지와 부딪치는 경우도 마찬가지다. 다행히 멧돼지를 때려잡았으니 망정이지 정반대로 들이받치기라도 했으면 난감할 뻔했다.

꼬마 아이가 산에서 혼자 있으니 병에 걸릴 수도 있다.

어떤 경우든 위급한 상황에서는 도움을 주되, 절대로 화녀가 개입했다는 사실을 모르게 해야 한다.

가급적이면 루검비 스스로 지법을 통과하도록 유도하지만 정 안 되면 억지로라도 지법을 통과시키겠다는 생각이었다.

한데 그럴 필요가 없다. 루검비는 혼자서도 잘하고 있다. 뭐, 이런 꼬마 녀석이 다 있을까 싶을 정도다. 산에서 태어나 산에서 자란 산인(山人)처럼 산 생활을 적응해 냈다.

그녀는 진심으로 기뻤다.

'수문장 탄생이 꿈만은 아니야.'

그림은 불규칙하게 그려져 있다.

그림의 수는 일정하지만 그려진 형태는 각양각색이다. 반듯하게 그려진 것도 있지만 삐뚜로 그려진 것이 훨씬 더 많다. 줄 맞춰서 그려진 것이 아니라 즉흥적으로 아무 곳이나 공간이 있는 곳에 그렸기에 꼭 낙서처럼 보인다.

루검비는 그림 앞에 앉아서 순서를 생각했다.

돌이 굴러오거나 황소가 달려들거나…… 무엇인가를 발밑으로 흘려보낼 때는 조천공비처럼 좋은 게 없다. 한데 그것으로 끝이다. 허공으로 올라갔으니 내려와야 한다. 조천공비 다음에 땅으로 착지할 그림이 있어야 한다. 그래야 완벽한 신법 하나가 완성된다.

초식으로 응용될 그림을 찾으면 더 좋다.

분명히 있을 것이다, 분명히…….

일 년이란 세월이 덧없이 흘러갔다.

루검비는 사냥의 달인이 되었다.

살아 있는 동물을 사냥하는 것처럼 효과적인 무공 수련은 없을 게다.

맹수를 만나서 그림을 시험해 보면 좋다. 그렇지 않고 토끼나 다람쥐같이 작은 동물을 만나도 좋다. 무엇이 되었든 쫓고 쫓기다 보면 숨이 턱에 와 닿는다.

정통 무공 수련은 아니지만 힘이나 민첩함을 기르는 데는 이보다 좋은 게 없다.

루검비는 멧돼지를 사냥한 경험을 바탕으로 부지런히 동물들을 쫓아다녔다.

많은 동물을 잡았다. 노루도 잡고, 약삭빠른 여우도 잡고, 무리 지어 사냥하는 늑대들과도 혈투를 벌였다.

그놈들과 안심하고 싸움을 벌일 수 있었던 것은 루검비에게 비장의 한 수가 준비되어 있었기 때문이다.

이름도 기억나지 않는 한 수의 검초(劍招).

양손으로 검자루를 잡고 일직선으로 찔러내는 단순한 초식.

아버지의 절학이었다. 운명하시던 순간까지 마지막 기력을 짜내어 펼치시던 검초다.

검초를 어떻게 전개하는지는 알 수 없지만 많이 보아왔기 때문에 흉내는 낼 수 있다.

루검비는 검초 한 수를 수련했고, 마지막 비장의 수로 준비해 두었다. 환희밀공을 사용하다가 고통으로 쓰러지거나 힘이 갑자기 사라져 버렸을 때 쓰기 위해서다.

지난 일 년간 검초를 사용한 적은 없다.

사실 부닥뜨린 맹수라고 해봐야 늑대 무리 외에는 특별히 경계할 만한 놈도 없었다. 늑대 떼와 싸울 때는 극통 때문에 고전했지만 벽화에서 추출한 무공으로 모두 해결했다.

"이제 일 년만 더 버티면……."

지법은 상당히 지루하다.

고통도 자신이 스스로 나서서 즐겨야 한다. 가만히 있으면 아무런 일도 일어나지 않는다.

세상에 무슨 놈의 관문이 이런 게 있단 말인가.

한 가지, 또 배운 게 있다.

벽화가 의미하는 게 무엇인지 짐작하게 되었다.

성교의 모습이다. 남녀 사이에 벌어지는 육체적인 화합, 온갖 자세를 그림으로 그려놨다.

알고 나니 얼굴이 화끈거리는 그림이지만…… 묘하게도 추하다는 생각은 들지 않는다. 벽화에서 무공이 나오고, 실제로 자신의 몸에 변화가 일어나는데 추하게 볼 이유가 무엇인가.

"남은 일 년 동안 어떻게든 해봐야지. 이대로는 너무 힘들어."

루검비는 많이 지쳤다.

어떻게든 고통을 없애야 했다. 그렇다고 아무것도 하지 않고 넋 빠진 사람처럼 세월만 보내가는 싫었다. 환희밀공을 수련하되 아프지 않게…… 그러려면 환희밀공에서 빠진 부분을 찾아야 한다.

방법이 있을 것 같기도 하다.

환희밀공과 벽화의 그림은 완벽하게 일치한다.

지난 사 년 동안 꼼꼼히 점검해 본 결과 여인이 일러준 삼백육십오 자는 그림 백팔십 개를 정확히 설명해 냈다. 그림을 설명한 후, 남은 글자는 없다. 삼백육십오 자가 모두 사용되었다.

삼백육십오 자는 그 자체로 하나의 글귀가 되지만 순서를 잘 조정하면 전혀 다른 글귀를 만들어내기도 한다.

작년에 시도하다 그만둔 일을 다시 해야 한다. 그림의 순서를 정해야 한다. 누가 또 아는가. 그러다 보면 고통없이 그림대로 자세를 취할 수 있을지.

남은 일 년 동안에 또 풀어야 할 것이 있다.

삼면은 체위(體位)들만 꽉 채워 그려져 있는 반면에 다른 한 쪽은 체위가 삼십 개뿐이다. 남은 공간에는 아직도 이해하지 못하는 그림들이 그려져 있다.

그림만 그려져 있다면 무슨 내용인지 대충 짐작이라도 할 텐데, 마지막에 짐작조차 못할 기호들이 그려져 있으니 연구할 엄두가 나지 않는다.

글자는 아니다. 글을 많이 알지는 못하지만 천자문을 알고, 환희밀공을 안다. 분명히 글이 아니라 기호다.

그림과 기호의 뜻을 알아내거나 그렇지 않으면 환희밀공을 전수받을 때처럼 우선 기억이라도 해둬야 한다.

루검비는 가부좌(跏趺坐)를 틀고 석벽 앞에 앉았다.

'어떤 자세를 취하든 하물(下物)에서 불길이 당겨졌어. 그럼 근원지는 아랫도리인데……'

정확히 표현하면 회음혈(會陰穴)이다. 루검비는 혈도(穴道)를 알지 못했다. 그래서 회음혈이란 말을 꺼내지 못했다. 하나 그렇다고 위치까지 달라진 것은 아니다. 어떠한 자세를 취하든 항상 항문과 고환 사이에서 뜨거운 불길이 일어났다.

백팔십 개의 체위 중에서 회음혈에 불길을 당겨주기만 할 뿐, 움직이지 않는 그림을 찾아야 한다. 그것이 첫 번째다.

"건강해졌구나."

수두화가 처음 꺼낸 말이었다.

그녀는 혼자 오지 않았다. 서화와 함께 왔다.

세상은 흰 눈으로 덮여 있다. 솜이불을 덮듯이 포근하게 감싸여 있다. 그 위로 차가운 바람이 심술궂게 지나간다.

"봄이 오려면 멀었는데요."

루검비는 담담했다.

"조금 일찍 왔다. 갈 길이 멀어서."

"전 조금 더 있어야겠어요."

"뭐라고?"

"할 일이 남았어요. 나중에…… 봄이 오면 뵙죠."

루검비는 석실 안으로 들어가 버렸다.

수두화는 서화의 얼굴을 쳐다봤다. 그녀의 눈빛은 어찌 된 영문인지 묻고 있었다.

어린아이가 오 년 동안이나 홀로 살았으면 사람을 만나자마자 달려와 반기는 것이 상식이다. 나타난 사람이 아는 사람일 경우에는 반가움에 눈물까지 흘린다.

루검비의 지금 행동은 뭐지?

서화가 수두화의 물음에 답했다.

"재가 평범한 애는 아니잖아요."

'평범' 과는 거리가 멀다. 한참 멀다. 인법을 견뎌낸 것은 기적이나 다름없다. 그런 일이 또 벌어졌다. 꼬마가 산에 버려졌는데, 오 년이나 생존했다.

꼬마는 스스로 삶을 찾았다.

먹을 것을 찾고, 사냥을 하고, 그러면서 수련까지 했다.

기적도 이런 기적이 없다.

"성심(聖心)은 어떻더냐?"

가장 궁금한 부분이다.

인법을 전개하고, 고독과 싸우게 하고, 스스로 생존의 길을 찾게 한 것은 모두 환희교를 위해서이다. 환희교를 위해 싸워줄 전사가 필요해서다.

루검비는 예정된 절차를 차분차분 밟아나가고 있다. 인법을 거쳐 지법까지 잘 견뎌주었다.

루검비가 석실에서 무엇을 얻었는지는 모른다. 석실에 무엇이 있는지도 모르는 판국이니 그 안에서 벌어진 일은 더더욱 모른다. 수두화나 서화에게 지법이란 어린아이가 산속에서 오 년을 생존해 냈다는 것만으로도 충분했다.

이제 천법을 받으러 간다.

무사히 천법을 마치면 무공을 가르쳐 주지 않아도 환희교 수문장이 되어 있을 거라고 한다.

교주님의 말씀이니 정확할 게다.

하나 수두화가 정작 염려하는 건 루검비의 성심이다.

아이의 환희교에 대한 충성심은 어느 정도일까? 환희교를 잘 아는 것도 아니고, 교리도 모르고, 환희교에서 받을 거라고는 매질과 고통밖에 없는데 환희교를 위해서 싸워줄까? 목숨을 걸까?

성심이란 하루아침에 형성되는 것이 아니다.

어렸을 적부터 꾸준히 교육시키고, 행동케 하여 머릿속과 가슴속에 단단히 각인시켜야 한다. 그렇게 해도 성인이 되면 육칠 할 정도는 이탈한다.

루검비는 그런 과정이 전혀 없었다.

아이에게 믿음을 기대할 수는 없다. 인정, 의리, 사랑 같은 것도 바라지 못한다.

오직 하나, 교를 배반하면 죽인다는 금제뿐이다.

교주는 수문장의 무공이 천하를 울려도 아주 간단히 죽일 수 있는 방법이 있다고 했다. 그리고 만일의 경우에 수문장을 죽일 사람도 양성되었단다.

죽고 싶지 않으면 환희교에 충성을 바쳐야 한다.

루검비는 그런 사실을 모른다. 배반하면 죽인다는 말은 들었지만 절대적인 충성을 바쳐야 한다는 건 잊어먹었을 게다.

루검비를 천법에 밀어 넣는 것 외에 믿음을 다잡는 것도 무척 중요하다. 기껏 밥을 지어서 남에게 줄 수야 없지 않은가.

서화가 고개를 가로저었다.

성심은 없다. 당연하다. 혹시나 하고 기대한 게 잘못이다.

"휴우! 내 딴에는 일찍 오면 좋아할 줄 알았더니, 냉대만 받았군. 좌우지간 괴상한 놈이야. 네 거처는?"

"바로 근처예요. 십여 장만 가면 되요."

"너도 대단하구나. 그렇게 가까운 데 거처를 마련했는데 오년 동안이나 들키지 않고 지켜봤다니."

"불 한 번 피워본 적이 없는걸요. 화식(火食)한 지가 언제인지 모르겠어요."

"뭘 먹고 살았누?"

"저 애가 먹는 거요. 솔잎을 먹을 때는 저도 솔잎을 먹었고, 느릅나무 잎을 먹으면 저도 그랬죠. 고기를 먹는 날은 저도 짐승을 잡아서 배를 채웠고요."

"불을 안 피웠다면서?"

"짐승처럼 뜯어먹었어요. 그것도 꽤 맛있던데요? 한 번 맛들여 보세요. 싱싱한 게 아주 좋아요."

"너도 저놈 따라서 괴물이 되었구나."

수두화는 서화를 따라 그녀의 거처로 갔다.

말이 좋아 거처지 큰 바위 밑에 자리만 잡았을 뿐이다. 비는 간신히 피하지만 바람은 전혀 피하지 못하는 완전 야지(野地)였다.

수두화나 서화나 환희밀공을 알지 못한다. 루검비의 고난이 어디서 끝날지도 예측하지 못한다. 앞으로 어떤 일이 벌어질지는 더더욱 모른다. 오직 교주의 명만 좇는다.

무엇을 하는지라도 알면 견디기 쉬울 텐데.

수두화는 한마디 하지 않을 수 없었다.

"수고했다."

서화가 피식 웃으며 말했다.

"뭐라도 했으면 뿌듯하기라도 할 텐데…… 아무것도 한 게 없는걸요. 지난 오 년 동안에 제가 한 일이라고는 버섯 한 번 심어놓은 것밖에 없어요. 그것도, 제가 심지 않았어도 상관없는 일이었고요. 어쨌든 저 아이는 혼자 살아갔을 테니까요."

"지난 세월 지켜본 것만도 수고한 게지. 수고했다."

두 여인은 바위 밑에 앉아 지난 회포를 풀었다.

수두화를 만나서 반갑다. 서화도 반갑다. 한때는 참 미웠던 사람들인데 그래도 다시 만나니 달려가서 두 손을 맞잡고 싶다. 환한 웃음을 지어주니 옛날의 지독한 고문은 잊을 수 있을 것 같다.

그래도 냉정하게 말할 수밖에 없었다.

지금은 따라갈 수 없다. 지법에서 벗어나서는 안 된다. 아직 지법을 완성하지 못했다.

벽화는 단순히 체위만 그려놓은 것이 아니다. 인간이 몸으로 표현할 수 있는 모든 동작을 그려놓았다.

육신을 유연하게 하는 데는 천축의 유가술(瑜伽術)을 최고로 여긴다. 하나 과연 그럴까? 유가술이 벽화만 한 효과가 나올까? 벽화를 순서에 맞춰서 수련하면 사지가 문어처럼 말랑말랑해지는데 유가술도 그럴까?

벽화에는 유가술에는 없는 것이 있다.

화룡(火龍)이다. 고환과 항문 사이에서 일어난 화룡이 몸 곳곳을 돌며 사기(邪氣)를 잡아먹는다.

환희밀공은 화룡이 주체다.

하나 환희밀공에는 장점 못지않게 큰 단점이 있다. 벽화를 수련하기 위해서는 여인이 필요하다. 백팔십 개의 그림, 환희밀공 구결 삼백육십오 자를 이리 섞고 저리 섞어본 결과 여인이 없이는 절대 수련할 수 없다는 결론을 내렸다.

자신이 겪었던 고통은 여인의 도움없이 화룡 혼자 날뛴 대가다.

유가술 같으면 굴신(屈身)이 잘못되었다고 고문을 능가하는 통증을 느끼지는 않는다. 인대가 늘어나거나 뼈가 부러지거나 근육이 찢어지지 않는 한, 동작이 잘못되었다고 고통을 느끼지는 않는다.

환희밀공은 고통스럽다. 무척 아프다. 너무 아파서 비명이 절로 새어 나온다.

굴신은 부가적으로 따라온 효능이고, 주된 움직임은 화룡에서 일어나기 때문이다.

화룡이 수룡(水龍)을 만나지 못한 탓이다.

일어난 불길이 물을 만나 중화되어야 하는데, 중화될 길이 없으니 스스로 분신(焚身)해 버린다.

늘 뭔가 부족하다고 생각했던 건 바로 여인이었다.

하면 유가술처럼 화룡을 일으키지 않고 사지의 굴신만 활용하는 방법은 없을까?

단언컨대 없다.

모든 인간은 움직일 때마다 화룡이 일어난다. 서거나 걷거나 뛰는 움직임 속에서도 화룡은 꿈틀거린다. 다만 움직임이 너무 미약하여 감지하지 못할 뿐이다.

화룡도 모든 생물처럼 먹이를 줘야 큰다. 몸집이 커져야 움직임을 빨리 알아차린다. 일어남과 동시에 느끼고, 분신하여 소멸되는 순간도 즉시 감지한다.

환희밀공을 동남동녀만이 익힐 수 있다는 것은 그런 의미였다.

성감(性感)을 느끼기 전부터 환희밀공을 수련하여 내일을 준비하여야 막상 변화가 일어났을 때 쉽게 감지해 낸다. 사람들 대부분이 이성에게 끌려 육체적인 접촉을 할 때에서야 느끼는 욕기(慾氣)를 아주 어린 나이부터 느끼고 발전시키는 것이다.

이것이 화룡의 먹이다.

매일, 매일, 매시, 매시마다 화룡과 대화를 나누며 키워야 한다.

화룡만 있어서도 안 된다. 수룡이 어울려 줘야 한다. 그래야 완벽한 한 쌍의 용이 되어 승천한다.

환희밀공은 혼자서는 절대 수련해 낼 수 없는 무공이다.

하나 동남동녀가 교합을 나눌 수는 없다. 너무 어린 나이에 교합을 알게 되면 원정(元精)이 손상된다.

환희밀공은 임시방편으로 우회로를 만들어놓았다.

교합을 할 수 있는 나이가 될 때까지 화룡을 혼자 돌아다니게 만드는 비법이다. 엄밀히 말하면 혼자는 아니다. 가짜 수룡을 투입하여 수룡과 어울렸다고 착각하게 만든다.

그 방편이 바로 한쪽 벽면에 기재된 색다른 그림과 기호들이다.

앙칼진 여인도 이 부분에 대해서는 말해주지 않았다. 수두화도 말이 없었다.

'아무도 모르는 거야. 여기서 배우지 않으면 못 배워.'

루검비는 마음을 차분히 가라앉히고 그림과 기호를 외웠다.

그려져 있는 얼굴이 모두 사십팔 개다. 남자도 여자도 아닌 중성적인 모습이다. 그 밑에는 체형이 그려져 있다. 마른 체형, 중간 체형, 뚱뚱한 체형이다.

여기까지는 쉽다. 문제는 그 밑에 그려진 기호다.

루검비는 외우고 또 외웠다. 쇠망치로 머리를 맞아 큰 충격을 받아도 결코 잊어버리지 않을 만큼 단단히 외웠다.

지금은 기호를 풀 방도가 없다. 그러기에는 자신의 지식이 너무 짧다. 겨우 천자문 정도 떼어 가지고는 손끝도 잡지 못한다.

기호를 풀려면 적어도 석학 정도는 되어야 한다.

환희밀공에 우주 삼라만상의 도리가 담겨 있다고 했나?

맞는 말이다. 적어도 그만한 지식은 있어야 환희밀공을 건드릴 수 있다.

루검비에게는 요원한 일이다.

절망은 하지 않는다. 낙담도 안 한다.

교주를 믿는다. 교주는 자신이라면 할 수 있다고 생각했다.

그래서 수문장이 되는 길을 알려준 것이다. 교주가, 남이 믿어 주는데 자신이 자신을 믿지 못한데서야.

'우선은 천법까지 통과하고…… 그때도 못 깨우치면…… 학문부터 닦아야 돼. 그렇지 않으면 절대 못 깨우쳐.'

여자를 활용하는 방법은 없을까? 그게 더 쉽지 않을까?

아닐 것 같다. 풀지 못한 기호 속에는 단순한 음양화합 외에 뭔가가 더 있을 것 같다.

이론적으로 설명할 수는 없다. 그냥 느낌이다.

"이건 외우기가 꽤 까다롭네."

기호 하나는 거미줄처럼 엉켜 있었다.

눈이 녹아 내가 되어 흐른다. 햇볕은 따뜻하고, 바람에는 상쾌함이 묻어 있다.

수두화와 서화는 석실 앞으로 갔다.

루검비가 석실로 들어간 지 꼭 한 달 만에 병자가 되어 나왔다.

오랫동안 병을 앓은 사람처럼 얼굴이 핼쑥했다. 몸도 많이 여위었고, 눈이 퀭하게 들어가서 눈 주위가 거무스름하게 보였다.

"할 일은 끝냈니?"

"어디로 가야 되죠?"

"안내해 주마. 넌 인사도 없니?"

"안녕하세요?"

"옆구리 쑤셔 절 받기구나."

"가요. 저 바빠요."

"바…… 빠?"

"할 게 너무 많아요."

루겁비는 서둘렀다.

서두른다고 될 일이 아니란 건 안다. 학문을 배워 석학도 되어야 하고, 아버지의 죽음을 보며 희희낙락거리던 자들도 찾아서 죽여야 한다. 그러려면 아버지를 능가하는 무공도 배워야 한다.

하루 이틀 사이에 해결될 문제는 아니다. 달려나갈 것이 아니라 소처럼 우직하게 한발 한발 내딛어 나가야 할 문제들이다.

루겁비가 서두르는 데는 다른 이유가 있었다.

근래에 들어서 기호에 대한 영감이 떠올랐다. 그래서 벽화 그림에 대충 버무려 보니 고통이 절반이나 반감되었다.

완벽하지는 않지만 올바른 방향으로 해석하고 있다는 증거다.

영감을 놓치지 않고 계속 연구하고 싶었다. 말을 하다 보면 머릿속에 있는 영감이 사라질까 봐 두려웠다.

수두화는 무인이다. 무림에 이름을 날릴 정도로 뛰어나지는 않지만 나름대로는 수많은 세월 동안 검을 닦아왔다. 그런 그녀였기에 루겁비의 초조해하는 얼굴에서 속사정을 읽어내기는 쉬웠다.

“그래, 바쁘겠구나. 가자.”

산을 내려오자마자 수두화는 마차를 마련했다.
“타거라.”
루검비는 토를 달지 않았다. 무슨 마차냐 혹은 어디로 가느냐는 물음을 던질 만도 한데 한마디 말도 없이 안으로 쑥 들어가 눈을 감아버렸다.
“영 적응 안 되네. 넌 괜찮니?”
수두화가 서화를 보며 말했다.
“저는 아무렇지도 않아요. 처음에는 뭐 저런 애가 다 있나 싶었는데, 하루 이틀 봤나요. 계속 보다보니까 으레 그렇거니 해요.”
루검비의 성격은 평탄하지 않다. 그는 자기중심적이다. 자신 이외에는 아무도 신경 쓰지 않는다. 이런 아이에게 환희교의 미래를 맡겨도 되나.
석실에서는 할 일이 있어서 다른 곳에 신경을 쓰지 못했다고 치자. 석실을 나온 후에는 하다못해 교주님의 안위라도 물었어야 한다. 아무것도 묻지 않고 자신의 세계 속으로만 침잠한다는 것은 환희교에 관심이 없다는 뜻이다.
아무리 생각해도 성품을 먼저 파악하고, 교에 대한 충성심을 심어놓은 다음에 인법을 시행했어야 한다. 근골이 좋다고 다짜고짜 시행할 일은 아니었다.
어느 문파나 그렇다. 먼저 성품을 보고, 며칠 혹은 몇 달 동안 같이 생활하며 행동거지를 본다. 사람은 한 번 보고 알 수 없기에 같이 살며 살피는 것이다. 그런 후 자신의 문파에 적합하다 싶으면 입문(入門)시킨다.

그전에는 어떠한 무공도 가르치지 않는다. 무공 수련을 엿보는 것도 금기시한다.

무림에서는 누구나 알고 있는 상식이다.

교주는 우선 키워놓고 충성심을 배양하면 된다는 식인데, 루검비를 이끄는 방식이 그런 건데…….

'이런 지도(指導)는 도박이나 마찬가지야.'

수두화는 루검비를 앞에 앉혀놓고 교리부터 조곤조곤 설명하고 싶은 마음을 꾹 눌러 참았다.

삼법에 갇힌 자는 환희교도이면서 교도가 아니다. 바깥사람이 보면 환희교도이지만 교내에서 보면 죄인이다.

죄인은 환희교를 거부할 수 있다.

죄인에게는 폭 넓은 선택권이 주어지는 반면, 형당 화녀들에게는 오직 담옥으로 이끄는 행동만 취할 수 있다. 죄인에게 교리를 설파하거나 교에 대한 충성심을 강요할 수는 없는 것이다.

'휴우! 교주님의 말을 믿을 수밖에.'

수문장이 아무리 강해도 한 명만은 그를 죽일 수 있다. 아주 손쉽게 죽인다. 그러니 교를 배반할 생각은 하지 마라.

무공을 아는 사람이라면 콧방귀 뀔 소리다.

무공에 허점이 있다 해도 절대강자를 손쉽게 죽일 수는 없다. 옛말에도 산을 깎으려면 산에 올라야 한다는 말이 있다. 무공이 강한 자를 죽이기 위해서는 그와 버금가는 무공을 지녀야 한다. 그런 후, 허점이나 파훼법을 논해야 한다.

무공을 삼십 년 이상 수련한 무인에게 허점이 있다고 해서 이제 갓 검을 잡은 자가 이길 수 있나? 없다. 그런 기적은 일어나지 않는다.

수문장의 무공이 환희교를 외부로부터 지킬 정도라면 거의 일대 종사(一代宗師) 정도는 되어야 한다.

교주의 말은 다시 바꿔 말하면, 화산파(華山派) 장문인(掌門人)이나 소림(少林) 방장(方丈)을 단 일 합(一合)에 죽일 수 있다는 말과 다르지 않다.

그만한 고수가 어디 있단 말인가. 그런 고수가 왜 무공을 드러내지 않고 숨어 있는가. 수문장을 능가하지 못한다 해도 최소한 버금가기는 할 텐데, 수문장과 함께 쌍두마차를 끌면 훨씬 효율적이지 않나.

그러니 무림인들에게는 코웃음 칠 수밖에 없는 말이 된다.

하나 믿는다. 교주가 한 말이므로.

第六章
하늘의 법

歡喜密功
환희밀공

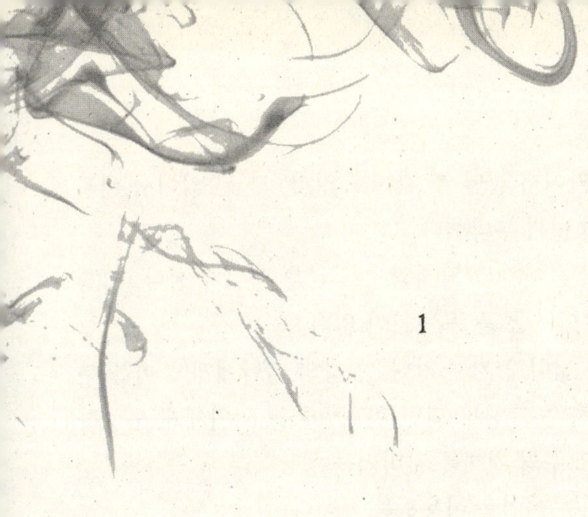

1

루검비는 보름에 걸쳐서 길고 긴 여행을 했다.

불편한 점은 없었다. 아니, 세상에 태어나서 가장 편안한 대접을 받았다. 마차로 이동했고, 맛있는 음식이 제공되었으며, 저녁에는 푹신한 침상이 있는 객잔(客棧)에서 여정을 풀었다.

수두화와 서화는 루검비가 아무 불편이 없도록 세세한 부분까지 신경을 써주었다.

루검비는 오직 벽화만 생각하면 되었다.

'글이 필요해. 글을 배워야 하는데……'

책이 싫었는데 이토록 절실히 필요할 줄은 몰랐다. 이럴 줄 알았다면 그때, 한 달 동안 숨어 있을 때 부지런히 배워두는 건데.

책 한두 권 읽어서 끝날 것 같지도 않다. 몇 권 읽어서 해결될 것 같았으면 벌써 부탁했다.

서원(書院)에 들어가서 체계적으로 글을 배워야 한다. 그렇지 않고는 벽화의 기호를 풀 방도가 없다.

다른 방도가 전혀 없지는 않다. 천하의 석학에게 풀이를 부탁하는 거다. 하나 그렇게 되면 환희밀공을 외인에게 누설하는 것이 된다. 교주의 기대를 저버리는 행동이다.

두 번째 방도는 여인을 이용하는 것이다.

지금까지 해석한 바로 수룡이란 여인의 음기(陰氣)를 일컫는 듯하다. 또한 화룡이 수룡과 어울려야 한다는 것은 음기를 흡정(吸精)하여 양기와 섞는 것을 뜻한다.

여인이 필히 있어야 한다.

여인과 언제 합궁(合宮)을 할 수 있을까? 자세한 것은 모르지만 지금이 아닌 것만은 분명하다.

결국 지금 현재 할 수 있는 건 아무것도 없다.

하면 현재까지 잡은 실마리 중에서 효과적인 것만 고른 후에 정리하면 어떨까?

얼굴은 사람의 종류로 생각했다.

소도 누런 소가 있고 검은 소가 있듯이 사람이라고 다 똑같은 사람이 아니라 몇 가지로 분류되는 것이라고 의미를 부여했다.

그 밑에 그려진 것은 두말할 것도 없이 체형.

체형 밑의 기호는 인체의 골격과 기의 흐름도다.

얼굴이 사십팔 개에 체형이 세 개씩이니 모두 백마흔네 가지의 흐름도가 있다. 하나 그중에서 필요한 것은 하나뿐이다.

나는 어떤 유형의 인간인가. 체형은 중간이니 유형만 알면 정확한 흐름도를 찾을 수 있다.

루검비는 인간의 유형을 알기 위해 얼굴을 유심히 살폈다. 너무 오랫동안 살펴서 마흔여덟 개의 얼굴이 지금도 생생하게 되살아난다. 그러나 그것뿐이다. 얼굴 그림으로 인간의 유형을 알아낸다는 것은 낙타가 바늘구멍을 통과하는 것보다 어렵다.

'그래! 그거였어!'

루검비의 눈빛이 반짝 빛났다.

기호를 쓰지 않고도 벽화의 자세를 취해왔다. 매번 극심한 고통에 시달렸지만 환희밀공을 수련하는 길이라 믿고 참아냈다.

그런 과정을 몇 번 더 거치면 된다.

기호의 흐름도를 잊는다. 일말의 기대도 하지 않는다. 벽화를 수련하면 으레 고통이 따라오는 거겠거니 하고 생각해 버린다.

그러면서 중간 체형의 흐름도를 하나씩 써본다.

모두 마흔네 번이다. 마흔네 번만 고통을 당하면 자신에게 맞는 흐름도를 찾아낼 수 있다.

'마흔네 번! 마흔네 번만!'

“내리자.”

수두화의 음성에 은은히 긴장이 어렸다. 드디어 목적지에 도착한 모양이다.

루검비는 홀가분한 표정으로 내렸다.

석실을 떠날 때는 마음이 무거웠는데, 오는 동안 타개책을 찾았다 생각하니 이토록 가벼울 수가 없었다.

“여기가 어디예요?”

“모르는 것이 좋겠지?”

“다른 사람이 또 이용해야 되니까?”

“아마도.”

“난 입 무거운데.”

“알지. 네가 누구에게 말할까 봐서가 아니란다. 정작 무서운 건 인간의 마음이야. 네 스스로 이곳을 무너뜨리지 말란 법은 없잖니?”

“그렇구나. 내가 이곳을 부술까 봐 그러는구나.”

오 년 동안 살았던 곳이 어디인지 모른다. 앞으로 살아가야 할 곳도 어디인지 모른다. 지법과 천법 사이의 거리는 마차의 평균 속도로 보름 정도가 걸린다는 것만 안다. 또 있다. 지법도 그렇고 천법도 그렇고, 모두 산에 존재한다.

루검비는 수두화와 서화의 뒤를 좇아 부지런히 산을 올랐다.

산은 높고 깊다. 숨 한 번 돌리지 않고 한 시진이나 올랐건만 정상은 까마득히 보인다.

“여기서 쉬었다 가자.”

수두화가 앞이 환히 트인 곳에서 걸음을 멈췄다.

우거진 수풀들이 치워지며 산 아래의 풍경이 한눈에 들어왔다. 마을이 있고, 개천이 있다.

“이 산은 풍광이 아주 좋네요?”

“여유가 생겼네? 주위를 둘러볼 줄도 알고.”

“그럼요. 야! 정말 경치 좋은데.”

루검비는 가슴을 쭉 펴고 맑은 공기를 힘껏 들이마셨다.

명산(名山)이다. 어디에 있는 무슨 산인지는 모르지만 산에서 살라 하면 이런 산에서 살고 싶다.

수두화는 다른 눈으로 루검비를 쳐다봤다.

아이가 지치지 않는다. 어른도 이마에서 땀이 송골송골 맺히는데, 아이는 평지를 걷듯 시원하게 걷고 있다.

산을 앞마당처럼 뛰어다녔다는 말은 들었다.

아무런 연장을 사용하지 않고 토끼도 잡고 노루도 잡았단다.

산에 완전히 적응해서 체력이 강해졌구나 하는 생각은 했지만…… 놀랍도록 강하다.

“이틀 정도 가야 하니까 쉬고 싶으면 말해.”

“아휴! 갈 길이 머네요. 그만 가죠.”

루검비가 먼저 자리를 털고 일어섰다.

루검비는 지치지 않았다. 신법을 펼치는 것도 아니고 내력을 조절하는 것도 아닌데 바위뿐인 험로(險路)도 척척 나아갔다.

'육반루가의 씨가 이토록 다를 줄이야.'

보통 아이들과 루검비를 비교하면 안 된다.

세상에는 신동이라고 일컬어지는 아이들이 많다. 어떤 아이는 학문에 재능을 나타내고, 어떤 아이는 무공에 소질을 발휘한다.

루검비의 탁월한 점은 체력이다. 지켜보면 지켜볼수록 철인(鐵人)이라는 생각이 든다. 크고 강한 심장도 한몫을 한다. 거의 수직에 가까운 바위산에서도 숨소리가 고른 것을 보면 폐도 큰 것 같다.

무공을 익히기에 이보다 좋은 근골은 찾기 힘들 게다.

"오늘은 여기서 자자."

수두화가 걸음을 멈췄다.

그녀의 전신은 땀으로 목욕한 듯 후줄근하게 젖어 있었다.

"교주님은 잘 계세요?"

루검비를 다시 본 지 한 달하고도 보름 만에 물어온 말이다.

"아니."

수두화는 솔직히 말해주었다.

사실 그녀도 그날 이후로 장사곡에 가지 않았다. 교주의 명을 받들어 전국 방방곡곡을 헤집고 다녔다. 지금도 다른 사신녀들은 발에 물집이 잡히도록 전국을 헤매고 있을 게다.

장사곡 사정은 전혀 알지 못한다.

그렇다고 귀가 없는 건 아니다. 귀는 항시 열려 있다. 장사곡을 향해 활짝 열어놓고 있다. 장사곡에 대한 말이라면 지나가는 말조차 놓치지 않고 귀담아들었다.

장사곡은 최악의 상황으로 치닫고 있다.

정랑들이 화녀들을 창기처럼 부리는 듯하다.

교주의 권위도 사라진 지 오래고, 형당의 위엄도 꺾여 버렸다. 들리는 소문으로는 환희교의 실권은 혈우광도가 움켜쥐었고, 교주께서는 시녀들이나 하는 허드렛일을 하고 있다고 한다.

맞는 말인지는 모르겠지만 통제 불능의 무법 지대가 된 것만은 사실인 것 같다.

장사곡에 종교는 없다. 색(色)에 미쳐 날뛰는 짐승들만 있다.

"교주님…… 편찮으세요?"

"많이 아프시지."

"어디가요? 의원이 못 고쳐요?"

수두화는 말하고 싶었다. 너만이 고칠 수 있다고. 수문장이 환희교의 정문을 지켜줘야 낫는 심병(心病)이라고.

"후훗! 걱정할 건 없단다. 걱정은 네가 해야 되는 것 아냐? 지법이 영 신통치 않았나 보지? 천법이 코앞에 있는데 무서워하지 않는 걸 보면."

"무섭죠. 두렵죠. 세상에 아픈 걸 좋아하는 사람도 있나요?"

"넌 걱정하는 것 같지 않은데, 너도 두려운가 보구나."
"교주님이 빨리 나으셨으면 좋겠어요."
루검비가 잠을 청하기 위해 드러누웠다.

수두화는 지법의 위치를 안다. 천법이 어디 있는지도 안다. 하나 그곳에서 어떤 일이 벌어지는지는 모른다.

서화는 아무것도 모른다. 환희밀공에 관한한 그녀는 백치나 다름없다. 그녀는 어린아이가 세상을 배우듯이 조금씩 알아가고 있다. 지법 석실이 어디 있는지 안다. 또 이제는 천법이 어디에 설치되었는지까지 알게 된다.

그녀에게는 두 가지 갈림길이 있다. 하나는 수두화의 손에 제거되는 것이고, 또 하나는 수두화의 뒤를 이어 차기 형당 수두화가 되는 것이다.

그녀가 어떤 길을 가게 하느냐는 오로지 수두화의 마음에 달려 있다. 차기 형당 수두화의 직무를 다하지 못할 것이라고 판단하면 죽일 것이요, 능력이 닿는다고 생각하면 살려둘 것이다.

어떤 일이 있어도 환희밀공에 대한 비밀은 일인비전(一人秘傳)으로 이어져야 한다.

수두화도 알고, 서화도 아는 사실이다.

"이곳이다."

수두화가 발길을 멈췄다.

지법이 설치된 석실처럼 황량한 산속일 뿐, 특이한 지형지

물은 찾아볼 수 없다.

"제가 찾아야 해요?"

"잘 아네."

"뭘 찾아야 하는 건데요?"

"내가 가르쳐 줄 건 저것뿐이다."

수두화가 손가락으로 앞을 가리켰다.

그녀가 가리키는 곳은 정상으로 올라가는 산등성이일 뿐, 아무것도 없다. 나무는 있다. 바위도 있고, 짐승들이 다녔음직한 소로(小路)도 보인다. 하나 눈여겨볼 만한 것은 없다.

"제 눈에는……."

"그럼 찾아보거라, 뭐가 있는지. 저기 모든 것이 있다."

수두화는 여전히 산등성이를 가리켰다.

루검비는 그녀가 가리킨 곳을 샅샅이 뒤졌다. 풀 한 포기 놓치지 않고 꼼꼼히 살폈다.

아무것도 없는데 뭐가 있다는 걸까?

루검비는 수두화를 보며 어깨를 으쓱해 보였다. 아무것도 없다. 뭐가 있느냐는 물음이었다.

대답은 들려오지 않았다. 들을 수 없었다. 그녀들은 이미 등을 돌려 왔던 길로 돌아가고 있었다.

"네게 주어진 시간은 오 년이다. 오 년 후에 다시 오마."

그녀들은 마지막 인사조차 허락하지 않았다.

"잘 지켜봐라."

"네? 또요?"

"천법에서는 여자가 필요할지도 모른다고 하셨다. 네가 할 일이 있을 거야."

"여, 여자! 그럼 제가 저 꼬마와……?"

서화는 다른 형당 화녀들처럼 사내를 즐기지 않는다. 반드시 즐겨야 한다면 여인을 택한다. 하물며 양물이 아직 성하지도 않은 꼬마와 몸을 섞으라는 건 대경실색할 말이다.

수두화가 피식 웃으며 말했다.

"교접을 하란 소린 아니니까 엉뚱한 상상은 하지 마. 여자를 원하는 정도가 아니라 반드시 필요하게 될 때가 올 것이라고 하셨다. 그런 징후를 보이면…… 죽이라는 명이시다."

"네? 죽…… 여요?"

"나도 모른다. 교주님 명이니 무조건 받들면 되는 거야."

"네에."

서화의 음성이 가늘어졌다.

자신이 다른 사신녀처럼 전국을 헤매지 않고 루검비만 지켜보는 이유는 이것이었다.

살인(殺人).

한편으로는 루검비를 보살피지만, 결정적일 때는 죽이는 임무가 부여되었다.

교주님의 명이니 받든다. 단지 전혀 납득할 수 없는 이유로 죽여야 한다는 것이 찜찜하다.

루검비는 어차피 환희교도다. 수문장이라고는 하지만 그 역시 사내인 이상 언젠가는 운우지락을 누릴 때가 올 것이다. 한데 여자를 원한다고 죽인다면 교접으로 성신을 이끌어낸다는 교리는 어찌 되는 것인가.

지금 받은 명보다는 차라리 먼저 혼자 상상했던 것, 여자를 원할 때 루검비와 몸을 섞으라는 명령이 훨씬 잘 이해된다.

"죽일 때는 실수가 없도록 완전히 머리를 잘라내도록."

"그것도 교주님 명이신가요?"

"아니, 이건 내 명령이다. 루검비는 강한 애다. 크면 더욱 강해지겠지. 말 못할 정도로 강해질 게다. 그런 애의 마음에 원한을 심어두면 반드시 응보(應報)가 돌아온다. 저런 애에게 손을 쓴다면 천에 하나, 만에 하나의 실수도 배제할 수 있는 방법이 좋아. 시간이 걸리더라도 완전히 머리를 잘라내라."

"알겠습니다."

수두화는 대답이 떨어지기 무섭게 걸음을 재촉해 산을 내려갔다.

"이런 일…… 정말 하기 싫어."

서화의 중얼거림만이 빈 허공을 맴돌았다.

하늘의 법, 천법(天法)은 없다. 수두화는 산등성이만 가리켰다. 혹시나 해서 위로 올라가 봤더니 산 정상이 나온다.

풍광은 좋다. 산하가 한눈에 들어온다.

"뭐가 있다는 거야."

혼잣말로 중얼거렸다.

수두화를 원망할 일이 아니란 건 안다. 환희밀공은 은밀하기 이를 데 없어서 아는 사람이 전혀 없다. 구결을 전수해 준 앙칼진 음성의 여인이라면 알까? 다른 사람은 천법이 불구덩이 속에 뛰어드는 거라고 말해도 믿을 만큼 아무것도 모른다.

수두화가 천법의 위치를 알지 못한다고 가정했을 때, 이곳 어딘가의 특정한 위치만을 안다고 가정했을 때…… 자신에게 뭘 말해줄 수 있을까?

루검비는 수두화가 서 있던 자리로 가서 그녀가 손가락으로 가리킨 곳을 쳐다봤다.

역시 생각이 맞았다.

뿌리는 두 개인데 줄기는 하나인 나무가 보인다. 원래 두 나무였던 것이 자라면서 하나로 합쳐진 것이다.

"저걸 가리켰군."

루검비는 나무가 있는 곳으로 갔다. 뭔가 있을 것을 기대하고.

"뭐야? 그냥 나무잖아?"

지법 석실은 작은 쇠고리가 설치되어 있었다. 쇠고리를 당기면 석문이 열린다.

이곳에도 그런 게 있지 않을까?

루검비는 두 눈을 크게 뜨고 풀숲을 꼼꼼히 살폈다.

없다. 쇠고리는 고사하고 쇠붙이 하나 없다. 태초 이후, 사람 발길이 전혀 닿지 않은 듯 풀 냄새만 진동했다.

"두 개를 통과했는데, 여기서 물러서기는 억울하잖아, 여기까지 와서. 천법이 여기 있다면 내 앞에 나타나야 할걸!"

오 년이란 짧지 않은 시간이 주어졌다.

루검비는 마음을 편하게 먹고 천천히 다시 뒤져 나갔다.

사흘 동안 같은 자리를 맴돌았다.

수두화가 서 있던 곳에서부터 산 정상까지 하루에도 열댓 번은 오갔다. 눈 감고도 어디에 뭐가 있는지 알 수 있을 지경이 되었다.

천법은 없다.

"석실 같은 게 없으면 여기서 수련을 하라는 이야긴가? 아니야. 수련 장소를 줄 것 같으면 차라리 석실이 나았어. 이곳은…… 뭔가 있어야 해."

루검비는 아무것도 생각하지 않고, 주변도 돌아보지 않고 하루를 푹 쉬었다.

옛말에 등잔 밑이 어둡다고 했다. 안 될 때는 바로 옆에 물건을 놔두고도 못 찾는 법이다.

잠시 눈을 다른 데 두고 새로운 정신으로 새롭게 찾아야 한다.

무엇을 할까 고민하다가 잠을 청하기로 했다. 벽화도, 환희밀공도 다 잊어버리고 오늘 하루만은 실컷 자자.

루검비가 눈을 떴을 때는 해가 지고, 보름달이 휘영청 사위를 밝히고 있었다.

야지 생활에 익숙하다지만 산에서 맨몸으로 잤기 때문일까?

오슬오슬 한기가 든다.

잔가지를 주워다가 불을 피웠다.

불기가 몸 안으로 파고들자 이번에는 밥벌레가 요동쳤다.

"한 번에 하나씩만 하자. 지금은 몸을 녹일 때야. 넌 가만있어. 계속 아우성치면 내일도 밥 안 준다."

듣는 사람은 없다. 듣기를 바란 것도 아니다. 혼자 있을 때 혼잣말로 자신과 이야기하는 게 습관으로 굳어졌다.

고개를 들어 달을 쳐다봤다.

무척 밝다. 보름달이 이렇게 밝은 줄 처음 알았다. 온 세상이 대낮처럼 밝지 않은가.

그때, 루검비의 눈에 무언가 반짝이는 물체가 보였다.

야광(夜光)처럼 눈부시게 빛나는 것은 아니고 달빛을 받아 조금 밝게 보인다.

대체로 우중충한 날에 하얀 바위가 이런 식으로 보인다.

루검비는 빛나는 물체가 있는 곳으로 갔다.

역시 바위다. 벌써 수십 번 만지고 밟고 했던 작은 바위다.

"쳇! 이럴 줄 알았지."

혹시나 하는 기대가 역시나 하는 실망으로 바뀌었다.

루검비는 등을 돌려 모닥불로 가다가 멈칫 섰다.

주위에 바위는 많다. 작은 바위, 큰 바위…… 참 많다. 한데 검은색보다 조금 밝게 보이지, 방금 봤던 것처럼 눈에 띄게 희지는 않다.

재질이 다른 바위들과 다르다!

루검비의 얼굴에 환한 웃음이 어렸다.

바위는 확실히 다른 바위들과는 재질이 달랐다. 주변의 바위가 아니고 다른 곳에서 가져왔다고 생각된다.

그것보다 더 흥미로운 부분이 있다.

땅에 묻혀 있을 때는 몰랐는데, 캐내고 보니 사람 손길도 닿은 듯하다. 흙이 잔뜩 묻어 있어서 확신하지는 못하지만 글씨가 음각(陰刻)되어 있는 것 같다.

루검비는 밤이 깊은 것도 아랑곳하지 않고 계곡까지 내려가 옷에 물을 흠뻑 적셔왔다.

돌처럼 딱딱하게 달라붙은 흙을 털어냈다. 남은 흙은 젖은 옷으로 닦아냈다. 그러자 음각된 글씨가 형태를 드러냈다.

"태(太)…… 자(子)…… 소사(少師). 태자소사. 이게 무슨 말이야? 태자의 스승이란 말인가? 그리고 이건 중(中)…… 추원(樞院)…… 중추원. 답답하네. 이게 무슨 말들이지?"

바위에는 여러 글자가 새겨져 있었는데, 비바람에 마모되어 알아볼 수 있는 글자가 몇 자 되지 않았다. 그러나 단 두 자만은 똑똑히 알아볼 수 있었다.

"지(之)…… 묘(墓). 무덤!"

루검비는 놀란 눈으로 산등성이를 쳐다봤다.

무덤이다. 엄청나게 큰 무덤…… 황제나 왕족들의 묘처럼 거대한 묘가 눈앞에 있다. 아니, 묘 위에서 잠을 잤고, 모닥불을 피워 불기를 쬐었다.

“이, 이게 전부 묘란 말이야? 그럼 천법은……?”

루검비는 연신 고개를 가로저었다.

그럴 리가 없다. 그건 아닌데…… 하지만 생각은 하나로 모아지고 있었다.

무덤 안으로 들어가야 한다.

2

묘가 워낙 커서 산봉우리로 착각했다.

죽어서 이 정도의 묘에 묻히려면 왕후장상쯤 되는 사람이었어야 한다. 간단하게 왕족이라고 생각하는 게 편하다.

도굴은 중대한 범죄다. 특히 왕족의 묘를 도굴할 시에는 영락없이 사형(死刑)에 처해진다.

“보는 사람도 없고, 죽인다는 것도 무섭지 않고.”

혼잣말로 중얼거리며 산봉을 훑어나갔다.

막연히 산이라고 생각했을 때는 무엇을 찾을지 몰랐지만, 이제는 명확해졌다. 묘로 들어가는 입구를 찾는다. 일반인들의 묘에는 입구 같은 것이 없다. 무조건 파헤치기만 하면 된다. 하나 왕릉일 것이라고 추측되는 이런 묘에는 입구가 있다.

루검비는 대묘(大墓)에 대해서 조금 아는 바가 있다.

세인들은 모르지만 육반루가의 가묘(家墓)가 왕릉에 버금가는 대묘다. 왕릉은 한 사람을 묻지만, 육반루가의 가묘에는 모든 조상이 안장된다.

육반루가 사람이 죽으면 입구를 열고 들어가서 항렬에 따라 시신을 안치하는 것이다.

루검비도 조상들을 모두 봤다. 뼈만 본 게 아니다. 생전의 모습을 정확하게 봤다. 목내이(木乃伊)가 된 조상들은 반듯이 누워 생전의 위용을 느끼게 했다.

"비석이 여기 있었으니……."

비석을 발견한 곳은 입구를 찾는 열쇠가 된다.

왕릉은 시대별로 구조가 다르다. 조형 형식도 다르다. 그래서 도굴꾼들은 구멍을 뚫고 안으로 들어간다. 삽이나 곡괭이 같은 장비들이 충분할 경우다.

루검비는 아무것도 없었다.

쪼개진 돌 조각을 주워 들기는 했지만 그것으로 깊이가 얼마나 되는지도 모를 무덤을 무식하게 파헤칠 수는 없다.

결국에는 묘를 파야 된다. 효율적으로 파고 싶을 뿐이다. 입구 쪽을 파 들어가면 조금만 파도 되지 않겠는가.

"우리 묘 같으면 이쯤 될 텐데……."

비석이 눕혀 있던 곳에서 일직선으로 이십여 보를 걸었다. 대묘와 가묘의 크기를 비교한 끝에 내린 결론이다.

격식을 따지자면 상석(床石)도 있어야 하고, 장명등(長明燈)도 보여야 한다.

그럼 거리 재기가 한결 수월했을 게다.

아마도 이곳 어딘가에 있기는 있을 것이다. 흙더미 속에 파묻혀 있을 공산이 높다.

모두가 다 뒤엉키고, 이리저리 어질러졌다고 생각했을 때 격식에 따른 거리는 의미없어지고 오직 방향만 남는다.

"여기부터 파볼까?"

루검비는 끝이 날카롭게 잘려진 돌 조각을 힘차게 내려쳤다.

꼬박 나흘이나 판 끝에 석문이 나타났다.

기구가 없어서 파는 속도가 느렸지만, 셈은 비교적 정확해서 큰 걸음으로 여덟 걸음을 파 들어가자 부서진 석문이 나타났다.

안은 텅 빈 동공(洞空)이었다.

세월의 무상함을 일깨워 주는 듯 나무뿌리며, 칡넝쿨이 빼곡히 들어차 있었다.

언제 붕괴될지 모를 통로다. 들어갈 수는 있지만 매몰될 위험을 감수해야 한다.

루검비는 망설이지 않고 들어섰다.

들어가야 한다면 지옥이라도 간다.

천법을 거치려고 왔다. 어떤 식으로든 고통이 있을 거라는 건 이미 예상하고 있다. 인법이나 지법보다는 더 지독한 고통일 테니 자칫하면 죽음에 이를 수도 있다.

고통을 받으며 느낀 건데, 인간의 육신은 무척 나약하다.

참으로 질긴 것임 목숨이라지만 떨어지는 낙엽에 맞아도 죽을 수 있는 게 인간이다.

‘인법은 지법보다 강하다’ 혹은 ‘지법의 고통은 인법에서 당한 것보다 지독했다’ 라는 말은 할 수 없다.

고통은 고통일 뿐이다. 몽둥이로 힘껏 두들겨 맞은 고통과 여인이 허벅지를 힘껏 깨문 고통 중에서 어느 게 더 아프냐고 묻는다면 명확하게 대답할 수 있겠는가.

고통 중에 어느 것이 더 낫다 못하다는 판단은 못한다.

루검비는 천법에 들면서 모진 각오를 했다. 지금까지 겪어 보지 못한 염라대왕의 불길을 만날 줄 알았다.

붕괴? 매몰?

루검비에게는 고려의 대상도 되지 못했다.

좁고 긴 통로, 관 두 개를 나란히 놓을 만한 공간, 돌로 만든 좌대(座臺)와 그 위에 올려져 있는 석관(石棺).

왕릉으로 짐작되는 커다란 대묘에는 쓸 만한 부장품 하나 남아 있지 않았다.

“손을 탄 건 아닌데…….”

도굴꾼이 들어왔다면 석관이 얌전히 남아 있을 리 없다. 관을 열고 금붙이는 꺼내갔을 게다.

사실 도굴꾼이 들 만한 가치도 없다.

대묘의 크기로 보아서는 도굴꾼을 유인하지만 정작 안에 들어와 보면 실망을 크게 한다. 묘는 산더미처럼 크게 만들어놓고 묘실(墓室)은 손바닥만 하게 만들다니.

아주 기형적인 구조다.

석관 앞으로 다가가 뚜껑을 열었다.

끄르릉……!

돌로 만든 석관은 묵직했다. 가볍게 보아서는 안 되고, 있는 힘껏 밀고서야 간신히 관을 열 수 있었다.

"이럴 줄 알았어."

관은 텅텅 비어 있었다.

이곳이 천법이라면 고통의 근원은 석관에 있을 것이다.

루검비는 석관 안으로 들어가 누워봤다.

아무런 느낌이 없다. 돌 특유의 약간 차갑다는 느낌만 든다.

지법처럼 그림이 그려져 있나? 석관에 누워서 세심이 좌우를 살펴봤지만 그림은 없다. 천장? 천장은 무너지기 일보 직전이다. 나무뿌리들이 듬성듬성 뻗어내려 을씨년스럽다.

"천법은 맞는데…… 이거야 원…… 나 좀 아프게 해주라 하고 찾아다녀야 할 판이니."

환희밀공의 맛을 보지 않았다면 고통을 받으려고 기를 쓰는 일이 있을 수 있겠는가.

인법과 지법을 겪으며 어떻게 해야 원하는 것을 얻는지 배웠다.

할 수 없는 일은 억지로 하려고 하지 말고 할 수 있는 일만 하면서 기다리면 된다.

루검비는 석관에 누운 김에 편히 쉬었다.

지난 며칠간은 팔자에 없는 땅을 파느라고 꽤나 힘들었다. 돌 조각 하나로 땅을 팠기 때문에 손톱이 다 빠져나갈 지경이다.

한데 쉬지 못하겠다. 어느새 시간만 나면 환희밀공을 연구하는 것이 버릇이 되어버렸다.

머릿속에 환희밀공이 떠오른다.

석관에 누워 있으니 벽화 제십구 번, 피충주수(被沖走水)가 생각난다. 물을 침상 삼아 편히 누워서 둥둥 떠내려가는 모습으로, 다른 성전(聖典)에서는 어접린(魚接鱗)으로 불리기도 한다.

불기둥이 일어났다. 뜨거운 불길이 척추를 타고 올라와 머리에 가득 찼다.

이때는 기분이 좋다. 몸이 허공에 붕 뜨면서 구름 속을 거니는 듯한 상태가 된다. 육신의 고통은 말끔히 사라진다. 온갖 걱정과 근심도 깨끗이 잊어버린다.

불기둥을 머릿속에 가둬놓는 방법만 알면 좋으련만…… 아주 잠깐 동안 지상 최고의 안락함을 제공한 불기둥은 얼굴을 타고 가슴으로 내려온다.

'제길!'

루검비는 이를 악물었다.

여기서가 문제다.

어떤 식으로든 수룡을 만나야 하는데, 수룡이 있을 리 없다.

수룡을 찾기 위해 가슴을 휘젓던 불길이 급기야 모래알처럼 작은 알갱이로 갈라져 몸 곳곳에 뿌려진다. 그 순간, 육신은 팔팔 끓는 기름 솥에 던져졌을 때와 똑같은 충격을 받는다.

그 고통이란…… 정말 말로 표현할 수 없다. 인법? 그 순간 만은 우습게 생각된다. 독물 투여? 오장육부를 뒤틀리게 만들 던 극독들이 어린아이 장난감처럼 싱거워진다.

매번 그랬다.

한 번씩 극통을 받을 때마다 이제 다시는 환희밀공을 수련 하지 않겠다고 다짐했다. 한 번만 더 수련하면 육반루가의 자 손이 아니라 개새끼라고 맹세했다.

그러면서 아픔이 잦아지면 또 한다. 하루, 반나절도 아니고 한두 시진 만에 다시 수련한다.

지금은 고통이 올 때다.

루검비는 가슴으로 내려온 불기둥이 모래알이 되어 흩어질 때를 기다렸다.

한데 아니다. 이번에는 조금 달랐다. 가슴에서 무엇인가 알 지 못할 액체가 흘러나오더니 불기둥을 감쌌다.

'어! 왜 이런……'

예정되었던 고통이 일어나지 않으니 반갑기 그지없으면서 도 한편으로는 불안하다.

이 세상에 원인없는 결과가 어디 있던가. 어떤 일이 일어날 때는 반드시 원인이 있는 것이다.

액체에 감싸인 불기둥은 양순해졌다.

코로 흡입된 공기가 이끄는 대로 밑으로 내려가 아랫배에 고였다.

'와, 완성! 환희밀공의 완성!'

루검비는 펄쩍 뛰고 싶었다. 너무 기뻐서 어쩔 줄 몰랐다.

아무런 고통도 없이 환희밀공을 끝내리라고는 기대치 않았는데, 백사십팔 개의 기호를 수련하여 그중 하나를 찾으려 했는데 이런 행운이 생기다니.

루검비는 아주 잠깐 동안 원인없는 결과는 없다는 사실을 망각했다. 그리고 그 망각은 곧 엄청난 고통이 되어 휘몰아쳤다.

"아아아아악……!"

옛날에 인법을 처음 겪던 날에 이런 비명을 질러본 것 같다. 아니, 그때도 이만큼 처절하게 비명을 내지르지는 않은 것 같다. 성대가 결절되어 음성이 새어 나오지 않을 때까지 세상이 떠나가라 고함을 내질렀다.

"으아아아악!"

"으음……!"

루검비는 깨질 듯한 두통을 느끼며 정신을 차렸다.

살과 뼈가 일시에 분리되는 것 같은 고통 속에서 최대한 발버둥 친 것은 생각나는데, 그 이후는 기억나지 않는다. 육신이 고통을 이기지 못하고 혼절했던 것이다.

"천…… 법."

이제는 정말로 환희밀공을 수련하고 싶지 않다. 오만 정이 떨어져 버렸다. 한 번만 더 그런 고통을 받는다면 미쳐 버릴 게다.

루검비는 엉금엉금 기어서 석관을 빠져나왔다.

일어설 힘도 남아 있지 않았다. 얼마나 혼절해 있었는지 모르지만 의복은 지금도 땀으로 홍건했다.

"끝…… 이야. 정말 끝이야. 끝……."

루검비는 등을 벽에 기대고 멍하니 어둠 속을 쳐다봤다. 아무 생각도 하기 싫었다. 지법을 겪을 때만 해도 고통이 지나간 후에는 원인을 찾아봤는데, 여기서는 아무것도 하기 싫었다.

충격이 너무 컸다.

하루, 이틀, 사흘…….

루검비는 생각없는 짐승이 되어갔다. 배가 고프면 무덤 밖으로 나가 아무것이나 주워 먹었다. 배가 부르면 석관 속으로 들어가 잠을 잤다.

환희밀공은 두 번 다시 수련하지 않았다. 석실의 벽화도 떠올리지 않았다.

'매에 사로잡혔어!'

서화는 대번에 루검비의 상태를 알아봤다.

형당에 있으면서 족히 수십 번은 보았던 모습인데 잘못 봤을 리 없다. 틀림없이 매에 사로잡혔다.

매에 사로잡힌 인간은 정상적인 판단을 하지 못한다. 매를 무척 무서워해서 때리는 시늉만 해도 벌벌 떤다. 심한 경우에는 아무 일이 없어도 매 맞는 것을 상상해서 미리미리 맞지 않을 짓을 한다. 아무것이나 무엇이든 한다. 사람을 죽이라고 해도 아무런 죄책감 없이 죽일 게다.

루검비가 딱 그 상태다.

도대체 무슨 일이 있었던 것일까?

매에 사로잡힌 인간을 정상으로 되돌리려면 사랑과 애정으로 보살펴 주는 방법밖에 없다. 무슨 짓을 해도 때리지 않을 것이라는 확신을 심어주어야 한다.

그러자면 천법이 중단된다.

매에 사로잡혔던 인간이 스스로 벗어났던 적은 없나?

서화의 경험에 비추어 보면 그런 적은 단 한 번도 없다. 매의 함정은 수렁과 같아서 점점 깊이 빠져들기만 할 뿐, 벗어날 수가 없다.

서화는 망설였다.

'도와줘야 해.'

절대적이다. 그것도 지금 당장 도와줘야 한다. 루검비의 상태로 보아서 적어도 한 달 이상은 차분히 달래주고 보듬어줘야 정상으로 돌아간다.

그럴 수 없다. 삼법이 시작되면 인력으로 중단시킬 수 없다. 그렇다. 루검비는 환희교도가 아니라 죄인이다. 무공을 수련하는 것이 아니라 벌을 받고 있는 것이다. 삼법을 견뎌내든, 견뎌내지 못하든, 또는 견디다가 담옥에 들든 모든 건 하늘에 맡겨야 한다.

서화는 몇 번이나 망설이다가 물러서고 말았다.

'내가 죽이지 않는 것만도 다행이라 생각하면서…… 운을

하늘에 맡기자. 수문장이 될 운명이라면 견뎌낼 거야.'

　루검비는 석관에 집착했다.
　그곳에만 누우면 마음이 편해졌다. 석관의 차디찬 기운이
팔팔 끓는 몸을 식혀주는 것도 좋았다.
　석관은 침상이 되었다. 의자도 되었다. 허기를 채우기 위해
밖에 나가 나뭇잎을 뜯어먹을 때를 제외하고는 하루 종일 석
관에 앉아 있거나 누워서 지냈다.
　버릇도 생겼다.
　환희밀공만 꺼내들지 않으면 고통을 받을 일이 없다는 말을
주문처럼 외우고 다녔다.
　"수련만 하지 않으면 안 아파."
　"수련만 하지 않으면 돼. 그럼 안 아파."
　걸음을 걸을 때나 앉아 있을 때나 늘 같은 말만 중얼거렸다.
그러다가 어느 순간이 되면 상처 입은 짐승처럼 가쁜 숨을 토
해내며 비명을 내질렀다.
　"수련만 하지 않으면…… 으으! 윽! 크으으! 끄으으윽!"
　불기둥이 일어난다. 그리고 상상할 수 없는 고통이 엄습한
다.
　석실의 벽화는 백팔십 개였다. 모두 성교할 때 사용하는 체
위다. 아니, 성교할 때만 사용하는 모습이 아니다. 일상생활에
서 사용하는 움직임 중 대다수가 체위에서 벗어나지 못했다.
　일부러 모습을 취해야만 하는 특이한 자세도 있지만 생활에

서 늘 사용하는 것이 대부분이다. 그냥 편히 누워 있으면 되는 자세도 있다. 두 발을 죽 뻗고 앉아 있기만 하면 되는 것도 있다.

그럴 때마다 의식하지 않아도 벽화가 떠오르고 불기둥이 일어난다.

단연코 수련한 게 아니다. 하고 싶지 않은데 스스로 일어나 육신을 고통의 바다 속에 처넣는다.

벽화는 체위가 아니라 삶에서 떼어낼 수 없는 움직임, 그 자체였다.

"싫어. 하기 싫어. 이제 그만……."

고통이 육신을 휩쓸고 지나가면 극심한 무기력함이 다가온다.

두 다리를 오그려 가슴에 모은다. 두 팔도 한껏 오그린다. 달팽이처럼 사지를 똘똘 말아 오그리며, 제발 살려달라고 부탁한다.

한편으로는 절망이 피어난다. 고통이 죽는 순간까지 영원히 지속될 것이라는 불안감이 엄습한다. 저절로 소멸되거나 제어되는 일은 없을 것이라고 속삭인다.

간절한 애원과 무참한 거절은 자살 충동을 이끌어낸다.

죽어버릴까? 죽으면 아프지 않을 텐데.

"수련만 하지 않으면……."

루검비는 침을 질질 흘리며 같은 말을 되풀이했다.

'끝났어.'

절망이 희망을 삼켜 버리면 생각하는 힘도 절반 이하로 뚝 떨어진다. 그나마 생각이란 것을 해도 모두 생존에 관한 것뿐이다. 구차하더라도, 비굴하더라도 어떻게든 살고 싶다는 생각만 하게 된다. 다른 생각은 일절 하지 못한다. 의식 자체가 차단되어 버린다.

루검비의 지능은 또래들보다 훨씬 낮다.

예전에 얼마나 뛰어났는지는 중요치 않다. 현재의 루검비는 배고프면 아무것이나 먹고, 배부르면 잔다는 생각밖에 못한다.

이런 경우, 그녀가 취해야 할 행동은 없다.

천법을 견뎌낸 것도 아니고, 견디지 못한 것도 아니기 때문이다. 천법은 계속 진행 중이며, 최종적인 결과가 나올 때까지 지켜보는 일만 주어진다.

하나 꼭 똥인지 된장인지 먹어봐야 아는가. 척 보면 앞으로 어떻게 진행될지 환히 보인다.

루검비가 밖으로 나왔다.

솔잎을 따서 씹어 먹는다. 산딸기도 따 먹는다.

쉬익!

서화는 신형을 날려 루검비의 등 뒤로 내려섰다.

루검비는 돌아보지 않는다. 뒤에 누가 와 있는 것도 모르는 것 같다. 올무 없이 맨손으로 노루를 잡고, 토끼를 잡던 날렵한 몸놀림과 반사 신경도 죽었다.

서화는 손가락을 쭉 뻗어 풍부혈(風府穴)을 찔렀다.

풍부혈은 참 재미있는 혈이다. 뒷목의 머리털이 돋은 곳에서 한 치 위에 있는데, 말을 빨리하면 살이 두드러지고 말이 끝나면 오므라든다.

타혈(打穴)에서는 상당히 조심해야 할 혈이다. 기억상실과 반신불수로 이끌기에 딱 좋기 때문이다.

루검비가 풀썩 무너졌다.

서화는 즉시 전신 타혈에 들어갔다.

망설임 같은 것은 없었다. 루검비를 건드리기 전에 충분히 고민했고, 망설였다.

타타타타타탁!

그녀의 손이 솜씨 좋은 요리사의 칼날처럼 경쾌하게 움직였다.

'봉맥(封脈), 봉맥, 봉맥, 충맥(衝脈)……'

혈도의 특성에 따라서 일시적으로 막기도 하고, 강하게 충격을 주기도 했다.

침도 꺼냈다.

서화는 두 손가락으로 침을 들고 잠시 머뭇거렸다.

"잘못되어도 내 탓은 마라."

그녀는 들고 있던 침을 조심스럽게 뇌호혈(腦戶穴)에 놨다.

뇌호혈은 자칫 침을 잘못 쓰면 벙어리가 된다. 그래서 의원들을 침을 사용하지 않고 뜸을 쓴다. 침을 써서는 안 되는 금혈(禁穴)로 치부해 버린 의원도 많다.

다음 침은 뒷머리에 있는 후정혈(後頂穴)에 놨다. 그리고 즉시 후정혈과 대응해 있는 전정혈(前頂穴)에도 후정혈과 똑같은 깊이로 침을 꽂았다.

네 번째 침을 들었다. 이마의 머리털이 솟은 곳에서 한 치 위에 있는 신정혈(神庭穴)에 쓴다.

침을 네 대 놓은 후에는 다시 한 번 전신 타혈을 했다.

'이게 어떤 결과를 가져올지……'

도와줘서는 안 된다는 불문율을 깼다.

혼자서 이겨내야 하거늘, 기어이 도와주고 말았다.

수두화의 명을 어겼고, 교주의 뜻을 배반한 것이며, 환희교에 씻지 못할 죄를 지은 것이다.

왜 이런 행동을 했을까? 냉정한 마음을 잃지 않았었는데. 루검비를 지켜보는 동안 애정이라도 생긴 것일까?

그런 것 같다. 알게 모르게 정이 생긴 것 같다. 아이가 좋아하면 따라서 좋고, 고민을 하면 같이 답답해진다.

'천법은 내가 지켜보면 안 되는 거였어.'

사실 수두화에게 그 말을 하고 싶었다. 하나 그렇게 되면 수두화의 고민은 더 깊어진다. 차기 수두화를 시킬까, 아니면 죽일까 하는 고민을 한 번 더 하게 된다.

다른 화녀에게 루검비를 맡긴다는 것은 그녀를 택할지, 아니면 자신을 택할지, 이도 저도 아니면 모두 버릴지를 선택하라는 강요와도 같다.

지켜보기만 하면 되는 것, 무슨 큰일이 생기랴 싶어서 별생각 없이 천법까지 맡았는데, 이 지경이 되고 말았다.

루검비는 실패작이다. 환희교에서 원하는 수문장과는 거리가 멀다. 인법을 도와줬고, 지법은 미진했으며, 천법에서는 먹히고 말았다.

율법대로라면 담옥으로 이끌어야 마땅하다.

한데 억지로 도와줬다. 수문장 자격을 이리저리 꿰맞춘 것과 다름없다.

이런 아이가 수문장이 되면 어떤 결과를 가져올까?

환희교가 원하는 수문장이 아닌 만큼 파란(波瀾)을 일으킬 게 뻔하다. 아니면 불구덩이 속에서 환희교를 끄집어내야 할 때 능력을 발휘하지 못하거나.

아무래도 후자가 아닐까 싶다.

환희교가 원하는 수문장은 인간이 아니다. 동남동녀가 인법을 견뎌야 한다는 조항에서부터 말이 안 된다. 그런 걸 견뎌내려면 쇠로 만든 인간, 아니, 괴물이어야 한다.

환희교에는 수문장이 있었다.

그는 어떻게 견뎌냈던 것일까?

서화는 루검비를 억지로 살려준 자신의 행동이 환희교를 몰락으로 이끈 것 같아서 착잡했다.

아무리 생각해도 나쁜 점만 있지 좋은 점은 없다.

'화만 있는 건 아닐 거야. 복도 있을 텐데. 이 아이가 무공을 익히면 정말 강할 텐데…… 그럼 복이 되지 않을까? 제발 복이었으면 좋겠는데.'

서화는 무거운 마음으로 일다경(一茶頃)가량이나 앉아 있었
다.

3

세상이 뿌옇다.

어제와 오늘 사이에 무엇인가가 존재하는 것 같다. 한숨 곤
하게 자고난 느낌이 상쾌하기도 하고 무엇인가 빼놓은 것 같
아서 찜찜하기도 하다.

"피곤했나? 내가 왜 이런 곳에서 자고 있어?"

루검비는 벌떡 일어나 몸을 툭툭 털었다.

"아함! 잘 잤다! 으그그그그! 한데서 자서 그런가, 온몸이 찌
뿌듯하네. 날씨도 좋고 배도 출출하고…… 몸도 풀 겸 토끼나
한 마리 잡아먹어야겠다."

길게 기지개를 켜고 몸을 탈탈 터는 모습에서 매에 대한 공
포는 읽을 수 없었다.

루검비는 돌팔매질로 다람쥐를 잡아 구워먹었다.

애완동물처럼 귀여운 놈이지만 산에서 살려면 뭐든지 먹을
줄 알아야 한다.

계곡을 뒤져 가재 몇 마리도 잡아먹었다.

개구리도 눈에 띄었지만 놈은 아직 죽을 운명이 아니었나
보다. 배가 부른 후에 나타났으니까 참 운이 좋다.

기왕 물가에 온 김에 첨벙거리며 물장난도 했다.

루검비는 산속 곳곳을 뛰어다니다가 해가 중천에 뜬 정오 무렵에야 무덤으로 돌아왔다.

"오늘은 성공하겠지? 실패하면……이구! 누가 이따위 무공을 만들어 가지고는. 좀 편하게 수련할 수 있도록 만들면 좋을 텐데. 분명히 심사가 뒤틀린 인간이었을 거야. 그러니까 이따위로 만들었지."

루검비는 연신 투덜거리며 묘 안으로 들어갔다.

'벗어났어!'

천만다행이다. 침술이 효험을 봤다.

고통에 대한 공포를 망각한 것 같다. 조금 잊는 정도만 기대했는데 완전히 잊었다.

'뇌호혈에 침을 놓은 것이 주효했어.'

매에서 벗어나지 못하면 차라리 백치가 되어 사는 게 편할 것 같아서 심하게 찔렀다.

벙어리가 될 수도 있었다.

백치가 되면 이곳저곳 흘러다니면서 못난 짓을 참 많이 할 게다. 할 말, 못할 말 가리지 않고 할 것이다. 그러다 보면 환희밀공에 대한 말도 하지 말란 법이 없다.

죽이는 것보다는 벙어리가 되는 편이 낫다 싶었다.

어떻게든 목숨을 뺏지 않으려고 가진 방법을 모두 취했다.

다행히 살아났다. 매에서 벗어나 다시 천법에 도전한다.

기대했던 것 중 가장 좋은 결과다. 똑같은 상황이 다시 벌어진다 해도 이보다 좋은 결과는 나오지 않으리라.

'운명이 아직은 네 편인 모양이구나. 잘 견뎌봐라.'

매에서 벗어나는 건 쉽지 않다.

한 번 매의 공포를 맛본 사람은 두 번째는 훨씬 빨리 길들여
진다. 두어 대만 맞으면 옛날의 고통을 금방 떠올리고 만다.
그래서 매 맛을 본 사람은 고문이 있을 것 같은 일에 쓰지 않는
다.

루검비도 마찬가지다.

천법에서 무슨 일이 있었는지 모르지만 같은 일이 반복되면
그녀가 취한 조처는 물거품이 된다.

그때마다 뇌호혈에 침을 놓을 수는 없다. 신정혈을 취하는
것도 한계가 있다.

너무 안타까워서 도와주긴 했지만 임시방편이라는 걸 너무
잘 알고 있었다. 며칠 상관으로, 빠르면 이삼 일 내에 같은 일
이 반복될 것이라고 생각했다.

정말로 전에 있었던 고통을 까마득히 잊어버리는 기적이 생
기리라고는 생각지 않았다.

운명이 루검비를 버리지 않은 모양이다.

잘 견뎌내길…… 보기 좋게 천법에서 벗어나 수문장이 되기
를!

묘 안으로 들어온 루검비는 두 손으로 머리를 감싸고 풀썩
주저앉았다. 그리고 사시나무 떨듯이 부들부들 떨었다.

서화의 지법(指法)은 뇌호혈에 침이 꽂히는 순간 풀려 버렸다.

침이 꽂힌다. 몸에 부드러운 손길이 닿는 게 느껴진다. 누르고, 쓰다듬고, 팅기고, 찌를 때마다 막혔던 것이 툭 터진 듯 시원해졌다.

전부터 늘 주위에 누군가 있다고 생각했다.

누군지 궁금해서 찾으려고 한 적도 있다. 하지만 무공을 수련한 어른이 아이의 눈에 뜨이겠는가. 자신의 눈에 뜨일 사람이 아니다. 그래서 찾는 걸 깨끗이 포기해 버렸다.

서화였다.

형당에서 자신을 두들겨 패거나 독물을 먹였던 열 명의 화녀에 대해서는 속속들이 안다. 그녀들이라면 숨소리만 듣고도 누군지 말할 수 있다.

가늘고 긴 손가락, 달착지근한 숨소리…… 눈이 가득 덮인 들판에 피워놓은 모닥불처럼 쌀쌀함 속에 따뜻함을 간직한 여자다. 모닥불이 너무 약해서 주의 깊게 살펴봐야 발견할 수 있지만, 분명히 따뜻함이 있었다.

그녀가 무엇을 하고 있는가?

말해주지 않아도 안다. 인법을 겪을 때, 유화가 이런 식으로 침을 놓고 전신을 주물러 주었다.

상처가 회복되는 건 아니지만 정신이 무척 맑아진다. 매 맞는 것이 두렵다가도 '좋아! 한 번 더 맞아보지. 설마 죽이기야 하겠어?' 하는 마음이 든다.

공포에 짓눌렸던 자신이 보인다.

끔찍한 고통도 생각난다.

등줄기에 식은땀이 흐르고, 몸이 덜덜 떨리는데 다행히도 서화는 알아차리지 못했다. 무슨 생각을 하는지 먼 산을 쳐다보며 깊은 한숨만 내쉰다.

그녀의 기대를 저버릴 수 없었다.

태연하게 일어나 평범한 일상을 시작했다.

다람쥐를 잡았다. 매 맞아 죽는 다람쥐를 보면서 고통에 일그러진 자신을 보았다. 입안에서 으적으적 씹히는 소리는 자신의 뼈마디가 씹히는 소리로 들렸다.

숨을 쉴 수가 없었다. 너무 무서워서 벌벌 떨었다. 그런 모습을 숨기려고 물장난을 했지만 고통이 일어날 것을 생각하니 모골이 쭈뼛 섰다.

묘실에 들어와 서화의 눈길을 피하게 되자 비로소 무겁게 짓누르던 두려움이 전신으로 표현되었다.

두렵다, 너무 두렵다.

루검비는 매에 진 자신의 모습을 보았다. 침을 맞으면서 지난 며칠 동안 자신이 어떻게 지냈는지 주마등(走馬燈)처럼 스쳐 갔다.

자신이 그런 행동을 했다는 게 믿어지지 않는다. 언제든 그렇게 될 수 있다는 것이 두렵다. 의지로 선택할 수 있는 게 아니다. 자신도 모르는 사이에 그렇게 되었다.

또 그렇게 될 수 있다.

'미치긴 싫어. 미쳐서…… 안 돼!'

싫든 좋든 환희밀공은 나타난다.

주의를 하고 있지만 언제 백팔십 가지 자세 중에 하나를 취하게 될지 모른다.

'하자.'

루검비를 이를 악물었다.

'네가 이기나 내가 이기나…… 끝장을 보자.'

루검비는 벌떡 일어섰다.

한쪽에 치워놨던 석관을 찾아 관 위에 덮었다.

매에 진다면 나오지 않을 생각이다. 관 안에서 굶어 죽을 작정이다. 석관을 완전히 닫으면 공기가 통하지 않을 테니, 숨 막혀 죽는 게 먼저겠지만.

관 안으로 들어가 반듯이 누웠다. 그리고 두 손을 올려 석관을 닫았다.

무릎을 굽히고 다리를 벌리기만 하면 즉시 불기둥이 솟구친다.

"하자! 할 수 있어! 버텨보는 거야!"

마지막으로 의지를 다지며 피충주수의 자세를 취했다. 물에 몸을 맡기고 둥둥 떠내려가듯이 편안한 마음으로 불기둥을 맞이했다.

쿠쿠쿠쿠쿠!

불기둥이 거침없이 일어나 등바닥을 긁었다.

환희의 순간도 찾아왔다. 기쁨으로 머리가 터져 버릴 것 같다. 이런 상태만 지속된다면…….

"헉! 크윽! 끄으윽!"

루검비는 벼락에 맞은 것처럼 펄쩍 뛰더니 바들바들 떨었다.

"자, 잡아야…… 아아악! 잡아야! 돼! 아아악! 해봐! 아아아악! 잡아야…… 크으윽!"

루검비는 새어 나오는 비명을 숨기지 않았다. 있는 그대로 토해냈다. 그러면서 의식을 잃지 않기 위해 최선을 다했다.

미칠 수는 없다. 정신을 놓으면 안 된다. 차라리 죽는 한이 있어도 정신을 차린 상태에서 죽자.

"아아아아악!"

그것은 더 큰 고통이었다. 몸에서 일어나는 변화를 객관적인 입장에서 지켜봐야 하기 때문에 무작정 몸부림치는 것과는 비교도 할 수 없었다.

시간이 무심히 흘렀다.

'아아…… 아악! 악!'

언제부터인지 모르겠는데 비명이 들리지 않았다. 소리는 내지르는데 귀에는 안 들렸다.

'안 돼! 미치면 안 돼! 정신 바짝 차리고!'

마음속 말은 똑똑히 들렸다. 미치지도 않았고 정신을 잃지도 않았다. 다만 소리만 들리지 않았다.

목이 쉬었다. 너무 고함을 질러댄 탓에 성대를 다쳤다. 앞으로 소리를 내려면 며칠 동안 푹 쉬어야 한다.

고통이 잦아든다. 죽을 것 같던 고통도 꼭지를 넘어 내려오기 시작한다.

'이겼어…… 이겨냈어…….'

루검비는 탈진하여 축 늘어졌다.

너무 오래 누워 있는 것도 고역이다. 등이 쑤시기 시작하고 몸이 뒤틀린다. 그런 건 상관없다. 때가 되면 밥을 먹어줘야 한다. 그런 것도 참을 수 있다.

루검비는 석관 안에 누워 꼼짝도 하지 않았다.

고통은 끝난 지 오래다. 그 후, 꼼짝하지 않고 누워서 불기둥이 일어나지 않도록 제어하고 있다. 탈진한 체력도 보강되었다. 원래가 체력 하나는 타고났는지라 당장에라도 어디든 뛰어갈 수 있다.

루검비가 석관 안에 누워 있었던 것은 석관에 글이 적혀 있기 때문이다.

묘실을 샅샅이 살펴봤지만 한 군데 빠진 곳이 있었다. 석관 뚜껑이다. 그것도 바깥쪽이 아니라 안쪽이다. 안을 보려면 무거운 석관 뚜껑을 뒤집어야 하는데, 그럴 정신이 없었다. 겉을 살펴보고 아무런 그림도 없자 적힌 게 없다 생각하고 지나가 버렸다.

석관 뚜껑에 일견하기에도 명필(名筆)이 틀림없을 글씨가 적혀 있다.

쉽게 판독할 수는 없다. 워낙 깨알 같은 글씨라서 불을 켜놓고 한 자 한 자 유심히 봐야 한다.

글씨가 있다는 사실만으로도 루검비는 움직이지 못했다.

환희밀공은 남녀가 함께 수련해야 한다. 반드시 남녀가 운우지락을 나누며 한 동작씩 깨달아가야 한다. 지법 벽화가 말하고 있으며, 인법 구결이 증명한다.

천법은 다른 말을 한다.

여인과 몸을 섞는 순간, 수룡과 눈이 맞은 화룡이 아예 둥지를 옮겨 버린다. 수룡을 따라 수룡의 집으로 들어가 버린다.

실질적인 채양보음(採陽補陰)이다.

여인이 원하지 않아도 성교를 나누는 순간, 두 몸이 한 몸이 되는 순간에 사내의 모든 정혈이 빨려든다.

환희밀공은 여자와 관계를 가지면 모든 것을 잃는 동자공(童子功)이었다.

자손을 남겨야 하는 사람은 절대 수련할 수 없는 무공이다. 아니, 수련할 수는 있다. 관계를 가지며 여인에게 진력(眞力)을 선물할 생각이라면 인법, 지법, 천법을 견뎌내도 좋다.

환희밀공은 환희교도들이 음양화합을 이루며 수련하는 선화신공(璇花神功)과는 근본적으로 달랐다.

환희교도 모두가 음양화합을 나눌 수 있지만 수문장만은 용인하지 않은 것이다. 수문장만은 환희교도의 정사에 발을 들여놓지 못하도록 무공에서부터 통제를 가해놨다.

루검비는 여자와 관계를 갖는다는 부분은 그리 심각하게 생각하지 않았다.

이제 열두어 살 되는 아이에게 음양교합 운운하는 것부터가 모순이다. 여자에게 눈을 뜨지 못했는데 무슨 판단을 한단 말인가. 아이가 배꼽에서 나오는 줄 아는 꼬마들에게 이성과 관계를 가지면 안 되는 무공이라고 백 번 말한들 진심으로 알아들었을 리 없다.

최소한 상황 판단을 할 수 있는 어른이 조언이라도 해줄 수 있는 상황이어야 한다.

불공평하다. 간사한 계략이다.

루검비는 여인이 없이도 환희밀공을 수련할 수 있다는 부분에 집중했다.

석관은 보통 돌로 만든 게 아니다.

천년한석(千年寒石)이란 게 있다. 한석(寒石)의 특징을 지닌 돌이 뜨거운 화산재에 뒤덮이고도 성질을 잃지 않은 채 천 년 이상을 버티면 천년한석이라는 이름을 붙인다.

돌의 성질은 단단하며 차갑다.

원래 차가운 것이 돌이기 때문에 한석이라는 말은 맞지 않을지 모른다. 화산재에 파묻혔다고 해도 몇 년만 지나면 차가운 성질을 지니니 성질을 유지했다는 말도 틀릴 것이다.

천년한석에서 말하는 한기란 일반적으로 말하는 한기가 아니다. 조금은 특이한 한기다. 따뜻함을 내포한 한기라고 할까?

보통 돌도 겨울에는 차갑다. 눈이 쌓인 바위 위에 알몸으로 누우라고 하면 기겁을 할 게다.

천년한석은 다르다. 한겨울에 알몸으로 누워도 약간 차갑다는 느낌만 들지 못 견딜 정도는 아니다. 바깥 기온에 비하면 오히려 따스한 경우도 있다.

그럼 온석(溫石)이라고 해야 하지 않을까?

아니다. 천년한석은 여름에도 같은 온도를 유지한다. 태양이 작열해도 뜨겁게 달궈지지 않는다. 너무 차갑지도 않다. 나무 그늘에서 바람을 맞을 때처럼 시원하다는 느낌을 준다.

겨울이나 여름이나 항상 같은 온도를 유지하는 돌.

석관은 천년한석으로 만들어졌다.

천년한석의 특이한 점 중에 하나는 물을 흡수한다는 것이다.

천년한석을 깎아서 석관 형태로 만들면 아주 기이한 현상을 볼 수 있다.

관 위에 물을 뿌리면 땅으로 굴러떨어지는 것이 아니라 관 안으로 빨려 들어가는 것을 볼 수 있다. 물이 어디로 갔나 하고 관 뚜껑을 열어보면 관 안에 찰랑찰랑 고여 있다.

안에 고인 물은 바깥에서 쏟은 물과는 온도가 다르다.

천년한석이 물을 빨아들이면서 한기를 섞었기에 차가운 성질을 지닌다. 바깥에서 뜨거운 물을 부어도 관 뚜껑을 열고 손을 넣어보면 차가운 물이 되어 있다.

소름 끼치도록 찬 것이 아니라 기분 좋을 정도로 시원한 물이다.

이 물을 한정수(寒精水)라 부르며 귀히 여기니, 여인의 음기와 가장 흡사하기 때문이다.

한정수 속에서 환희밀공을 수련하면 합궁한 것과 동일한 효과를 가지면서 화룡을 빼앗기지 않는다.

"치잇! 이런 건 말로 해줘도 되잖아. 꼭 죽도록 아프게 한 다음에 알려줘야 되겠어? 정말 심통 한번 더럽다니까."

루검비는 뛸 듯이 기뻤다.

매일 계곡이 있는 곳까지 내려가서 물을 길어 와야 한다.

석관 뚜껑에 기재된 대로라면 최소한 여섯 동이는 퍼부어야 효험이 생긴다.

루검비는 나무를 잘라 동이를 만들었다.

물 긷는 것은 문제되지 않는다. 지법을 수련하면서 체력 하나는 단단하게 길러났다.

관 뚜껑에 물을 쏟자 한지에 먹물 떨어뜨린 것처럼 넓게 번지며 스며들었다.

여섯 동이의 물이 석관에 배였다.

배인 물은 방울져 관 안에 모인다. 목적한 여섯 동이의 물이 완전히 모이기까지 반 각의 시간을 필요로 한다.

루검비는 남는 시간 동안 벽화의 무공을 다시 한 번 점검했다.

환희밀공은 신공이다. 신공을 수련하는 자세는 백팔십 가지이며, 석실의 벽화에서 볼 수 있다. 여타의 무공이 대부분

입식(立式), 와식(臥式), 좌식(坐式) 등 세 가지 정도로 한정한데 비해 백팔십 가지 자세를 취해야 대주천(大周天)한 것이 되니 조금은 불편하다.

초식은 삼백육십오 자로 이루어진다.

인법에서 앙칼진 여인에게 얻은 구결은 내공심법이 아니라 환희밀공의 초식이었다.

환희밀공은 정해진 초식이 없다. 하니 전수해 줄 초식도 없다. 초식의 전수는 구결을 전해주는 것으로 끝난다. 구결을 음미하여 몇 가지 초식을 얻느냐는 개인의 능력에 맡긴다.

일반 무공들의 초식이 한정되어 있는 것에 비해 큰 차이가 있다.

벽화 밑에 그려진 기호는 경혈의 흐름도가 맞다. 크게 분류하여 마흔 여덟 개, 한 개당 세 개씩 세분하여 백마흔네 개의 내공심법이 있는 셈이다.

거기에 내공심법을 운용하는 자세가 백팔십 개이니 내공을 운용하는 방법이 모두 이만 육천여 개나 된다.

말만 들으면 엄청나 보이지만 별것 아니다. 하루에 백팔십 공을 한 번만 수련하면 된다. 하면 백사십사 일 후에는 한 바퀴 일순(一巡)할 수 있다.

일 년에 두 바퀴 반이고, 이 년이면 다섯 바퀴다.

주어진 기간이 오 년이니 열두 바퀴 반만 돌면 된다.

간단하지 않은가.

루검비는 관 안에 물이 찰랑찰랑 고인 것을 보고 안으로 들어갔다.

첫 번째 취할 자세는 용번(龍翻), 또는 정와(正臥)라 부르는 것으로, 엎드려 책을 읽듯이 두 상완(上腕)을 바닥에 대고 엎드린다.

진기(眞氣)는 회음혈(會陰穴)에서 일으킨다. 전에 불기둥이라고 착각했던 것이다.

진기가 일어나면 의념(意念)으로 길을 인도한다. 화룡이 제멋대로 척추를 타고 올라가게 하는 것이 아니라 흐름도에 그려진 대로 차분히 경혈을 통과시킨다.

수룡은 염려할 필요없다.

관에 고인 물은 그대로이나 한기(寒氣)는 피부를 통해 체내로 스며든다. 그 후, 여인의 수룡과 같은 역할을 하게 된다.

"후우웁!"

길게 숨을 들이켜 수룡과 화룡을 만나게 했다.

두 용은 마나자마자 서로를 칭칭 감았다. 각기 다른 성질의 기운이 하나로 합쳐지며 단전을 향해 돌진했다. 그리고 어느 한순간, 두 기운 모두 감쪽같이 증발해 버렸다.

일 주천(一週天)이 끝났다.

이제는 다른 자세로 다시 일 주천을 한다.

석관에 배인 한기는 십 주천(十週天)까지 유효하다.

십일 주천으로 들어가기 전에 여섯 동이의 물을 길어 와야 한다.

산 아래까지 세 번은 왕복해야 한다. 백팔십 주천을 마치기까지 쉰네 번을 오간다.

그날, 루검비는 오십 주천까지밖에 하지 못했다.

그래도 무척 신나는 하루였다. 고통없이 무공이란 걸 연마했으니 살맛 난다. 하루 종일 쫄쫄 굶었지만 전혀 배고프지 않다. 밤이 깊지만 않았다면, 내일을 생각하지 않았다면 몇 주천은 더 돌릴 수 있을 것이라며 아쉬움을 삼킨다.

밤이 깊었다고 잠을 청하는 건 아니다.

유희성(柳熹成)이라는 묘실의 임자는 늦은 밤에 풀어야 할 과제를 남겼다.

학문 연마다.

루검비는 관솔에 불을 붙이고, 석관이 놓여 있는 좌대를 오른쪽으로 힘껏 돌렸다.

그그그궁……!

석벽이 돌아가며 어두컴컴한 공간을 드러냈다.

유희성이라는 사람은 이 공간을 만고(萬庫)라고 불렀다. 보관된 장서(藏書)는 백 권에 불과하지만 능히 만 권을 읽은 것처럼 학문이 깊어질 수 있다는 뜻이 숨어 있다.

유희성이 온 천하를 떠돈 끝에 직접 수집한 경서들이다.

남아수독오거서(男兒須讀五車書)라, 남자는 자고로 다섯 수레의 책을 읽어야 한다는 뜻이다.

여기 만고에 오거서를 능가할 백 권이 있다.

"해보자. 오 년이면 되겠지."

루검비는 가장 가까이에 있는 책을 뽑아 들었다.

전에는 책만 보면 졸렸다. 하나 이제는 다르다. 누구보다도 학문의 필요성을 절감했다. 석관 뚜껑을 보고 환희밀공에 대해서 거의 알았지만 아직도 삼백육십오 자는 완벽하게 해독하지 못한다.

글을 읽는다고 글을 아는 게 아니다. 글이 지닌 의미를 올바르게 이해할 수 있어야 한다.

이는 글자의 힘이 아니라 지식의 힘이다.

"자시(子時)까지만 읽고 잔다. 인시에 일어나서 한 시진 정도 더 읽고 수련을 시작하면 딱 맞겠네."

루검비는 해시(亥時)가 채 못 되어서 잠이 들어버렸다.

고통없는 수련이었다지만, 루검비 본인은 모르고 있지만 하루에 오십 주천을 행한 것은 자살행위나 다름없었다.

보통 무가에서 수련생에게 시키는 것이 십 주천 정도다. 정통 무인이 폐관수련(閉關修練)을 할 경우가 오십 주천이다.

힘들기 때문이 아니다. 경혈의 조화를 생각해서다. 단련이 되어 있는 상태를 고려하여 매질을 가하는 것이다.

루검비가 행한 오십 주천은 처음 내공심법을 대하는 자가 행할 횟수가 아니었다. 그건 여섯 살배기 어린아이에게 혹독한 매질을 하면서 비명을 지르지 말라는 것과 마찬가지다.

루검비는 책을 배게 삼아 단잠에 빠졌다.

第七章
취적(吹笛)

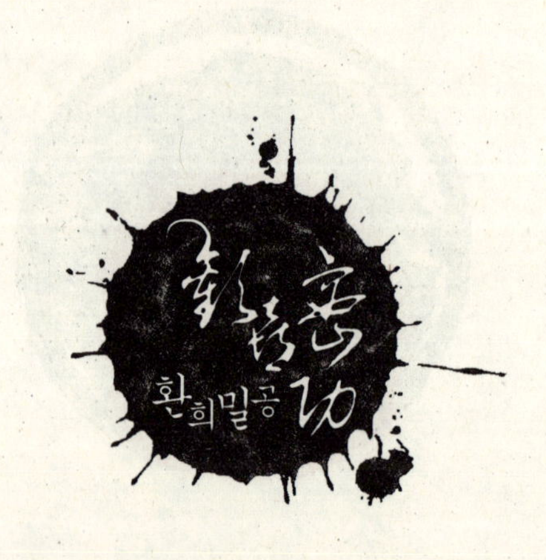
환희밀공

1

십 년 가까운 세월은 활짝 핀 꽃봉오리를 시들게 했다.

탱탱하던 살결에 탄력이 줄어들었다. 눈가에도 주름이 생겼고, 턱에도 살이 붙었다.

여자는 미미한 변화에도 민감하니만치 세월이 지나감을 온몸으로 느낀다.

서화는 허공에 채대를 휘둘렀다.

환희교에는 많은 무공이 있다.

화녀들이 세속에서 배웠던 무공들, 정랑들이 내놓은 무공들…… 일류고수라 일컬을 사람들이 없어서 그렇지 무공의 종류만으로 놓고 보면 대문파에 결코 뒤지지 않는다.

서화는 채대술을 선택했다.

형당에 매여 있는 몸이라 수련을 할 시간은 없었다. 단지 형식적으로 하나 택했는데, 검 같은 병장기를 휴대하기는 싫고 권각술(拳脚術)처럼 육박(肉薄)을 벌이기도 싫어서 채대 무공을 골랐다.

산속 생활을 하는 동안 그녀의 무공은 괄목상대(刮目相對)했다.

온종일 무공 수련을 했다. 그마저도 하지 않으면 하루가 무척 길었다.

쒜엑! 쒜에엑……!

휘청휘청 늘어지는 채대를 사용하는데 칼바람 소리가 흘렀다.

"하앗!"

일곱 초식으로 이루어진 지옥노후공(地獄怒吼功)이 정점을 향해 치달렸다.

그녀가 무심히 고른 채대술은 반드시 피를 뿌리기에 '자옥의 호통' 이라고 불린다.

매 초식마다 살기(殺氣)가 진득하게 묻어난다.

다른 설명은 필요없다. 추격시가미인심백(抽擊時可迷人心魄)이라는 여덟 글자로 모든 말을 대신한다. 채대를 빼내 부딪쳐 가면 심혼이 미혹(迷惑)된다.

죽을 수밖에 없다는 뜻이다.

채대술이라고 하여 부드럽고 나약할 것으로 생각했다면 오산이다.

서화가 오산을 했다. 형식으로 배울 때는 별것 아니었는데, 산에 묻혀 진심으로 수련하자 악마의 숨결이 토해진다.

촤라락……!

채대가 날아가 나무를 휘감았다.

마지막이다. 이제 손끝을 튕겨 잡아당기기만 하면 목뼈가 부러진다. 나무가 사람이었다면 살아날 방도가 없다.

'실전이 필요해.'

서화는 채대술이 무르익을수록 실전을 벌이고픈 욕심이 생겼다.

동물들과는 싸워봤다. 이 산에서 찾을 수 있는 동물 중에 가장 강한 놈은 곰이었는데, 채대를 몇 번 휘두르지 않아서 목뼈를 꺾었다.

일 초에 손을 묶었다. 그 상태 그대로 빙글 돌아 두 발까지 묶으니 힘으로는 어떤 인간도 상대할 수 없는 곰이건만 빠져나갈 수 없었다.

가죽과 살이 필요하지 않았다면 목뼈를 부러뜨리는 불필요한 살상을 벌이지 않았을 게다.

일 초를 더 써서 목을 휘감고 손가락을 살짝 튕기자 우두둑 하는 소리와 함께 목뼈가 분질러졌다.

무인들은 어떨까?

곰은 둔해 보이지만 상당히 민첩하다. 곰의 반사 신경은 웬만한 무인을 능가한다. 거기에 일격필살(一擊必殺)이다. 무지막지한 앞발에 맞으면 절명하지 않을 수 없다.

곰을 죽인다는 것은 어쭙잖은 무인 정도는 죽일 수 있다는 것을 뜻한다.

장사곡에 돌아가면 어떤 위치에 설까? 칠절신군을 상대할 수 있을까? 무리일까? 면도는? 혈우광도는?

되든 안 되든 장사곡으로 돌아가 채대를 휘두르고 싶은 욕심이 생긴다.

푸드드득!

산새가 요란하게 날갯짓을 하며 날아올랐다.

서화는 채대를 거뒀다.

오늘 수련은 끝났다. 이제 움막으로 돌아가서 벽곡단(辟穀丹)으로 저녁을 해결하고…….

쒜엑!

느닷없이 등 뒤에서 자세히 듣지 않으면 들을 수 없을 정도로 미미한 경풍이 불었다.

서화는 즉시 위기를 예감했다.

불지 않아야 할 곳에서 바람이 일어났다는 것은 누군가 움직였다는 것을 의미한다. 굳이 말할 필요도 없다. 맹수이거나 악의를 지닌 인간이리라. 선의(善意)를 지닌 인간이라면 놀라지 않게 인기척부터 내고 나타났을 테니까.

촤르륵!

거둬들이던 채대가 등 뒤로 돌려졌다.

제사초! 번동동천(翻動洞穿)!

채대가 용권풍(龍捲風)처럼 회오리를 일으키며 날아가 표적을 꿰뚫는다!

푸욱!

무엇인가를 꿰뚫었다. 나무를 꿰뚫을 때 맛봤던 묵직한 감촉이 전달된다.

'뭐가……?

쒜엑!

다시 등 뒤에서 미풍이 불었다.

등줄기에 소름이 오싹 돋는다.

뒤에서 미풍이 불어 채대를 쳐냈다. 그녀의 몸은 완전히 돌려진 상태다. 소리가 났던 뒤를 보고 있다. 그런데 다시 등 뒤에서 소리가 난다. 신법이 워낙 빨라서 등 뒤로 돌아가는 것을 보지 못했거나, 두 명 이상이 포위 공격해 온 것이다.

쒜에엑!

서화는 조금도 망설이지 않고 즉시 채대를 쳐냈다.

제이초, 권설타소(捲雪打掃)!

빗자루로 눈을 쓸 듯이 옆으로 그어 부러뜨린다!

스웃!

이번에는 옆이다. 바로 옆! 얼굴만 돌리면 누가 다가왔는지 알 수 있다.

서화는 볼 수 없었다. 얼굴을 돌려서 상대를 보려고 했는데, 몸이 정반대 방향으로 돌아버렸다. 억센 힘이 옆구리를 잡아채더니 반 바퀴를 돌려 버렸다.

"헉!"

서화의 입에서 경악성이 토해져 나올 때, 옆구리를 낚아챘던 손이 어깨를 짚었다.

뭔지 모르겠는데 등이 묵직해진다. 아! 누군가가 올라탔다. 등에 업혔다.

세상에! 이게 꿈인가? 누가 등에 업힐 때까지 뭘 하고 있었나. 업히는 게 아니라 검을 썼다면 지금쯤 죽어 있을 게다.

자신이 상대할 수 있는 자가 아니다.

서화의 두 팔은 하늘을 향해 쳐들려졌다. 겨드랑이 사이로 파고들어 온 힘이 어깻죽지에 힘을 가해 두 손을 올려 버렸다.

"누, 누구!"

상대는 말할 시간을 주었다. 두 손을 들어 올린 후, 잠시 시간을 두었다. 서화가 한마디를 내뱉을 수 있는 시간이다.

등에 업힌 자는 사내다. 등에 사내의 양물이 감지된다.

사내는 잠시 여유를 두었다가 두 발에 힘을 주었다.

스윽! 스으윽!

"으음!"

서화는 고통을 이기지 못하고 신음을 토해냈다.

골반 뼈가 으스러지는 것 같다. 두 손은 마비되어 움직이지 않고, 등에 업힌 자는 철기둥처럼 꼼짝하지 않는데, 골반은 점점 뒤쪽으로 당겨진다.

사내가 두 다리에 힘을 약간 준 것뿐인데 아픔은 극심했다.

사내의 손이 겨드랑이 밑으로 빠져나갔다. 한데도 두 팔을 내릴 수 없다. 언제 어떻게 제압당했는지도 모르는 사이에 마혈(麻穴)을 찍히고 말았다.

투욱!

사내의 손이 등을 툭, 쳤다.

순간, 서화는 몸속의 모든 기능이 정지된 것 같은 충격을 받았다.

피가 멈춘다. 호흡도 멈춘다. 진기도 끊어지고, 사고(思考)도 중단되었다.

시간이 얼마나 지났을까? 촌각(寸刻)에 불과했는데 서화에게는 한 시진이라도 된 듯 길게 느껴졌다.

"컥!"

격한 숨이 토해져 나왔다.

막혔던 모든 기능도 정상으로 돌아왔다. 숨을 쉴 수 있고, 심장이 뛰는 것도 느껴진다.

"이…… 이……!"

서화는 입술만 잘끈 짓이겼다.

아직도 상황은 끝나지 않았다. 자신의 목숨은 타인에게 쥐어졌다. 죄수가 형당에 잡혀왔을 때처럼 어떤 고통이든 받아들여야 한다. 거부하고 싶어도 거부할 수 없다. 그것이 잡힌 자의 운명이다.

그건 좋다. 누가 왜 이런 짓을 하며, 목적이 무엇인지 알고 싶다.

서화는 무슨 말이나 행동이 가해질 때까지 숨을 고르며 기다렸다.

행동은 없었다. 말도 없고…… 그러고 보니 등이 홀가분하다. 큰 충격 때문에 사내가 내려섰음에도 계속 업혀 있는 줄 알았다.

무인의 감각은 실수가 없어야 한다.

자신은 방금 죽음에 이르는 첩경인 듯한 착각을 했다. 잠시나마 육신의 감각을 잃었다.

사내가 등을 친 수법은 너무 고명했다.

서화는 황급히 뒤를 돌아봤다.

없다. 아무도…… 없다. 마치 아무런 일도 없었던 것처럼 조용하다. 방금 있었던 일이 환상처럼 느껴진다. 한데 아니다. 아직도 아픔의 여운이 가시지 않았다. 등에는 사내의 무게가, 체취가, 온기가 남아 있는 것 같다.

'검비?'

루검비가? 아니다. 그럴 리 없다. 하나 이 산에 사람이라고는 자신과 루검비밖에 없다.

서화는 즉시 신형을 날렸다.

'확인해 보면……'

차라리 루검비라면 다행이었는데 누구란 말인가! 누가 어떤 목적으로 공격을 해왔단 말인가!

루검비는 묘실에 틀어박혀 나오지 않았다.

그의 일과는 정해져 있다. 반 시진 수련하고, 반 시진 동안 동이로 물을 긷는다.

그 많은 물을 길어다가 어디에 쓰는지 알 수 없지만 지난 사 년 동안 하루도 거르지 않고 행해왔다.

"하아! 후우!"

묘실에서 숨소리가 크게 울렸다.

특별한 사항은 아니다. 이것 역시 지난 사 년 동안 하루도 빠짐없이 들어온 소리다.

하기는 루검비가 그만한 공격력을 보일 리 없다.

루검비는 무공을 수련하지 못했다. 천법의 고통을 이겨내는 데만도 벅찬지 밖에 나와 나뭇가지 한 번 휘두르지 않았다. 그래도 지법을 견뎌낼 때는 이것저것 잡다한 것들을 했는데, 이곳에서는 완전히 숨죽이며 산다.

루검비가 동이를 들고 나왔다. 물을 길러 가는 게다. 조금 더 기다리자 루검비가 동이 가득히 물을 길어 오는 게 보였다.

서화는 밤이 깊어 루검비가 수련을 끝낼 때까지 지켜보았지만 여느 날과 다른 점은 전혀 없었다.

"도대체 누구야!"

서화는 아미(蛾眉)를 잔뜩 찡그렸다.

무공을 함부로 수련할 수 없다. 수련하기 전에 주위를 둘러보고 누가 있나 없나 살펴보는 것이 일상화되었다.

'없어.'

확실히 없다. 하지만 없다고 할 수 없다. 그놈은 분명히 아무도 없던 곳에서 불쑥 튀어나왔다.

'혼원지전(很圓地轉).'

서화는 한 가지 초식을 떠올렸다.

제육초 혼원지전이다.

어제 일이 환상이 아니라면 놈은 분명히 등 뒤에서 나타날 게다. 하면 혼원지전을 전개한다. 채대가 둥근 원을 그리며 돌아 육신을 묶는다.

언제든 혼원지전을 펼칠 수 있게끔 만반의 준비를 한 후, 지옥노후공을 펼쳤다.

쒜엑! 스슷!

제일초 절단창파(折斷槍靶)가 전개되었다. 목표로 한 나무로 날아가 부드럽게 휘감았다. 그때, 서화의 두 귀에 자신이 만들어낸 소리 속에 낯선 소리가 섞여 있음을 감지해 냈다.

'왔어!'

불문곡직(不問曲直) 채대를 거둬들임과 동시에 등 뒤를 향해 혼원지전을 펼쳤다.

쒜에엑……!

채대를 움직였는데 화살을 쏘아냈을 때처럼 날카로운 파공음이 울렸다.

스웃!

놈이다! 놈이 나타났다! 놈은 혼원지전을 배 위로 흘려보냈다. 철판교(鐵板橋)의 변형으로 두 다리를 고정시키고 허리만 뒤로 눕혀 포위에서 벗어났다.

뿐만이 아니다. 놈은 지네가 기어가는 것처럼 땅에 허리를 바짝 붙인 채 빠른 속도로 다가왔다.

'엄청난 힘!'

다리와 허리 근력이 무쇠처럼 단단하지 못하면 펼칠 수 없는 수법이다.

서화는 마음이 쫓겼다.

상대가 너무 강해서는 아니다. 솔직히 이 시점에서 상대를 이겨낼 수 있다는 생각은 하지 않는다. 얼굴을 봐야 한다. 누군지 알아야 한다. 상대는 등을 땅에 댄 상태다. 얼굴을 하늘로 향하고 있으니 고개만 약간 숙이면 볼 수 있다.

한데 서화는 간단하기 이를 데 없는 그 행동을 하지 못했다.

터억!

놈의 두 다리가 서화의 다리 안쪽으로 스며들더니 덧걸이를 하듯이 발뒤꿈치를 걸어 올렸다.

서화의 몸이 허공에 둥실 떠올려졌다. 놈처럼 하늘을 쳐다보며.

다른 점이 있다면 놈은 땅에 붙어 있고 자신은 허공에 떠 있다는 것이다. 이는 놈은 선공(先攻)을 취할 수 있고, 자신은 방어부터 생각해야 한다는 것을 의미한다.

방어? 후후후! 어찌 방어를 생각했을까? 놈을 만났는데. 놈에게 선공을 당해 허공에 띄워졌는데. 그럼 끝난 것 아닌가. 진작 방어조차 마음대로 할 수 없다는 것을 깨달았어야 한다.

놈이 목덜미를 움켜쥐더니 쭉 끌어당겼다.

털썩!

거칠게 땅에 처박힐 줄 알았는데, 사람 몸 위에 떨어졌다.

놈의 몸이다. 놈은 어느새 위아래의 방향을 바꿨다. 방향을 바꾸지 않았다면 머리가 다리에 부딪쳤어야 하는데 느낌이 전혀 다르다. 널찍한 가슴이다.

두 다리는 다리에 닿았고, 등은 배에 부딪쳤다.

“훗!”

헛바람이 절로 튀어나왔다.

사내의 허벅지가 넓적다리를 조였다. 무릎으로는 무릎을, 종아리는 종아리를 잡았다. 두 팔은 어제처럼 겨드랑이로 솟구쳐 양쪽 견정혈(肩井穴)을 눌렀다.

상당히 곤란해졌다. 거미줄에 걸린 나비도 이보다는 자유로울 것이다. 나비는 발버둥이라도 쳐볼 수 있지만 자신은 꼼짝 못한다.

“너 뭐야!”

분함을 간신히 억누르고 애써 냉정을 유지하며 물었다.

놈은 말이 없다. 완벽한 제압을 즐기는 듯한데, 숨소리조차 들리지 않으니 소름만 끼친다.

‘이놈이 왜 등에만 달라붙어서……’

서화는 묘한 기분이 들었다.

이 자세…… 바꿔서 생각하면 선부(蟬附)라는 체위(體位)다.

여자는 엎드려 눕는다. 남자는 그 위에 포개어 엎어진다. 남성 상위의 배위(背位)로, 여자가 잘 받쳐 줘야 음양교환(陰陽交

換)의 노래를 부를 수 있다.

'아냐, 아냐! 이런 상황에서 내가 지금 무슨 생각을……'

서화는 얼굴이 빨개졌다.

선부는 남녀 모두 땅을 봐야 하는 자세다. 지금은 둘 모두 하늘을 쳐다보고 있다. 선부를 들어서 뒤집어놓으면 바로 이 자세가 된다. 그런 연유로 잠시나마 선부를 떠올린 것이다.

하나 다시금 생각해 보니 완전히 다르다.

선부는 남자가 적극적으로 움직인다. 반면에 여자는 합궁이 잘되도록 보조를 잘해주어야 한다.

현재의 자세는 교합이 불가능하다.

우선 남자가 움직이지 못한다. 여자도 움직임에 제한이 크다. 남녀 모두 운우지락에 필요한 힘이 나오지 않는다.

이건 단지 능구렁이가 먹이를 잡을 때처럼 몸을 돌돌 말아 꼼짝 못하게 만든 것에 불과하다. 한데,

"헉!"

서화는 다시 한 번 헛바람을 토해냈다.

놈은 가만히 있다. 자신도 가만히 있다. 괴상하게 사로잡힌 후부터 지금까지 양쪽 모두 손가락 하나 꼼지락거리지 않았다. 그런데 욕기(慾氣)가 치민다. 몸이 뜨거워진다.

"너, 너…… 이 더러운……."

행동이 없는데 욕기가 치밀면 약밖에 생각할 게 없다. 환락산(歡樂散) 계통의 약을 쓴 게 틀림없다는 생각이 들었다.

놈이 노린 건 여체였나?

음기(淫氣)가 무섭게 일어난다. 무공에 소용되는 기운이 아니라 색욕(色慾)만을 원하는 욕구다.

사내는 불결했는데, 사내와 교합을 가진 뒤에 찾아오는 허탈감이 싫었는데, 사내의 냄새도 싫고…… 모든 게 역겨워 석녀(石女)가 되었는데…… 이제 불꽃이 피어난다. 그것도 주체할 수 없을 만큼 무섭게 일어난다.

투욱!

어제처럼 등에 일격이 가해졌다. 다리에서도 힘이 느껴졌다. 치는 것이 아니라 밀어 올리는 것이다.

서화의 몸은 다시 허공이 둥실 떠올려졌다. 그리고 장난스런 음성이 귓전을 때렸다.

"크큭! 꽤 센 줄 알았는데 별거 아니네. 두 번이나 당하면 운이 없는 게 아니거든. 실력이 없는 거지. 쯧!"

서화는 너무 놀라 중심을 잡지 못했다. 신법을 운용할 생각도 하지 못했다. 허공에 떠올려진 몸이 거칠게 떨어지며 땅을 울렸다.

쿵!

그녀는 아픔도 생각할 겨를이 없었다. 퍼뜩 고개를 들어 놀란 눈으로 사내를 쳐다봤다.

어른이라고 해도 전혀 손색없을 건장한 장부가 서 있었다.

"검…… 비!"

2

지법 벽화의 기호에는 사람 얼굴 하나에 마르고, 보통이고, 뚱뚱한 세 가지 체형이, 그리고 그 밑에는 경맥 흐름도가 그려져 있었다. 환희밀공은 세 체형을 일컬어 간공(干功), 상공(常功), 반공(胖功)이라고 한다.

재미있게 들리는가? 천만에! 아주 잔인한 그림이다.

그 체형들은 죽은 사람의 모습을 뜻한다. 바짝 말라 죽고, 그냥 죽고, 퉁퉁 부어 죽는 것을 의미한다.

하나의 행공으로 죽은 시신의 모습을 세 가지나 만들 수 있다.

어떤 경맥 흐름도를 썼느냐에 따라서 각기 다른 죽음을 맞이한다.

루검비는 실전을 통해 비슷해 보였으나 전혀 달랐던 행공들의 진가를 확인했다.

서화가 공격 대상이었다.

첫날 공격에서는 보통 체형의 흐름도, 상공을 선택했다.

공격 형태는 세간에서는 선부라고 하지만 벽화에서는 한선고롱(寒蟬靠攏)이라고 하는 자세, 여덟 번째 그림을 썼다.

선부는 '매미가 붙는다'라는 뜻이다. 한선고롱은 '가을 매미가 기대어 누른다'라는 말로, 한결 행동적이다.

달라붙는 방식은 상관없다. 업히든, 배 위에 올려놓고 눕든…… 등 뒤로 달라붙기만 하면 된다. 그림을 있는 그대로 해석할 필요는 없다. 광범위하게 응용동작을 넓혀가야 한다.

삼백육십오 자가 자의적으로 해석하여 끝도 없이 영역을 넓혀가듯이, 백팔십 자세도 응용하기에 따라서 수천 가지 자세로 변화한다.

서화의 등에 찰싹 달라붙기까지는 오직 자세만 생각했다.

어떤 자세를…… 그러다가 공격이 끝난 후에 살펴보니 한선고룡이었다. 일부러 한선고룡을 택한 것이 아니라 공격의 결과가 그 모습이었다.

간공? 상공? 반공?

즉각적인 결단을 요구한다.

루검비는 상공을 선택했다. 불의의 실수를 저지르더라도 피해를 최소화할 수 있는 내공 운용법이다.

불기둥이 일어나 독맥(督脈)을 흐른다. 여기까지는 혼자 수련한 것과 다를 바 없다. 독맥과 임맥(任脈)이 만나면서 변화가 생긴다. 수련 시에는 석관의 한기를 이용했지만 실전에서는 적의 기운을 이용해야 한다.

화룡이 상대방에게 건너가 상대방의 임맥을 지나쳤다.

정확히 말하면, 화룡은 입술 아래 우묵한 곳, 승장혈(承漿穴)에서 서화에게 건너가 배꼽에서 한 치 위에 있는 수분혈(水分穴)에 이르러 자신에게 돌아왔다.

삼백육십오 자 중 넉 자, 이체관통(二體貫通)이 뜻하는 바다.

진기가 두 사람의 몸을 관통한다는 것으로, 동서고금 역사상 출현한 적이 전혀 없는 내공 운용법이다.

여기서 가장 힘든 부분이 인체의 반응이다.

인체는 타인의 것을 배척한다. 타인의 기운, 피, 살, 장기…… 모든 걸 배척한다. 자체에서 생산된 것이 아니면 서로 섞이는 것이 아니라 잡아 죽이려고 으르렁거린다.

승장혈로 들어간 양기는 석관의 한기가 여자의 음기로 위장했듯이 상대의 기운으로 위장한다.

위장한 진기는 승장혈에서 수분혈에 이르는 동안 서화의 음기와 충분히 뒤섞인다.

음기는 거름망 역할을 한다. 루검비의 양기 속에서 불순물을 빼내 자신이 갖고 자신의 음기를 보태 양질의 양기를 만든다.

음기로 위장한 양질의 양기는 서화의 단전에 쌓여야 한다. 음기도 그렇게 알고 부지런히 일을 한다. 하나 양기는 단전에 이르기 전인 수분혈에서 빠져나간다.

상공은 양기를 정화(淨化)시키는 내공심법이다. 상공을 전개하면 할수록 양기는 정순해진다.

이를 사내에게 활용하면 전혀 다른 효과가 생긴다.

이때도 위장은 여전하다. 다만 음기로 위장하는 것이 아니라 상대의 양기로 위장한다.

승장혈에서 수분혈에 이르는 동안 양기와 양기가 뒤섞여 하나가 된다. 거름망이 없는 대신에 양기는 두 배로 확장된다.

하나 수분혈을 통해 빠져나올 때는 모두 함께 가지고 나오지 않는다. 나쁜 것은 버리고, 좋은 것만 취한다.

들어간 분량만큼만 빼내온다.

목적이 정화(淨化)에 있기 때문이다.

상대는 건실한 기운을 모두 빼앗기고 쓰레기만 남는다. 쓰레기는 곧 독기(毒氣)로 변하고, 독기는 목숨을 앗아간다.

서화는 죽지 않았다. 한 번의 행공 후에 멈췄기 때문이다. 그러나 그것만으로도 서화는 극심한 고통을 겪었다. 나쁜 기운이 핏속으로, 장기 속으로, 경맥으로 파고든 결과다.

둘째 날은 마른 체형의 흐름도, 간공을 택했다.

체위는 역시 한선고롱.

루검비는 누워서 시전했다. 눕자고 생각했던 것이 아니라 어쩌다 보니 눕는 상황이 되었다. 가장 신속하게 서화를 제압하다 보니 그렇게 되었다.

누운 상태에서 어떤 행공을 쓸까 생각했다. 그러다가 간공을 떠올렸다.

서화는 음심(淫心)으로 들끓었다.

당연하다. 서화가 특별히 음탕해서 그런 건 아니다. 자연의 이치가 그렇기 때문이다. 사내의 강렬한 양기가 몸속으로 흘렀으니 음기가 들끓지 않을 수 없다. 양기를 보고 미친 듯이 달려드는 게 정상이다.

상공처럼 위장한 것이 아니라 본연의 실체를 드러내며 흘렀기 때문에 발생한 현상이다.

서화는 피부가 따끔거렸으리라.

이질의 기운이 몸속을 흐르면서 생기는 반응이다. 하나 느끼지는 못한다. 그런 반응은 아주 미미하기에 적에게 제압된 상황에서 느낄 만한 것이 아니다.

서화의 음기에게 강렬한 추파를 던진 화룡은 유유히 수분혈을 통해 돌아온다. 이때는 혼자 오지 않는다. 화룡에 이끌린 수룡들이 수분혈을 통해 함께 빨려온다. 단 한 방울의 음기도 남아 있지 않을 때까지 남김없이 빨아들인다.

흡(吸)!

정화가 아니라 흡이다. 음기를 남김없이 빨아들여 말려 죽이니 간공이다. 음기가 완전히 빨린 시신은 바짝 말라 죽으니 마른 체형을 그려놓은 것이다.

서화는 그런 상태까지 이르지 않았다. 수룡이 화룡을 따라 빨려오려는 순간에 내공 운용을 중지했다.

이 역시 여자에게만 해당되는 게 아니다.

남자에게 사용하면 화룡이 화룡을 쫓는 추격전이 된다.

사자는 자신의 영역에 다른 사자가 사는 것을 용납지 않는다. 진기도 마찬가지다. 낯선 진기가 떠도는 것을 보게 되면 몸 안에 있는 양기란 양기는 모두 일어나 추격전에 가담한다.

수룡이 화룡을 쫓듯이 지옥 끝까지 화룡의 뒤를 쫓아온다.

여자는 음기를 빼앗겨 죽고, 남자는 양기가 빨려 죽는다.

교접을 하지 않고도 채음보양(採陰補陽), 채양보양(採陽補陽)을 이룰 수 있는 극한의 사술(邪術)이다.

간공을 행하면 행할수록 양기는 강성해진다.

서화에게 시전하지 않은 반공은 극히 위험하다.

반공은 승장혈과 수분혈 사이에 가상의 양기를 만들어놓은 후, 빠져나오는 운용법이다.

상대의 진기는 허상을 향해 끝없이 달려든다. 경맥이 피로에 시달리다 못해 퉁퉁 부어오르는데도 적이 죽지 않았으니 달려들어 죽이려 한다.

결국 가장 먼저 혈맥이 터진다. 신경도 끊어지고, 장기도 손상을 입는다. 죽을 수밖에 없다. 요행히 목숨을 건진다고 해도 폐인이 되니 차라리 죽는 게 나을 게다.

루검비가 묘실에서 나와 서화를 상대로 실전을 벌여본 것은 환희밀공의 수련이 끝났기 때문이다.

오 년 동안 이만육천여 개의 행공(行功)을 열두 바퀴 반이나 돌린다는 원대한 계획을 세웠다. 하나 하루 이틀 지나면서 결코 달성할 수 없는 계획이란 걸 알게 되었다.

철인인 루검비가 죽어라고 수련한 것이 하루 오십 주천이다. 난이도가 까다로운 행공을 할 때는 십 주천도 못 채웠다. 여섯 동이의 물만 길어 오면 일과가 끝난다.

엄밀히 말하면, 일 주천(一週天)이라는 말은 틀렸다.

루검비가 행한 것은 주천이 아니라 행공(行功)이다. 백팔십 주천이 아니라 백팔십 행공이다.

루검비는 간공, 상공, 반공을 비슷하게 생각했다. 아니, 기호에 있던 백사십사 개를 모두 비슷하게 봤다. 그래서 벽화 그림 백팔십 개의 자세를 하나로 묶어 일 행공(一行功)으로 간주했던 것이다.

틀린 생각이었다. 그림 하나에 경맥 흐름도 하나가 묶여서 행공 하나로 처리된다.

지법 석실에 있던 행공도는 이만 오천구백이십 개였다.

그 많은 것을 열두 바퀴 반이나 돌린다고 생각했으니 얼마나 미친 생각인가.

루겸비는 이 년이 지나갈 무렵에야 겨우 한 바퀴를 마쳤다. 하나 다시 한 바퀴를 돌리는 데는 일 년밖에 소요되지 않았다. 그다음은 육 개월로 줄어들더니, 삼 개월로까지 짧아졌다.

사 년이 지났을 때, 루겸비는 수레를 다섯 바퀴나 돌린 후였다.

수련 기한이 단축될 수 있었던 것은 오로지 석관 한기의 지속성이 길어졌기 때문이다.

처음에는 물 여섯 동이로 십 주천을 하면 한기가 사라졌다. 환희밀공을 한 바퀴 돌리는 내내 그랬다. 하나 두 번째로 수레를 돌리기 시작하자 이십 주천까지 버텨주었다. 그다음은 획기적으로 늘어나 사십 주천까지 버텨주고.

계곡 아래까지 달려가서 물을 길어 오는 과정이 생략되었으니 수련도 빨라질 수밖에 없다.

마지막 다섯 바퀴를 돌릴 무렵에는 하루 종일도 버텨주었다.

백팔십 행공이 끝나도록 물을 갈아줄 필요가 없었다.

그러다가…… 정말 큰일 날 뻔한 일이 발생했다.

계속에서 물을 긷다가 행공의 유혹에 빠져 신공을 운용하고

만 것이다.

물가에 앉아서 알을 품은 닭이 둥지를 튼다는 벽화 사십칠 번 부계작와(孵雞作窩)를 펼쳤다.

동이에 물을 긷다가 동이를 놓아버리고 그 자세 그대로 운공을 행한 것이다.

사실 큰일 날 일은 없다. 지법을 겪으면서 온갖 고통은 다 겪어봤으니 한 번 더 겪으면 되는 일이다. 사 년 동안 고통없이 살다가 새삼스레 옛날로 돌아가려니 그게 갑갑할 뿐이다.

한데 극심하게 일어나야 할 고통이 없었다. 양기는 도도하게 전신을 휘돌았다. 기도를 통해 들어온 공기는 가상의 음기가 되어 화룡과 어울리더니 단전으로 스며들었다.

우연히, 아주 우연찮게 환희밀공의 완성을 알아냈다.

그는 동이를 물가에 던져 놓고 한달음에 달려와 석관 뚜껑을 다시 살폈다.

사 년 전, 글을 잘 몰랐던 시기에 읽었던 글귀들이 새롭게 해석되어 각인되었다.

유희성이 남긴 백 권의 경서는 그를 천하제일의 석학으로는 만들지 못했어도 박학(博學) 한 사람으로는 탈바꿈시켜 놓았다.

마지막 다섯 번째의 수레를 돌릴 필요가 없었다.

석관에서의 수련은 화룡이 가상의 수룡에 익숙해질 때까지이다.

기한까지 명시되어 있다. 빠른 사람은 오 년, 기감(氣感)이

조금 떨어지는 사람은 십 년, 그보다도 못하면 평생을 수련해
도 얻지 못할 수 있다고 기재되어 있었다.

루검비는 사 년 만에 가상의 수룡을 얻어냈다.

유희성이 말한 오 년은 인세에서 찾기 힘든 기재를 뜻한 것
인데, 그보다도 일 년이나 앞당겼다.

수문장이 되는 조건으로 인법, 지법, 천법을 겪게 한 사정도
기술되어 있었다.

환희밀공은 이체관통을 주된 골자로 한다.

타인의 몸 안에 진기를 흘려보내 빨아들이고, 정화시키고,
끝없이 휘돌리게 한다.

걸려들기만 하면 천하제일인이라도 빠져나갈 수 없는 죽음
의 신공이다. 아니, 살기가 지나치니 마공(魔功)이다. 인세에
나타난 적이 없었던 기이한 신공이니 기공(奇功)이며, 자칫 사
공(邪功)으로 오인받기 딱 알맞다.

하나 무적에 가까운 환희밀공에도 단점이 있다. 음양교합이
다.

이체관통이 아닌, 전혀 다른 방식으로 음기를 접하게 되면
화룡을 통제할 수 없게 된다. 이성이 마비되고 오직 본능만 쫓
는 사내가 되는 것이다. 그것도 미친 듯이 말이다.

가상의 수룡만 탐해왔고, 이체관통으로 냉정함을 유지한 채
수룡을 접해왔는데 실질적인 수룡과 아무런 제약이 없는 상태
에서 직접 맞닥뜨렸으니 어떻겠는가.

미치는 것이 당연하다. 앞뒤 가리지 않고 모든 것을 쏟아부

을 것이 자명하다.

세상 어떤 사내보다도 정력이 왕성해지는 순간이다.

그다음은 문제가 더 크다. 진짜 수룡에게 맛이 들린 화룡은 수룡을 따라 거처를 옮겨 버린다. 간공과 정반대로 수룡을 따라가서 여인의 몸에 흡수된다.

사내는 모든 양기를 잃는다. 죽는다. 살아도 폐인이다.

글을 잘 몰랐을 때 읽었던 화룡이 수룡을 따라 거처를 옮긴다는 뜻이 이것이었다.

환희밀공을 수련한 사람은 평생을 인고(忍苦)의 고통 속에서 살아야 한다.

이는 보통 사람이 색욕(色慾)을 참는 수준이 아니다. 그의 몸 안에는 보통 사람보다 훨씬 강한 양기가 흐른다. 환희밀공을 수련하는 것만으로 네 배 내지 다섯 배 정도는 강해진다.

이 정도만 해도 치마를 두른 여자만 보면 달려드는 지경이 된다.

하물며 환희밀공은 여기서 그치지 않는다. 간공을 전개할 때마다 강성해지고, 상공을 펼칠 때마다 정순해진다.

가히 십 리 밖에서 여자 냄새만 맡아도 달려드는 호색한(好色漢)이 되고도 남는다.

그만한 양기를 주어놓고 관계만 가지면 모든 걸 빼앗아 버린다니, 이 얼마나 혹독한 주문인가.

강함을 택했다면 참아야 한다. 이를 악물고 참아라.

여섯 살배기가 세상에 존재하는 모든 매질을 당하는 것보다 더한 고통이다. 지법, 천법에서 당한 고통도 어린아이 장난에 불과하다.

인법, 지법, 천법은 상징적인 의미가 있다. 꼭 삼법을 거쳐야만 환희밀공을 수련할 수 있는 것은 아니다. 사실 아무나 수련할 수 있다. 동남동녀가 수련하면 더욱 좋지만 동정을 잃어버린 사람이 수련해도 상관없다.

이미 알아버린 운우지락의 맛을 포기할 수 있다면, 극도로 왕성해진 활화산을 의지로 억누를 수 있다면.

세상에 그런 사람이 어디 있나. 없다. 운우지락의 맛을 알아버린 사람은 결코 금욕(禁慾)하지 못한다. 보통의 환경이라면 할 수 있다. 결혼 후에 출가(出家)하여 스님이 되는 사람도 종종 있다. 환희밀공처럼 최악의 환경 속에서 버틸 수 없다는 말이다.

환희밀공을 수련한다는 것은 사시사철, 눈을 뜨고 있으나 감고 있으나 세상에서 가장 강한 음약(淫藥)에 중독된 것과 같은 상태다.

음약에 취한 사람 곁에 발가벗은 여인들을 세워놓고 넌 손댈 수 없는 여자들이니 금욕하라 하면 어떤 반응을 보일까. 과연 몇 명이나 견뎌낼 수 있을까.

이것이 환희밀공이다.

그렇다! 삼법 정도는 우습게 거쳐야 환희밀공을 수련할 자격이 생긴다. 음약을 참아내고 태연히 눈길로 여자를 쳐다볼 수 있으려면 그까짓 고통들쯤은 우습게 여길 줄 알아야 한다. 그리고 이런 말은 오직 환희밀공을 얻고, 고통을 느낀 자만이 할 수 있다.

루검비도 고통을 안다.

서화를 공격하는 순간, 숨 막힐 정도로 큰 충격을 받았다. 그녀의 물렁물렁한 살결을 만지자 전신에 벼락이 떨어졌다. 짜릿한 전율은 한순간에 양물을 곤두세웠다.

무공이고 뭐고 필요없다는 생각이 들었다. 이대로 여인의 품 안에서 녹아버리고 싶다는 생각이 절절했다. 갈 곳은 잃은 양물은 서화의 등만 할퀴었다.

그 고통…… 그 유혹…….

루검비의 무엇 때문에 이러한 현상이 일어났는지 안다.

더군다나 이팔청춘 열여섯이란 나이는 이성에 대해 왕성한 호기심을 불러일으킨다.

루검비는 재빨리 서화에게서 물러났다.

그녀를 공격한 것이 아니라 오히려 공격을 당했다는 표현이 맞을 것이다.

그는 바삐 묘실로 돌아왔다. 그러지 않으면 자칫 추태를 보일 것 같았다. 아니, 서화에 대한 유혹이 육신을 잡아끌었다.

그녀는 언제든 제압할 수 있다. 언제든 안을 수 있다. 백팔십 가지 체위를 알고 있다. 어떤 체위가 좋겠나. 서화에게는 어떤 모습이 어울릴까? 그녀의 살결…… 촉촉이 묻어나는 감촉.

머릿속에서 악마가 속삭였다.

그는 묘실로 들어온 후에도 곤두선 양물을 죽이기까지 한동안 쩔쩔맸다.

환희밀공…… 여인에게는 함부로 쓸 게 못 된다. 여인에게는 무척 약하고 사내에게는 아주 강한 무공이다.

둘째 날도 마찬가지다.

건공을 전개하는 순간 서화를 취하고 싶은 욕구에 몸부림쳤다.

그녀는 꼼짝하지 못한다. 거미줄에 걸린 나비다. 손가락을 움직이기만 하면 옷을 벗길 수 있다. 그러면 뽀오얀 살결이 나타나리라. 솜처럼 폭신폭신한…….

사람의 도리로 서화를 탐낼 수 없다. 어린아이였던 자신의 손을 잡아주었던 어른이다. 나이가 배는 많은 아줌마다. 생각하자. 서화는 인법을 전개했다. 침으로 혈도를 쿡쿡 쑤시며 악랄하게 고통을 가한 여자다.

아무 소용이 없었다. 서화는 여자일 뿐이다. 나이가 많든 적든 눈에 들어오지 않는다. 미추(美醜)도 따지지 않는다. 악녀(惡女)인들 어떤가. 여자다.

루검비가 황급히 물러설 수밖에 없었다.

서화의 사정을 고려한 탓도 있지만 자신의 욕구를 더 이상 참아내기 힘들었다.

"크큭! 꽤 센 줄 알았는데 별거 아니네. 두 번이나 당하면 운이 없는 게 아니거든. 실력이 없는 거지. 쯧!"

"검…… 비!"

두 사람은 발갛게 상기된 얼굴로 서로를 쳐다봤다.

3

"안 되는 것 알지?"

"……."

"일 년 남았는데 여기서 기다리면 안 될까?"

서화는 루검비의 뒤를 졸졸 따라가며 달래기에 급급했다.

루검비는 컸다. 몸만 큰 게 아니다. 모든 게 컸다. 그녀의 도움을 필요로 하지도 않을뿐더러 마음에 안 든다고 옛날처럼 침을 꽂을 수도 없다.

"환희교를 버릴 거니?"

"……."

"휴우! 할 말이 없구나. 그럼…… 잘 가거라."

서화가 걸음을 멈췄다.

루검비는 하산(下山)하는 중이었다.

짐승 가죽으로 얼기설기 만든 옷을 걸치고, 여자처럼 치렁치렁 늘어진 머리를 흔들며 앞서 나간다.

그가 환희교를 버린다고 해도 할 말이 없다.

교주의 뜻을 따르는 것과 거역하는 것은 그의 자유다. 따르면 좋고, 따르지 않을 경우에는 교주가 말한 대로 징계를 가하면 된다.

서화는 징계하지 못한다.

그녀가 이곳에 있는 이유 중에 하나가 루검비를 죽이는 것이다. 그가 천법의 고통을 피해 도주할 경우, 지옥 끝까지라도 쫓아가서 죽여야 한다.

루검비는 천법을 피해 하산한다. 당연히 그녀는 죽여야 한다. 하나 죽일 힘이 없다. 죽자 사자 싸운다면 오히려 그녀가 당할 판이다.

"안 내려갈 겁니까?"

"내려가긴 가야지. 하지만 너와 같이 갈 수는 없구나."

도와줄 것도 없고, 죽일 수도 없고…… 그녀가 할 일은 없었다. 아니, 있었다. 환희밀공의 비밀을 아는 자, 죽어야 한다. 교주와 수문장을 제외하고는 그 누구도 환희밀공을 몰라야 한다.

딱 한 사람, 예외로 인정하는 사람이 있다. 형당 수두화다. 수두화는 교주와 수문장 간에 연락을 맡고 있어서 특별히 예외로 한다. 물론 어떠한 경우에도 입을 다물 것이라고 확신하는 사람이니 예외를 인정한 것이다.

사 년 전, 수두화는 산을 떠나면서 아무 소리도 하지 않았다. 서화에게 차기 수두화를 맡긴다는 말 같은 것은 입 밖에도 내지 않았다.

사실 형당에서 수두화가 될 사람은 많다. 칼을 잘 쓰기로는 첨화요, 의술로는 유화다. 그 둘은 인품으로도 나무랄 데 없다. 스스로 생각해도 자신은 그녀들을 따라갈 수 없다.

서화는 수두화의 무언(無言)을 죽음으로 받아들였다.

윗사람의 뜻을 알아서 받드는 것도 아랫사람의 도리다.

이제 그녀가 할 일은 끝났다. 루검비에게 손을 댈 처지가 아니니, 남은 건 입을 다무는 것뿐이다.

그녀는 죽을 생각이었다.

"왜요? 내가 떠나면 할 일도 없을 텐데."

공격자가 루검비라는 걸 알았을 때, 진작부터 자신의 존재를 탐지하고 있었다는 걸 알았다.

감시는 자신이 한 게 아니라 루검비가 했다.

하기는, 무공 차이가 이토록 현격하게 벌어질 줄을 어찌 알았겠는가. 수련하는 모습을 본 적이 없는데, 언제 수련했을까? 좌우지간 환희밀공은 대단한 절학이다.

기분이 나쁘다는 건 아니다. 무척 좋다. 친동생이 가슴 뿌듯하게 성장한 것 같아서 날아갈 듯 상쾌하다.

"가거라. 난 할 일이 있으니."

"죽으려고요?"

"……!"

"훗! 놀랐습니까? 놀랄 것 없어요. 이 세상에서 환희밀공에 대해 가장 잘 아는 사람은 접니다. 환희밀공과 연관된 사건치고 제 눈을 피해갈 수 있는 건 없어요."

루검비는 서화의 마음을 알고 있는 것처럼 말했다.

"그럼 잘 알겠구나. 어떠한 일이 있어도 환희밀공의 비밀은······."

"수두화는 교주 사람입니다."

루검비가 서화의 말을 잘랐다.

"교주와 저 사이에 연락책 역할을 하고 있지만 엄밀히 말하면 교주가 임명한 교주 사람입니다. 환희밀공은 비밀을 알아도 죽지 않을 사람을 한 사람 더 챙겨뒀습니다. 제가 임명하는 사람이죠."

"······?"

서화의 눈이 동그랗게 떠졌다.

금시초문(今時初聞)이다. 그런 말도 있었나?

없다. 물론 거짓이다. 루검비가 환희밀공에 대해서 아는 사람이 전무하다는 사실을 악용한 것이다.

지법에서 오 년, 천 법에서 사 년. 도합 구 년 동안 자신만 지켜보며 지내온 여인이다. 활짝 피어난 청춘으로 아무도 쳐다보는 사람이 없는 외진 곳에서 덧없이 흘려보낸 사람이다.

죽일 수야 없지 않은가.

"수문장은 네 명의 수문위(守門尉)를 둘 수 있는데······ 제일위(第一尉)가 되어주시겠습니까?"

서화에게는 선택의 여지가 없었다.

수문장은 교주님의 명만 받든다. 교주님의 사자(使者)라고 해도 과언이 아니다.

루검비는 오래전에 환희교도가 되었고, 환희밀공을 완전히 터득한 지금은 두말할 것도 없이 수문장이다. 능력의 고하(高

下)는 문제가 되지 않는다. 환희밀공을 가졌다는 사실만으로 그는 수문장이다.

"환희교로 돌아갈 거야?"

교를 배신하지 않겠냐는 질문이다.

"일 년 후에. 수두화가 그랬잖아요, 오 년 후에 보자고. 환희교 사정이 팍팍한 건 알겠는데, 나도 할 일이 있으니 일 년 후에나 갈 겁니다. 아니, 이곳으로 다시 올 거예요. 수두화의 안내를 받으며 가야죠. 그래야 교주님께서 당황하지 않으실 테니까요."

'기적! 기적이야!'

서화는 왈칵 눈물이 쏟아지려는 것을 억지로 참았다.

환희교가 루검비에게 해준 것이라고는 환희밀공 구결을 전수해 준 것뿐이다. 하나 구결 전수는 무자비하게 때린 것에 비하면 아무것도 아니다. 일 년 동안 온몸이 짓이겨지도록 맞아본 사람이라면 어떠한 보상을 주더라도 이를 갈 게 분명하다.

루검비가 그럴 줄 알았다. 환희교를 배신할 것 같아서 항시 전전긍긍했다.

루검비가 환희교로 돌아가겠다고 한 것, 교주님의 생각하는 말…… 그는 진심이다. 진정한 수문장으로서 환희교를 생각한다. 기적이 일어난 게다.

"천녀, 수문장님을 뵙습니다."

서화는 무릎을 꿇고 머리를 숙였다.

루검비는 세상을 모른다. 세상살이에 대해서는 갓난아기나 다름없다. 구 년이란 세월을 혼자 살아왔기에 사람을 어떻게 대하는지도 모른다.

루검비는 일 년 동안 세상을 배울 생각이다.

무공이 하늘을 경악시킬 정도로 높다 한들 세상에 대해서 모른다면 아주 간단히 당한다. 사람을 죽여놓고 '이렇게 하는 게 이 마을의 풍습이다' 라고 말하면 믿을 수밖에 없다.

루검비는 세상을 배우지 않고는 수문장이 아니라 문지기조 차도 할 수 없다고 생각했다.

다행히 수련이 일찍 끝났다.

당장 환희교로 돌아갈 것이 아니라 세상을 보자.

"이거 맛있네. 하나 더 먹어야겠다."

루검비는 아무것도 아닌 호떡을 무척 맛나게 먹었다.

돈을 낼 생각은 하지 않았다. 그는 물건을 사려면 돈을 내야 한다는 것도 몰랐다.

서화는 묵묵히 뒤치다꺼리를 다 했다.

돈에 대해서도 가르쳐 주었다. 먹을 것이 호떡 외에도 많다 는 사실을 가르쳐 주었다. 잠은 객잔(客棧)에서 자며, 술은 주 점(酒店)에서 마시고, 차는 다루(茶樓)나 다점(茶店)에서 판다 는 사실을 알려주었다. 물론 타인의 것을 먹고 마실 때는 돈을 지불해야 한다는 사실도 말해주었다.

"이 세상은 돈 없으면 못 사는 데구나. 굉장히 불편하네. 산에서는 혼자 잘살았는데."

"돈이 많으면 무엇이든 할 수 있는 곳이죠."

서화는 공손하게 대답했다.

루검비는 그러지 마라고 했다. 누나 같다면서 평소처럼 편하게 대해달라고 했다.

서화는 그럴 수 없었다. 엄연히 수문장과 수문위라는 직책 차이가 있다. 차라리 형당 화녀라면 말을 놓겠지만 직속 상하 관계인 이상 루검비를 존중해야 한다.

"가요. 오늘은 객잔이라는 곳에서 자봐야겠어."

"알겠습니다."

"그런데…… 누님은 돈이 많은가 봐요?"

"네?"

"해달라는 것 다 해주잖아."

"아! 예……."

서화는 말꼬리를 흐렸다.

그녀인들 돈이 있겠는가. 장사곡에서만 살다가 곧바로 산으로 들어가 거의 십 년을 지냈다. 무슨 돈이 있겠나.

약간의 손재주를 발휘해 전낭(錢囊)을 슬쩍했는데, 의외로 많은 돈이 들어 있었다.

"오늘은 돈 버는 법을 배워야겠어. 직업. 사람들이 뭘 하면서 먹고 사는지 알려줘요."

"네."

서화는 기분 좋게 대답했다.

루검비는 키가 육 척에 이르는 장신이다. 몸도 황소를 보는 것처럼 우람하다. 거기에 군살이라고는 전혀 찾아볼 수 없다. 한데 말하는 건 아직도 어린아이다.

루검비는 덩치 큰 어린아이였다.

"사람을 죽이고 돈을 받는다고요?"

살수(殺手)라는 직업에 대해서 말했을 때, 루검비의 눈에서 광채가 번뜩였다.

"네. 죽이고 싶은 사람이 있으면 돈을 내고 살인을 부탁하죠. 자신이 죽일 수 없는 자이거나 아니면 손을 더럽히기 싫을 때……."

"그 사람들은 어디 가서 찾아요?"

"살수요?"

루검비는 고개를 끄덕였다.

"살수는 왜……?"

"죽이려고요. 남자가 좋겠어요. 남자 살수. 알아봐 주겠어요?"

"정말요?"

서화는 루검비를 쳐다봤다.

루검비는 진심이었다. 두 눈에서 뜨거운 열기가 피어나고 있었다.

살수는 쉽게 찾았다.

어느 도읍이든 살수는 있기 마련이다. 도박장이나 기루(妓樓), 표국(鏢局) 같은 데를 수소문하면 한두 명쯤 이름을 얻을 수 있다.

서화는 천겁(千劫)이라는 이름을 얻었다.

"그 사람, 잘하나요?"

"놓친 적이 없지. 실종으로 처리하는 데는 달인이야. 대가가 무척 센데, 그래도 괜찮다면 가보고."

"얼마나 줘야 되요?"

"금 마흔 냥. 없으면 아예 가지도 말고."

"그만한 돈은 없는데……."

"쯧! 누굴 죽이려는지는 모르지만 한 하늘 아래서 살 수 없는 인간이야?"

"네. 정말 그 인간만은……."

"그럼 가봐. 괜히 빙빙 돌려 말하지 말고 처음부터 돈이 없다고 해. 대신 뭐든지 해야 할 거야. 가려거든 단단히 각오하고 가."

천겁을 소개해 준 질고(質庫:전당포) 주인이 말했다.

금 마흔 냥이라면 쌀이 삼천이백 석이다.

얼핏 봐도 떠돌이임이 분명한 처자에게 그만한 돈이 있을 리 없다. 한데도 질고 주인은 천겁을 소개해 주었다.

"여자 팔아먹고 사는 놈이에요. 은 열 냥이면 어미도 팔아먹고, 스무 냥이면 사람도 죽일 잡놈이죠."

서화는 사내를 잘 안다. 환희교에서 숱한 사내들을 보아왔다. 솔직한 말로 망나니란 망나니는 모두 보았다. 말만 듣고도 사내가 어떤 자인지 판단하는 건 쉽다.

"후후! 그래도 이 근처에서는 가장 살수에 가까운 자겠죠? 그러니 제게 말해주는 거 아녜요?"

"그런 자를 뭐 하러 죽이려는지 모르겠네요. 살수라서 죽이려는 거라면…… 그런 자는 죽여도 죽여도 끊임없이 생겨나니까요."

"세상이 원하니까. 직업이란 게 세상이 원하니까 생기는 거죠. 후후! 알아요. 살수란 직업도 사람들이 원한다는 것. 살수라서 죽인다는 게 아녜요. 살수라서 죽여도 괜찮을 것 같아서 죽이는 거죠."

루검비는 살수가 아니라 죽일 사람을 찾고 있었다.

천겹은 루검비를 보자마자 슬금슬금 뒷걸음질쳤다.

서화의 판단이 옳았다. 예순이 가까운 노인인데다가 작은 눈을 데룩데룩 굴리는 모습이 잔꾀가 무척 많아 보였다. 얼굴은 살이 없고 강팍하여 인정을 기대하기는 어려웠다.

얼굴을 삶의 표상이다. 살아온 모든 흔적이 얼굴에 남아 있다.

"누, 누구?"

얼굴색이 겁에 질려 파랗게 변했다.

루검비는 장사 집안인 육반루가의 자손이다. 나이는 비록 열여섯밖에 되지 않았지만 육반루가의 성징(性徵)은 모두 갖고 있다. 한눈에 봐도 장사가 틀림없고, 주먹도 단단해 보이니 싸움깨나 한 사람으로 생각하기 쉽다.

"누군지 모르지만 좋게 말할 때……."

쉬익!

루검비는 다짜고짜 달려들었다.

죽이러 왔으니 죽인다. 말을 섞을 필요는 없다. 상대는 타인을 죽인 살수, 자신이 죽어도 할 말은 없으리라.

"이 새끼가!"

천겁도 험난한 인생을 살아온 만큼 얌전히 당할 생각은 없었다. 그는 주머니에서 침을 한 움큼 꺼내 휙 던졌다. 한데,

"어? 이 새끼 어디 갔어?"

방금 전까지 눈앞에서 달려왔는데, 침을 꺼내 던지니 감쪽같이 사라져 버렸다.

순간, 뒤에서 툭 튀어나온 왼발이 천겁의 왼쪽 허벅지를 감았다. 뒤에서 왼쪽 어깨 위로 삐져나온 손은 오른쪽 가슴에 포개졌다.

"이이…… 뭐 하는……?"

루검비의 오른손이 천겁의 오른쪽 옆구리를 쓰다듬었다. 위에서 아래로, 아래에서 위로…….

천겁은 꼼짝하지 못했다. 독사를 만난 개구리처럼 바들바들 떨기만 할 뿐, 벗어날 생각을 하지 못했다. 천겁의 오른발은 자유롭다. 두 손은 더욱 자유롭다. 벗어나려면 얼마든지 벗어날

것처럼 보인다.

"이…… 이…… 허억! 헉! 하악!"

천겁이 입에서 이상한 소리를 흘리기 시작했다. 음양화합을 치를 때나 내는 소리인데, 멀쩡한 대낮에 혼자 중얼거리고 있으니 징그럽기까지 하다.

루검비는 천겁에게서 떨어졌다. 그래도 천겁은 비음을 그치지 못했다. 사지가 마비된 듯 꼼짝하지 못하고 열락에 들뜬 소리만 뱉어냈다.

"하아악…… 하악! 컥! 커커컥!"

열락이 식고 죽음의 비명으로 바뀌었다.

두 눈에서 핏물이 흘러나왔다. 두 귀에서도, 입에서도, 코피도 쏟아져 나왔다. 고약한 냄새도 진동했다. 천겁은 바지에 오물을 줄줄 쏟아냈다.

환희밀공 중 살상력이 가장 높은 반공이다.

천겁은 이체관통이 시작되는 순간부터 사지가 마비되었다. 몸의 모든 기운이 낯선 기운을 쫓아 달려들면 경맥은 일시 충격을 받아 마비 상태가 된다.

서화도 그랬고 천겁도 그렇고, 환희밀공에 제압당한 사람이 마혈을 짚힌 듯 꼼짝하지 못하는 이유다.

조금 더 시간이 흐르자 천겁은 스르르 주저앉더니 고개를 푹 떨궜다. 온몸의 혈관이란 혈관은 모두 터져 버리는 극심한 고통을 당한 끝에 죽어간 것이다.

"휴우!"

루검비는 안도의 한숨을 내쉬었다.

서화를 두 번 찔쩍거려 본 끝에 여자에게 환희밀공을 쓰는 것은 상당히 곤란하다는 결론을 얻었다. 살을 만지기만 해도 욕구가 터져 버릴 것 같으니.

그럼 사내에게는 어떨까? 사내에게도 쓰지 못하는 건 아닐까?

알아보는 방법은 하나뿐이다. 직접 실전을 치러보는 거다.

비무(比武)는 곤란하다. 환희밀공을 아는 자가 나타나서는 안 된다. 자칫 사공이 등장했다고 소문이라도 나는 날에는 상당히 피곤해진다.

환희밀공은 남들 앞에서 쓸 수 없으며, 쓰면 반드시 목숨을 빼앗아야 하는 무공이 되고 말았다.

죽일 사람을 찾고, 죽여봤다.

결과는 아주 좋다. 사내에게는 어떠한 홍분도 일어나지 않는다. 이체관통을 했을 때, 천겁의 양기가 따라 나올 때 약간 짜릿한 느낌이 들긴 했지만 성감(性感)은 아니다. 도박에서 좋은 패를 들었을 때처럼 승리를 예감한 홍분이다.

"다행히 사내에게는 써먹을 수 있겠군. 휴우! 다행이야."

천겁의 얼굴이 퉁퉁 부어오르고 있었다. 뇌혈관이 터져 부기를 만들어내는 중이다. 조금 있으면 몸도 부어오를 게다.

뚱땅한 체형의 경맥 흐름도…… 반공.

루검비는 천겁의 시신을 뒤로하고 걸어나갔다.

만약 그에게 약간의 강호 경험이 있었다면 한 번쯤 주위를

살펴봤을 텐데. 그랬다면 숨어서 지켜보는 눈이 있다는 걸 알
았을 텐데.
　"사술(邪術)! 사술이야! 사술!
　루검비가 떠난 자리, 그가 중얼거렸다.

『환희밀공』 2권으로 계속…

뿌리를 찾아가는 목동 파소의 여행.
그 여정의 끝에서
검 든 자들의 고향 대무천향 (大武天鄕)을 만난다.

검객 단보, 그는 노래했다.

…모든 검 든 자들의 고향 무천향.
한 초식의 검에 잠든 용이 깨어나고, 또 한 초식의 검에 잠든 바다가 일어나네.
검의 흐름을 따라가다 보면 어느새, 세월도 잊어버리고, 사랑도 잊어버리고,
무공도 잊어버려…….
결국에는 자신조차 잊어버리는…….

은하의 가장 밝은 빛이 되어버린다는
그 무성(武星)들의 대지(大地).

아, 대무천향(大武天鄕)이여!

낭왕 狼王

별도 新무협 판타지 소설

살내음 나는 이야기에 여러분은 가슴 졸인 적이 있는가?
남들이 볼까 두려워하며 책을 가리면서 읽었던 구절을 몇 번이나 반복하며
읽은 적이 없는가?

구무협의 향수를 그리워하던 별도가 결국은
〈무협의 르네상스〉를 부르짖으며 직접 자판 앞에 앉았다.

"제가 무협을 쓰기 시작한 이유는 더 이상 읽을 책이 없었기 때문입니다."

모든 일은 4년 전부터 시작되었다.
살인사건을 배경으로 펼쳐지는 음모와 배신, 사랑과 역공작,
그리고 정사!

우리 시대의 이야기꾼, 별도의 새로운 글, 〈낭왕狼王〉!
〈천하무식 유아독존〉, 〈그림자무사〉, 〈검은여우毒心狐狸〉에
이은 그의 또 하나의 역작!

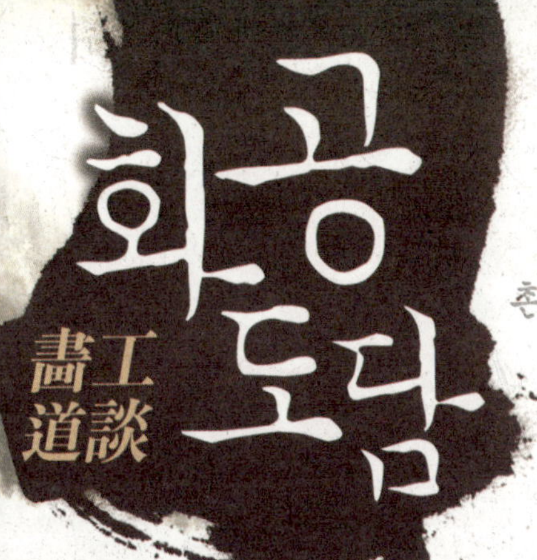

촌부 新무협 판타지 소설

예(禮)와 법(法)을 익힘에 있어
느리디 느린 둔재(鈍才).
법식(法式)에 얽매이기보다 마음을 다하며,
술(術)을 익히는 데는 느리지만
누구보다 빨리 도(道)에 이룰 기재(奇才).

큰 지혜는 도리어 어리석게 보이는 법[大智若愚]!

화폭(畵幅)에 천지간(天地間)의 흐름을 담고
일획(一劃)에 그리움을 다하여라!

형식과 필법을 익히는 데는 둔하나
참다운 아름다움을 그릴 수 있게 된
화공(畵工) 진자명(陳自明)의 강호유람기!

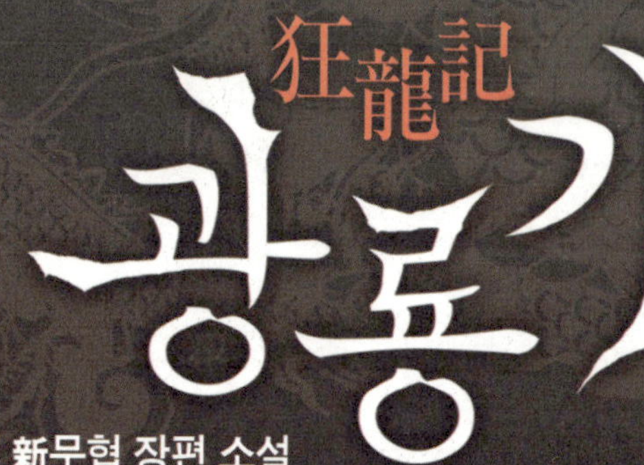

광룡기

장담 新무협 장편 소설

미친 바람이 동해에서 불기 시작했다!
둥지를 떠난 광룡(狂龍)이 강호에 나타났다!

내가 가고 싶은 때로 간다.
내가 하고 싶은 때로 한다.
누구도 내 앞을 막지 마라!

한겨울, 마침내 광룡의 전설이 시작되고,
천하가 광룡과 빙심에 뒤집어졌다!

유형이 아닌 자유추구 -
WWW.chungeoram.com
Book Publishing CHUNGEORAM